JAMIE LITTLER

ARKSPIRE
DER NEUE ARKANIST

ins Deutsche übertragen von
KATRIN LECHTERMANN

Die deutsche Ausgabe von ARKSPIRE - DER NEUE ARKANIST · BAND 1
wird herausgegeben von der Cross Cult Entertainment GmbH &
Co. Publishing KG | CROCU; Verlagsleitung: Andreas Mergenthaler und
Luciana Bawidamann; Teinacher Straße 72, 71634 Ludwigsburg.
Übersetzung: Katrin Lechtermann; Programmleitung Romane: Markus Rohde,
Lektorat: Wibke Sawatzki; Korrektorat: André Piotrowski; Satz & Retusche:
Rowan Rüster; Layout: Kerstin Jans & Sina Keller; Lizenzmanagement: Ruijing
Qiu; Herstellung: Hannah Düser; Vertriebsleitung: Peter Sowade; Marketing:
Cécile Béran; Druck: CPI Books GmbH, Leck. Printed in the EU.

ISBN Paperback-Ausgabe: 978-3-98743-143-2
ISBN E-Book: 978-3-98743-144-9
September 2024

WWW.CROCU.DE

Für Lil, meine ~~Komplizin~~ Partnerin bei der Reliktjagd,
ohne die dieses Buch nicht existieren würde.

DIE ARKANISTEN

Was bedeutet es, mehr als ein bloßer Mensch zu sein? Unvorstellbare Kräfte verliehen zu bekommen? Wie würdest du sie einsetzen?

Die fünf Arkanisten von Arkspire sind die einzigen Menschen auf der Welt, die über die Magie gebieten können, und sie nutzen sie dazu, anderen Menschen zu dienen.

Als das herrliche Wesen, das wir Den Besucher nennen, vor vielen Jahrhunderten das erste Mal seine Magie mit den Menschen teilte, erwiesen sich nur die fünf Arkanisten einer solchen Macht würdig.

Die Arkanisten waren mutig.

Sie waren gerecht.

Sie waren gesegnet.

Sie bewahrten uns vor dem schrecklichen Übel der Verräter.

Aus den Ruinen einer Welt, die von Leid und Krieg zerrissen war, erschufen ihre Vorfahren mithilfe ihrer Gaben die großartige Stadt Arkspire, eine Bastion des Friedens und des Lernens. Sie stellten ihre eigenen Wünsche und Bedürfnisse hintenan, damit die Bewohner von Arkspire sicher waren und der furchtbare Fluch der Verräter ferngehalten wurde.

Sie werden uns nie alleinlassen. Nicht einmal im Tod. Wenn die Zeit eines Arkanisten zu Ende geht, erwählen sie einen anderen Menschen, dem sie ihre Macht übertragen. Ein Kind, dessen Herz rein genug ist, das Geschenk der Magie anzunehmen. Ein Kind, das sich als ebenso würdig erweist wie diejenigen, die vor ihm kamen. Ein Kind, das schwört, Arkspire mit allem zu verteidigen, was es hat, bis schließlich der Tag kommt, seine Macht an die nächste Generation weiterzugeben.

So wird das Erbe der ersten Arkanisten bis heute weitergetragen, ein Erbe des Mitgefühls in einer verrohten Welt und der Magie im Angesicht der Verzweiflung. Ihre Namen sind ewiglich.

Der Sturm.

Der Schöpfer.

Die Beobachterin.

Das Rätsel.

Die Verhüllte.

Unter den wachsamen Augen der fünf großen Arkanisten und ihrer illustren Orden wird Arkspire auf ewig fortbestehen.

Gepriesen seien die Arkanisten!

Gepriesen seien unsere Retter!

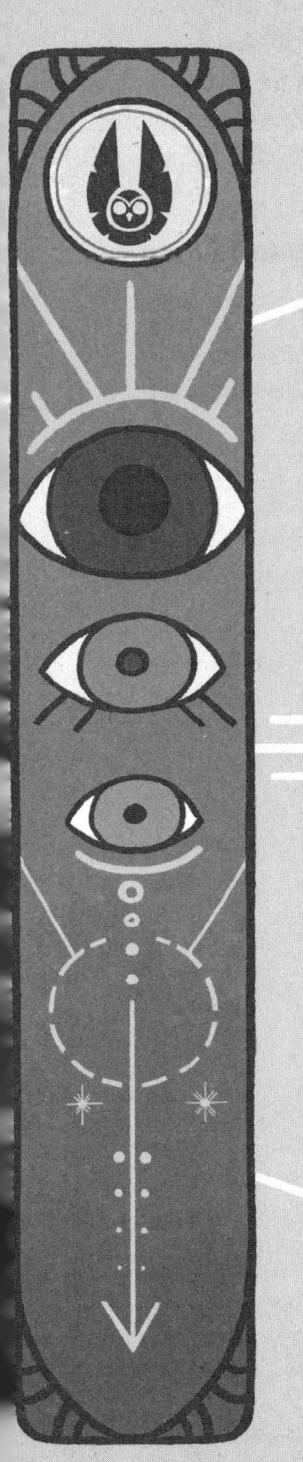

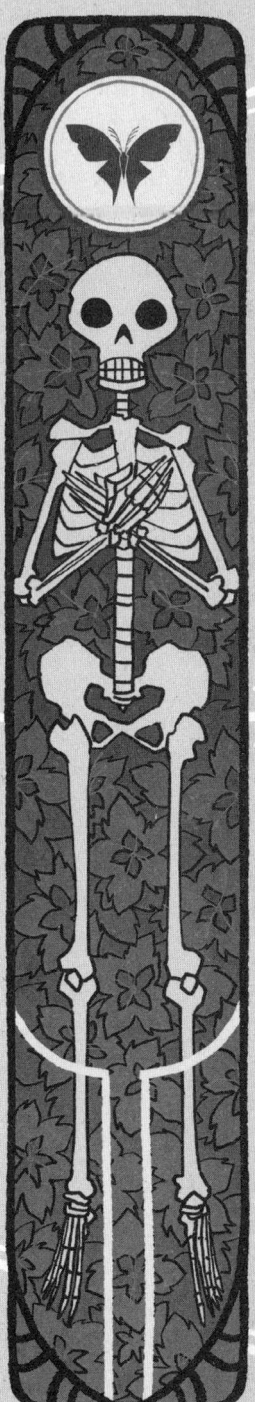

DIE GROSSARTIGE STADT
ARKSPIRE

DER ERFINDER-DISTRIKT
Heimat Des Schöpfers,
Herrscher des Ordens
der Erfindungen

DER GLANZ-DISTRIKT
Heimat Des Sturms,
Herrscher des Ordens
des Glanzes

DER IRIS-DISTRIKT
Heimat Der Beobachterin,
Herrscherin des Ordens
der Iris

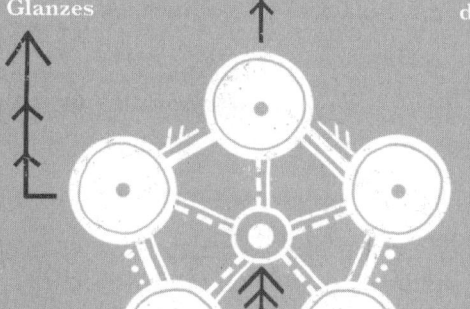

DIE CRUX

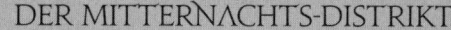

DER PORTAL-DISTRIKT
Heimat Des Rätsels,
Herrscher des Ordens
der Portale

DER MITTERNACHTS-DISTRIKT
Heimat Der Verhüllten,
Herrscherin des Ordens
der Mitternacht

PROLOG

Die schmale Gasse war ein Klacks. Juniper Bell sprang mit einem großen Satz hinüber und rollte sich bei der Landung ab.

Ihre Mama lächelte stolz. »Ganz meine Tochter.«

Strahlend drehte sich Juniper um und hoffte, ihre Zwillingsschwester direkt hinter sich zu sehen. Stattdessen sah sie, dass Elodie auf einem Hausdach auf der anderen Seite der Gasse zurückgeblieben war und mit zitternden Knien über die Kante lugte.

Genau das hatte Juniper befürchtet.

»Du schaffst das, El!«, rief Mama ihr zu. »Es ist nicht so weit, wie es aussieht!«

»Ich … ich weiß nicht, ob ich das schaffe …« Elodies Augen füllten sich vor lauter Frust mit Tränen.

»Da könntest du locker mit einem großen Sprung rüberkommen«, ermutigte sie Juniper, »und das musst du auch, sonst fällst du nämlich runter und bist tot.«

»Juni!«, kreischte Elodie.

»Ach komm, was soll denn schon passieren?«

»Ähm … dass ich runterfalle und sterbe? Eigentlich sollten wir überhaupt nicht hier oben sein. Wenn wir erwischt werden, kriegen wir richtig Ärger.«

Die Familie Bell stammte aus dem Iris-Distrikt, der von der Arkanistin mit dem Titel Die Beobachterin regiert wurde. Im Moment befanden sie sich allerdings im benachbarten Mitternachts-Distrikt, wo Die Verhüllte und ihr Orden der Mitternacht herrschten. Eigentlich war es nicht verboten, andere Distrikte zu besuchen, aber in einer besonderen Nacht wie dieser waren Dregger wie sie aus den unteren Stadtbezirken sicher nicht in den Uppers, den oberen Vierteln, willkommen. Was blieb ihnen also anderes übrig, als sich heimlich über die Dächer zu schleichen? Die Gelegenheit, einen Arkanisten in Aktion zu erleben, war das Risiko absolut wert.

»Uns erwischt heute Nacht keiner«, versicherte Mama der weiterhin zögernden Elodie. »Wir sind schnell wie die Schatten: kaum hier und schon wieder weg.«

»Genau wie Die Verhüllte!«, sagte Juniper.

Mama lachte.

»Nur noch viel *schattenlicher*!«

Elodie war immer noch nicht überzeugt und betrachtete die Armee von Wachen, die unten auf der Straße mit geschulterten Gewehren aufpasste.

»Ich sollte zurückgehen und sie holen …«, raunte Juniper ihrer Mama zu.

Juniper war fünfzehn Minuten vor ihrer Zwillingsschwester geboren worden und nahm ihre Aufgabe als ältere Schwester sehr ernst. Beide Mädchen hatten die braune Haut und das dunkle Haar ihrer Mutter geerbt, doch auf Junipers Kopf sah es aus, als wäre sie rabiat mit einer stumpfen Schere zu Werke gegangen (denn genau das war sie auch), während Elodies Frisur hübsch und ordentlich war. Trotzdem hatte Elodie versucht, ihre Haare zu buschigen Zöpfen zu binden, damit sie denen von Juniper ähnlicher sahen. Sie wollte immer wie ihre Zwillingsschwester sein. Manchmal war es Juniper ein bisschen zu viel, dass sie immer einen Nachmacher dabeihatte, aber insgeheim war sie wahnsinnig stolz.

»Nein. Das schafft sie schon allein, ich weiß das«, beharrte Mama.

Juniper nickte und entschied sich für eine andere Taktik. Sie wollte Elodie ja helfen, aber solange die sich ständig darüber Sorgen machte, was alles passieren könnte, kämen sie kein Stück weiter.

»Hey, vielleicht war das Ganze ja eine schlechte Idee«, rief Juniper. »Du wartest hier, und wir gucken uns die superfantastolle Arkanistin an und erzählen dir *aaaaall* die coolen Sachen, wenn wir wiederkommen. Schade, dass du nicht dabei sein kannst. Wenn es das nächste Mal eine Erbschaft gibt, bist du wahrscheinlich schon älter als Mama …«

»*So* alt bin ich nun auch wieder nicht«, meinte Mama.

Bei dem bloßen Gedanken wurden Elodies große Augen noch einmal riesiger.

»Nein, bitte lasst mich nicht allein. Ihr hattet recht, ich schaffe das schon!«

Juniper lächelte triumphierend. Wenn es ein Lockmittel gab, mit dem man Elodie dazu bringen konnte, die Regeln zu brechen oder einen waghalsigen Sprung von einem Dach zum anderen zu machen, dann waren es die Arkanisten. Sie war ganz besessen von ihnen.

Elodie spähte über die Dachkante und schreckte sofort zurück. »Aber … was, wenn ich runterfalle?«

»Das wirst du nicht!«, riefen Juniper und Mama gleichzeitig.

»Das könnt ihr doch gar nicht wissen!«

Juniper hockte sich an den Rand des Daches und streckte ihr die Hand entgegen. »Ich bin da und halte dich fest.«

»Und du lässt auch ja nicht los?«

»Niemals.«

Elodie musterte ihre Zwillingsschwester genau, um zu prüfen, ob sie log. »Versprochen?«

»Versprochen!«

Elodie schluckte und streckte hoch konzentriert ihre Zunge heraus. Daran erkannte Juniper, dass es gleich ernst wurde. Elodie ging in Position. Kniff die Augen zusammen. Holte tief Luft, nahm Anlauf … und sprang! Sie überquerte die Gasse *nur ganz knapp*, und Juniper ergriff ihre wild umherfuchtelnden Arme und zog sie in Sicherheit.

Elodie schaute auf den Abgrund zurück, den sie gerade überquert hatte, und konnte es fast nicht glauben. »Ich … ich habs geschafft? Ich habs geschafft! Ich habs geschafft!« Sie hüpfte auf und ab, und Juniper hielt sie fest an den Händen.

»Es gibt nichts, was Jelliper nicht schaffen, wenn sie zusammenarbeiten«, sagte Mama stolz und benutzte dabei den Spitznamen, den sich die Zwillinge selbst gegeben hatten. Sie nahm die beiden in den Arm.

»Na ja, die Zeit zurückdrehen können wir nicht«, sagte Juniper.

Elodie sah sie fragend an. »Wofür sollte das auch gut sein?«

»Weil wir bestimmt die Erbschaft verpassen, wenn wir weiter so rumtrödeln!«

Da fiel Elodie die Kinnlade runter. »Beim Besucher aus dem Jenseits, jetzt aber zack, zack, zack!«

Der große Marktplatz des Mitternachts-Distrikts war brechend voll. Die gigantische Menschenmasse wartete unruhig in der klebrig-schwülen Abendluft. Vornehme Fuzzis, und zwar jede Menge davon, eine Klamotte schicker als die andere. Die Herren in den eleganten Mänteln strichen sich ihr geöltes Haar zurück, während die Damen in ihren modischsten Kleidern posierten, mit Juwelen, die im Schimmer der unzähligen Ätherlicht-Kerzen glitzerten. Alle lauschten gebannt dem ergreifenden Lied, das von einem Orchester auf einer großen Bühne in der Mitte des Platzes gespielt wurde.

Den Zwillingen blieb fast der Atem weg. »Wooooooooow!«

»Wenn das nicht die absolut besten Sitzplätze sind, kriegt ihr euer Geld zurück«, sagte Mama grinsend und nahm auf der Dachkante hoch über den Feierlichkeiten Platz. Die Zwillinge setzten sich daneben. Juniper ließ die Beine über die Kante hängen, Elodie saß etwas weiter hinten.

»Das ist ja der Hammer!« Juniper schlug sich strahlend mit der Faust in die Handfläche. Elodie knabberte

unterdessen an ihrem Daumennagel und konnte sich ein aufgeregtes Lachen kaum verkneifen.

»Nicht schlecht, was?«, meinte Mama. »Wenn die Welt dir eine leere Tasche gibt, musst du sie eben füllen.«

Dieses Spektakel wurde niemals langweilig – ganz egal, welchen Arkanisten man dabei erleben durfte.

Wer einmal das Unglaubliche mit eigenen Augen gesehen hatte, vergaß es nie wieder, und man gewöhnte sich auch nie daran.

Der heutige Abend war allerdings etwas ganz Besonderes, da es die erste Erbschaft war, die im Leben der Zwillinge stattfand. Es war der Moment, in dem die Kräfte eines Arkanisten auf den ausgewählten Erben übergingen. Von diesem Geschenk träumte ein jedes Kind in Arkspire.

Vor einer Woche hatte Mama den Zwillingen versprochen, sie mit zum Ritual zu nehmen (solange sie Papa nichts davon verrieten), und seitdem hatten sie jede Nacht wach im Bett gelegen und konnten es kaum mehr abwarten. Elodie hatte sich zur Feier des Tages sogar ihren schönsten Pullover angezogen. Der war ihr zwar viel zu groß, wie all ihre Kleidungsstücke, aber wenigstens hatte er keine Löcher.

Plötzlich wurde das Orchester leiser, und eine erwartungsvolle Stille legte sich über den Platz. Die Luft war wie elektrisch aufgeladen – ein Wunder, dass niemand einen Stromschlag bekam. Man konnte die Aufregung förmlich im warmen Abendwind schmecken, wie ein Knistern auf der Zunge, und der süße Geruch der schwarzen Blumen, für die der Mitternachts-Distrikt berühmt war, kitzelte in der Nase.

Eine einzelne Dame trat aus dem Orchester vor und begann zu singen. Das Lied war schön und zugleich traurig. Die Art von Lied, die einen tief im Inneren berührt und von der man eine Gänsehaut bekommt. Es war ein Klagelied. Hinter der Sängerin flackerten still zwei weiße Säulen aus Ätherlicht und beleuchteten einen Teil der Bühne, der bisher im Schatten verborgen gewesen war. Dort stand ein offener Sarg auf einem Podium. Darin lag der tote Körper einer unglaublich alten Frau mit geschlossenen Augen, ihre faltigen weißen Hände überkreuzt auf der schwarzen Bestattungsrobe.

Hinter dem Sarg stand ein junges Mädchen, das nicht viel älter als die Zwillinge war. Ihr braunes Haar war zu zwei Knoten gebunden, und über der Stirn trug sie einen Kopfschmuck, der im geisterhaften Licht glänzte. Dutzende Münzen baumelten daran herunter – die Bezahlung für den Fährmann, der die Seelen der Toten ins Jenseits brachte. Ihrem bleichen Gesicht sah man an, dass sie ein Lächeln kaum unterdrücken konnte. Wenn man bedachte, was gleich geschehen würde, konnte man ihr das auch kaum vorwerfen. Wenn Juniper als Erbin auserwählt worden wäre, hätte sie erst einmal ein Tänzchen hingelegt.

Ein großer, hagerer Mann aus dem Orden der Mitternacht stand neben ihr. Beide blickten ernst auf den Sarg hinab.

Als das Lied zu Ende war, trat der Mann vor.

»Bewohner des Mitternachts-Distrikts!«, verkündete er mit staubiger, alter Stimme. »Mit großer Trauer müssen wir nun von unserer geliebten Anführerin, der dreiundzwanzigsten ihres Namens, Abschied nehmen. Wie es der Brauch verlangt, haben wir diesen schrecklichen Verlust schon im gleißenden Licht des Tages betrauert. Nun, in der beruhigenden Dunkelheit der Nacht, wollen wir feiern, denn ihr Erbe wird weiterleben! Die Verhüllte hat ein Kind erwählt, das würdig ist, ihre Gaben zu erben und ihr in dieser ehrbaren Ahnenreihe nachzufolgen. Erwählte Erbin Der Verhüllten, tritt vor und nimm dein Schicksal an.«

Das Mädchen nickte und trat an den Sarg heran. Sie wirkte selbstbewusst. Bereit. Die letzten paar Jahre hatte sie schließlich nichts anderes getan, als sich auf diesen Augenblick vorzubereiten.

Elodie erschrak, als Die Verhüllte plötzlich die Augen aufschlug. Sie hatte so still und friedlich dagelegen, dass sie auch als tot durchgegangen wäre. Außerdem lag sie schließlich in ihrem eigenen Sarg. Ihre trüben Augen richteten sich auf das Mädchen, das sich über sie beugte. Sie erhob eine greisenhafte Hand, die das Mädchen vorsichtig, aber entschlossen ergriff.

»Ich, Nyx Neverbright, gebe mich der Macht Der Verhüllten hin. Möge mein Name vergessen werden, da ich neu geboren werde«, sagte das Mädchen und schloss die Augen.

Die Menge hielt den Atem an.

Juniper griff Elodies Hand und drückte sie fest.

»Es geht *loooooos* …«

Die Schatten, die im flackernden Ätherlicht tanzten, *veränderten* sich auf einmal. Sie bewegten sich zielgerichtet. Dunkle, geisterhafte Schemen entströmten der Frau im Sarg und wanden sich hinauf zu Nyx' ausgestrecktem Arm. Wie ein Band woben sie sich über ihre Schulter, verhüllten ihren Oberkörper und schwebten dorthin, wo sich ihr Herz befand. Ein magisches Symbol auf ihrer Hand begann zu leuchten.

Da waren die Ätherlichter auf einmal fort. Jede einzelne Kerze verlosch. Aus allen Straßenlampen und Fenstern verschwand das Licht. Dunkelheit legte sich über den gesamten Mitternachts-Distrikt.

Elodie drückte Junipers Hand noch fester.

Das einzige verbliebene Licht kam von Nyx auf der Bühne. Aus dem einzelnen Symbol auf ihrer Hand waren weitere, merkwürdige Zeichen gewachsen, die sich spiralförmig ihre Arme hochschlängelten und weiß in der Finsternis leuchteten. Ihre Augen glühten wie Flammen. Sie hob die Arme, schlang die Hände umeinander wie bei einem Tanz und ließ die Symbole bei der Bewegung miteinander verschmelzen. Dann klatschte sie in die Hände.

Auf einmal erwachten die Ätherlicht-Säulen wieder zum Leben, alle Kerzen wurden wieder entzündet, und die Straßenlaternen brummten, als hätten sie im Leben nicht daran gedacht auszugehen.

Das Licht kehrte in den Distrikt zurück.

Die alte Frau im Sarg lag nun reglos da.

»Das Mädchen, das hier vor euch steht, ist nun nicht mehr Nyx Neverbright!«, rief diese. »Ich bin nun Die Verhüllte, die vierundzwanzigste ihres Namens, Anführerin des Ordens der Mitternacht und des Mitternachts-Distrikts. Und ich schwöre bei aller Macht, die mir verliehen wurde, dass ich uns zu nie gekannten Höhen führen werde!«

Mit unheimlicher Stille erhoben alle Zuschauer eine Kerze, und der Platz verwandelte sich in ein Meer aus Sternen, die sich sanft hin- und herbewegten. Glocken ertönten im gesamten Distrikt.

Wie gebannt schauten die Zwillinge zu. Neben ihnen lächelte Mama noch breiter. Da, wo sie herkamen, in den Dregs, gab es nur wenig Wundersames. Was sie heute Abend gesehen hatten, würde einiges wiedergutmachen. Doch in Junipers Hinterkopf nagte ein ungutes Gefühl an ihr. Trotz der großen Feier fühlte sich irgendetwas komisch an. Wie ein plötzlicher eisiger Wind an einem Sommertag.

Plötzlich formte ihr Atem ein weißes Wölkchen vor dem Gesicht, obwohl es gar nicht Winter war.

Jemand schrie, und da begriff Juniper: Die Glocken läuteten nicht wegen der Feier, sondern als Warnung.

Schon stiegen geisterhafte Gestalten zwischen den Pflastersteinen auf, die wie von einer unsichtbaren Sonne erleuchtet schienen. Aus dem Nichts nahmen sie ihre Form an wie der Morgennebel. Sie schwebten durch Wände, als ob diese gar nicht da wären. Fünf von ihnen. Unnatürlich verdrehte Kreaturen, die fast menschlich aussahen, doch dafür waren ihre Arme und Beine viel zu schrecklich verzerrt, ihre Finger zu lang, und ihre durchscheinenden, geisterhaften Körper bewegten sich wie Rauchschwaden im Wind. Am schlimmsten waren allerdings ihre Gesichter, eine unendliche Leere, aus der bloß zwei leuchtende, mit brennendem Hass erfüllte Augen starrten. Die Kreaturen griffen nach den Leuten ringsum und zeigten auf Die Verhüllte auf der Bühne.

»Schatten!«, flüsterte Mama voller Angst.

Der Fluch der Verräter.

In der Menge brach panisches Chaos aus. Die Menschen flohen furchterfüllt und fielen dabei vor lauter Eile übereinander. Das konnte man ihnen kaum verübeln, denn die Schatten saugten die Lebenskraft aus jedem heraus, mit dem sie in Berührung kamen, und ließen nur eine leblose Hülle zurück. Die Wachen leiteten die Menge zu einer Linie aus Magiesymbolen auf den Pflastersteinen. Die Schatten waren ihnen dicht auf den Fersen, doch bevor sie auch nur eine arme Seele zu fassen bekamen, erleuchteten die Symbole auf dem Boden strahlend hell. Schmerzerfüllt schreckten die Schatten zurück, wenn sie überhaupt so etwas wie Schmerz empfinden konnten.

»Wir müssen hier weg, *schnell*!«, rief Mama und zog die Mädchen vom Platz.

Die ganze Familie rannte. Juniper sprang hinter Mama über den Abgrund zwischen den Dächern, aber Elodie bremste abrupt ab.

»El, du musst springen!«, schrie Mama.

»Ich kann nicht!«, jammerte Elodie.

»Doch! Ich fange dich auf!«

Die Dachziegel unter Elodies Füßen fingen an zu glühen. Sie schrie und stolperte rückwärts, als sich direkt vor ihr ein Schatten aus dem Dach erhob, der sie aus mitleidlosen Feueraugen anstarrte, die voller Neid auf ihre Lebendigkeit waren.

Alles in Junipers Körper erstarrte zu Eis. »Elodie, *renn*!«

Doch Elodie konnte nur dastehen und starren. Die Blumen auf dem Dach, die einmal in voller Blüte gestanden hatten, verwelkten in der Gegenwart dieses Dings. Es gab ein tiefes, verzweifeltes Stöhnen von sich, und die unnatürlich langen Finger zuckten, bereit zum Schlag. Wenn das Ding Elodie auch nur berührte, würde es ihr in Sekundenschnelle die Lebenskraft entziehen.

»Elodie!«, schrie Mama und sprang zurück über den Abgrund. Juniper konnte nur hilflos zusehen, wie Mama versuchte, ihre Schwester zu fassen, doch der Schatten schlug mit beängstigender Geschwindigkeit zu. Mama duckte sich, und er verfehlte sie nur um Haaresbreite. Sie versuchte es noch einmal, doch das Ding war zu flink.

Plötzlich ergriff irgendetwas aus dem Nichts den Schatten beim Handgelenk. Es sah aus wie eine Art Seil, das allerdings aus verschlungenen Schattensträngen zu bestehen schien. Der Schatten wehrte sich und versuchte, sich zu befreien, doch ein weiteres Seil schlang sich um seinen anderen Arm und zog ihn zurück.

Nyx, oder Die Verhüllte, wie sie jetzt genannt wurde, erhob sich aus dem Dunkel auf dem Dach. Der Schatten kreischte und zappelte, doch die Magie Der Verhüllten hielt ihn fest. Sie rannte auf ihn zu und zeichnete direkt vor seinem kreischenden, leeren Gesicht hell leuchtende Symbole in die Luft. Sie wurden größer, verbanden sich miteinander und flogen wie ein Lasso um den Schatten herum, dann zogen sie sich plötzlich mit einem Blitzen zusammen. Alles, was von ihm übrig blieb, war sein schwächer werdendes Jammern, als das Ding wieder ins Jenseits hinter dem Schleier verbannt wurde.

»Meine Süße!« Mama stürmte zu Elodie und drückte sie fest an sich. »Es tut mir leid, es tut mir so leid, dass ich es nicht bis zu dir geschafft habe. Ich hab es ja versucht, aber …«

Doch Elodie hörte gar nicht zu. Ihre Augen waren weit

geöffnet und glänzten. Allerdings nicht mehr aus Angst. Sie starrte Die Verhüllte voller Ehrfurcht an.

»Alles okay?«, fragte Die Verhüllte besorgt.

Elodie nickte.

»Danke!«, flüsterte Mama, und Tränen liefen ihr übers Gesicht. »Vielen, vielen Dank!«

Die Verhüllte seufzte erleichtert auf und verschwand wieder in der Dunkelheit, um sich die restlichen Schatten auf dem Platz vorzunehmen.

Juniper sprang auf das Dach, kniete sich vor ihrer zitternden Schwester hin und umarmte sie.

»El! Gehts dir gut?«

»Das … war das Unglaublichste, was ich je gesehen habe«, flüsterte Elodie kaum hörbar. »Die Verhüllte … Kannst du … kannst du dir vorstellen, wie es ist, die Macht zu haben, die Leute so zu beschützen?«

»Na los, es ist nicht sicher hier.« Mama versuchte, Elodie hochzuheben, doch ihre Tochter wehrte sich und konnte die Augen nicht von Der Verhüllten abwenden, die sich jetzt wieder unten auf dem Platz befand.

»Ich möchte den Menschen auch auf diese Art helfen«, sagte sie atemlos. »Ich möchte auch etwas bewegen. Ich möchte Arkanistin werden!«

Juniper wollte gerade etwas erwidern, doch Mama warf ihr einen warnenden Blick zu. Sie mussten schnell von hier weg.

»Wenn irgendjemand eine gute Erbin abgeben würde, dann du, El«, sagte Mama, die Elodie zum Gehen überreden wollte. »Aber wir müssen jetzt wirklich los.«

Juniper schluckte heftig. Jedes Kind in Arkspire träumte davon, ein Arkanist zu werden. Man musste nur beweisen, dass man das Zeug dazu hatte: Es brauchte Mut, Entschlossenheit und ein reines Herz. Eigentlich hatte jeder in Arkspire die Chance, ein *Jemand* zu werden.

Doch Juniper kannte die Wahrheit. Tatsächlich wurden nur Kinder aus mächtigen, reichen Familien aus den Uppers auserwählt. Dregger wie die Bell-Schwestern hatten da keine Chance, das wusste Juniper trotz ihres jungen Alters schon genau. Ihr war klar, wo sie hingehörten, und das war nicht oben in die Türme der Arkanisten.

Trotzdem brachte sie es nicht übers Herz, Elodie das Ganze zu erklären, zumindest nicht mehr heute Abend. Die Verhüllte hatte das Herz ihrer Schwester mit Hoffnung und Inspiration erfüllt, und Juniper wollte auf keinen Fall diejenige sein, die ihr diese Gefühle wegnahm.

In den folgenden Jahren würde sie sich noch an diesen Augenblick erinnern.

1

DER FEIND MEINES FEINDES

Zwei Jahre später

Juniper Bell wurde verfolgt.

Der Mann war ihr schon einige Straßen zuvor aufgefallen. Sie hatte ihr Bestes gegeben, ihn abzuhängen, und sich geschickt durch die drängelnde Menschenmenge auf dem lebhaften Markt des Iris-Distrikts geduckt und geschlängelt, doch der Mann klebte an ihr wie ein ekliger Gestank.

Er verstand sein Handwerk, das musste Juniper ihm lassen.

Er war vorsichtig. Er hielt sich in den langen Schatten, die die tief stehende Nachmittagssonne warf, und mied die speerförmigen Sonnenflecken, die sich ihren Weg durch die hoch aufragenden Gebäude links und rechts der Straßenschlucht bahnten. Die heruntergekommenen Marktstände nutzte er für die Deckung. Er schlich sich zwischen den brüllenden Verkäufern, die lauthals ihre Waren anpriesen, hindurch und blieb dabei immer hinter dem Rauch von köchelndem Essen und Räucherstäbchen verborgen. Sein Gesicht wurde von der weiten Kapuze eines langen Umhangs verhüllt. Wahrscheinlich hat er ganz dunkle, geheimnisvolle Augen, dachte sich Juniper, eine dicke fette Narbe auf der Stirn und einen Dolch am Gürtel. Alles, was man als mysteriöse Gestalt so braucht.

Ja, er verstand sein Handwerk. Nur, dass Juniper Bell ihres noch ein bisschen besser verstand.

Ganz bestimmt war er ein Reliktjäger, genau wie sie, der ihr folgte und hoffte, ihr das verlockende Zielobjekt wegzuschnappen, hinter dem sie schon den ganzen Nachmittag her war.

Nicht mit mir, Freundchen, dachte sich Juniper.

Sie richtete den Blick wieder nach vorne auf ihr Ziel, einen mechanischen Wagen, in dem drei ziemlich abgerissene Passagiere saßen. Sie hielten die Köpfe gesenkt, hatten ihre Halstücher bis über die Nase gezogen und trugen Hüte mit einer breiten Krempe, die tief nach unten hing. Offensichtlich wollten sie nicht zu viel Aufmerksamkeit auf sich ziehen. Doch die Art und Weise, wie sie ihre Revolver unter ihren Mänteln festhielten, kam Juniper ziemlich verdächtig vor. Sie waren so angespannt und nervös und betrachteten jeden, der vorbeiging, wie einen Feind, mit dem sie schon lange gerechnet hatten. Das konnte Juniper ihnen nicht vorwerfen. Man munkelte, dass diese Gruppe sich in die Badlands begeben hatte, das Ödland mit seinen verlassenen Ruinen, das Arkspire umgab, so weit das Auge reichte. Jeder wusste, dass man die seltensten, wertvollsten arkanen Relikte nur in diesen vergessenen Bezirken finden konnte.

Wenn man denn jemanden überzeugen konnte, da rauszugehen und zu suchen. Eigentlich ging man nur in die Badlands, wenn man (a) sich *so richtig* verlaufen hatte, oder (b) *komplett* lebensmüde war.

Allerdings sah es ganz so aus, als wären diese Typen da in einem Stück wieder rausgekommen (wenn man mal ganz von ihrem gequälten, leeren Blick absah) und wahrscheinlich auch ein bisschen reicher. Unter der Plane auf ihrem Wagen vermutete Juniper jede Menge fette Beute.

Da mischte sich ein anderes Geräusch in das Gebrüll auf dem Markt: das Knacken und Summen der Phonograph-Sprecher, die in der ganzen Stadt angebracht waren. *»Denkt daran, Bürger von Arkspire! Alle arkanen Gegenstände oder Relikte, die möglicherweise Magie besitzen, müssen bei euren freundlichen Wachen vor Ort gemeldet werden«*, ertönte die vornehme Stimme des Sprechers, die den Bewohnern von Arkspire nur allzu vertraut war. *»Die Wachen der fünf Orden der Arkanisten sind da, um zu helfen. Sicherheit geht vor. Nicht vergessen: Schmuggelwaren bedeuten Chaos!«*

Ein großer, bewaffneter mechanischer Wagen schob sich direkt vor Juniper über die Kreuzung. Auf der Seite stand in protzigen Lettern das Wort REQUISITION geschrieben. Obendrauf saßen schwer bewaffnete Wachen mit langen grauen Umhängen, auf denen das Eulenwappen des Ordens der Iris prangte, und mit Gewehren, die im staubigen Licht glänzten.

Wenn man in Arkspire mit einem verbotenen, magischen Relikt erwischt wurde, war das ein ziemlich schweres Verbrechen. Also durfte man sich einfach nicht erwischen lassen.

Das wussten auch die Schmuggler, denen Juniper auf den Fersen war. Sie fuhren nur noch im Schneckentempo, damit sie nicht in die Nähe der Patrouille gerieten. Als

Juniper sich näherte, kam plötzlich ein Mädchen aus der Menge gelaufen und rempelte sie an. Das Mädchen trug eine Tunika aus zusammengenähten Stoffresten und darunter eine verwaschene, blaue Arbeiterhose. Ihr breites, freundliches Gesicht mit einer Stupsnase wurde von kurzem, schwarzem Haar umrahmt.

»Tut mir voll leid!«, sagte sie.

»Kein Ding.« Juniper zog sich ihre große Mütze tiefer über die Augen, um sich nicht anmerken zu lassen, dass sie das Mädchen kannte.

Das war Thea, Junipers beste Freundin und Komplizin.

Juniper langte in die Tasche ihres abgewetzten Mantels und zog das Stück Papier heraus, das Thea dort reingesteckt hatte. Es war in Form einer Ratte gefaltet, dem Symbol ihrer Bande. Sie nannten sich die Misfits, die Unpassenden. Im Moment bestanden sie zwar nur aus zwei Mitgliedern, aber das zählte trotzdem als Bande, oder? Juniper faltete das Papier auf und sah sich die Bilder an, die darauf gezeichnet waren. Ein Strichmännchen mit zerzaustem Haar wie Junipers, dahinter sechs weitere Strichmännchen mit zornigen Augen und scharfen Zähnen. Thea wollte sie warnen, dass sie nicht nur von einem, sondern gleich von sechs Männern verfolgt wurde. Junipers Zielobjekt war noch begehrter, als sie angenommen hatte.

Was auch immer sich auf dem Wagen befand – es musste was irre Besonderes sein.

Ganz unten auf dem Zettel war ein Pfeil aufgemalt, der ihr zeigte, dass sie das Blatt umdrehen sollte. Auf der anderen Seite war eine Zeichnung von einem freundlichen Bären, der das Juniper-Strichmännchen in den Arm nahm. Das war megasüß und megacool.

Juniper steckte die Notiz wieder ein. Also sechs Reliktjäger, fünf davon versteckt, die alle ebenfalls hinter ihrem Schatz her waren. Jetzt musste sie sich schnell etwas einfallen lassen.

Juniper bewegte sich geschickt wie eine Katze durch die Menschenmenge. Unauffällig checkte sie das Spiegelbild in einem Schaufenster und sah den Mann im Umhang hinter sich. Er folgte ihr noch auf Schritt und Tritt und kam immer näher. Eine weitere dunkle, geheimnisvolle Gestalt stand an einem Marktstand, und ein anderer Mann tat so, als würde er die Zeitung lesen. Bei einem von ihnen konnte sie ein Hai-Tattoo erkennen, der andere trug einen Bullenkopf als Kettenanhänger. Das waren verfeindete Banden, die sich noch nicht gegenseitig entdeckt hatten, soweit Juniper wusste. Sie hatten ihre Tücher hoch über die Nase gezogen und bedeckten ihre Gesichter mit Kapuzen oder Hüten.

Könnte interessant werden, dachte Juniper. Aber sie konnte die Situation bestimmt für sich ausnutzen.

Sie holte tief Luft und rannte auf den mechanischen Wagen zu. Der am nächsten stehende Schmuggler bemerkte gar nicht, dass Juniper nach seinem Ärmel griff, so fokussiert war er auf den Requisitions-Wagen, der sich auf der Straße entfernte. Als er ihre Berührung bemerkte, wurden seine Augen groß, und seine Revolverhand zuckte.

»Was machst'n du hier, Göre?«, motzte er. »Verzieh dich gefälligst!«

Junipers Herz pochte heftig in ihrer Brust, doch sie versuchte, Ruhe zu bewahren.

»Bitte, mein Herr, ich will Sie nur warnen!«, sagte sie im besorgtesten Tonfall, den sie hinbekam, und ließ ihre Augen groß und glänzend erscheinen wie die eines Kätzchens.

Der Schmuggler sah aus, als wollte er sie gleich an den Rinnstein treten, während seine Kumpel ihm mit fiesen Blicken zusahen. »Hör mal, du Zwerg, ich warne dich nicht noch mal.«

»Bitte, er steht gleich da vorne!« Sie deutete auf die Gestalt im Umhang, die mitten auf der Straße plötzlich

stehen blieb. »Der Typ da, mit der Kapuze, der hat Sie verfolgt!«

»Red keinen Quatsch!« Trotzdem beobachteten die Schmuggler nun den Mann mit der Kapuze, um sich selbst ein Bild zu machen.

»Ich hab gesehen, dass er ein Tattoo von einem Hai hat, und meine Mama hat immer gesagt, ich soll mich von Menschen mit Hai-Tattoos fernhalten«, beharrte Juniper.

»Hai-Tattoo?«, wiederholte eine Schmugglerin und kniff die Augen zusammen.

Das hatte ihre Aufmerksamkeit geweckt.

Juniper hatte keine Ahnung, ob ihr Verfolger tatsächlich zur Haizahn-Gang gehörte, aber mindestens einer der unheimlichen Typen auf dem Marktplatz war bestimmt ein Mitglied. Außerdem wusste sie schon, dass diese Schmuggler zu ihrem Boss Tungsten gehörten. Der Gangsterboss Tungsten beherrschte den Schwarzmarkt für Relikte und hasste die Haizähne mehr als alle anderen.

Langsam zog sich die Gestalt in der Kapuze zurück, was Junipers Anschuldigung noch glaubhafter erscheinen ließ.

Großer Fehler, Kumpel, dachte sich Juniper. *Wärst du mal lieber cool geblieben.*

Die Schmuggler hoben ihre Revolver und beobachteten den Mann misstrauisch – ganz wie Juniper sich erhofft hatte. Sie hatte sich darauf verlassen, dass die Schmuggler genau so nervös waren, wie sie aussahen.

Da rannte der Mann in der Kapuze plötzlich los.

Ein Schmuggler feuerte Schüsse auf ihn ab.

Und dann brach die Hölle los.

Die Kugeln sausten über die Straße und rissen Holz- und Putzstückchen mit sich. Die anderen fünf Reliktjäger hatten ihre Pistolen gezogen und schossen nun zurück auf die Schmuggler. Panik brach unter den Menschen auf dem Markt aus. Die Schmuggler suchten hinter ihrem Wagen Deckung und feuerten weiter auf ihre Angreifer. Juniper tat es ihnen gleich und drückte sich mit dem Rücken eng an den Wagen, während die Kugeln ringsum vom Metall abprallten.

»Tut mir leid, aber ich habs euch ja gesagt«, meinte Juniper an den Schmuggler gewandt, den sie hatte warnen wollen.

»Hau ab, ich sags nicht noch mal!« Er hob die Waffe über den Wagen und feuerte, ohne überhaupt hinzusehen.

»Aber ... *Na gut!*«, antwortete Juniper. »Ts, da versucht man *einmal*, jemandem zu helfen ...« Sie sprang auf, kletterte in den Wagen und ließ sich auf die Jutedecke fallen, die über der Beute ausgebreitet lag.

»He, raus da!«, rief der Schmuggler.

In dem Moment stieß das Getriebe des Wagens weißen Rauch aus, und die magischen Symbole auf dem Motor erwachten zum Leben. Genau das hatte Juniper erwartet. Thea hatte die Ablenkung genutzt, um sich auf den Fahrersitz zu schwingen und die Zündhebel zu betätigen. Die Misfits arbeiteten zusammen wie eine gut geölte Maschine – schnell rein und wieder raus, ohne langes Zögern.

Gehorsam tat der Wagen mit quietschenden Zahnrädern einen Satz nach vorn.

Wutentbrannt rannten die Schmuggler hinterher, aber die Staubwölkchen der Pistolenkugeln erinnerten sie schnell daran, in welcher Gefahr sie sich befanden, und sie gingen wieder in Deckung.

»Kommt zurück!«, rief ein Schmuggler, als hätte das jemals funktioniert.

»Ich dachte, ihr wolltet, dass ich abhaue?«, rief Juniper zurück.

Die Schmuggler schrien ihr nach, während der Wagen die Straße hinunterfuhr, doch ihre Stimmen wurden schon bald vom Getöse des Motors übertönt. Wahrscheinlich riefen sie nichts als Nettigkeiten und wünschten ihnen alles Gute, dachte sich Juniper. Zum Dank winkte Juniper ihnen noch zu, bevor sie um eine Ecke bog und sie aus den Augen verlor.

2

UNTER DEN
AUGEN DER EULE

Einige Straßen weiter stand neben einer ruhigen, staubigen Gasse stolz eine riesige, hölzerne Eulenskulptur. Zu ihren Füßen waren Kerzen abgestellt worden, außerdem lagen dort Bronzemünzen, Äpfel und andere Opfergaben. Es war ein Schrein für Die Beobachterin, die Arkanisten-herrscherin über den Iris-Distrikt. Im lauten Gewühl des Marktes war dies ein Ort des Friedens und der inneren Einkehr. Zumindest war er das gewesen, bis der Wagen vorbeigerauscht und in die Gasse geschlittert war und dabei die Ecke eines Hauses demoliert hatte. Schließlich war er in einer Rauchwolke und einem Haufen kaputter Mauersteine zum Stehen gekommen.

»Ups!«, sagte Thea und sprang vom Fahrersitz. »Da hat wohl jemand eine Wand hingestellt.«

In der dunklen, engen Gasse roch es faulig, doch selbst das konnte dem Grinsen auf Junipers Gesicht nichts anhaben. »Die Wand sollte sich lieber um ihre eigenen Angelegenheiten kümmern, lass dir von ihr ja nichts anderes einreden. Du warst der Hammer, Thea!«

»Wenn du nicht so schnell geschaltet hättest, hätte ich das nie geschafft«, sagte Thea, und die beiden Freundinnen vollführten ihren perfekt choreografierten Siegeshandschlag, bei dem man jede Menge schnelle Handbewegungen ausführen, auf einem Bein hüpfen und einander Fünf geben musste, während man in entgegengesetzte Richtungen schaute.

Grinsend stemmte Juniper die Hände in die Hüften. »Ich denke, ich nenne dieses Betrugsmanöver: *Der Feind meines Feindes ist mein Freund (oder so)*.«

Thea nickte. »Gefällt mir. Kann man sich gut merken.«

»Mann, *was für eine Flucht*, Thea!« Juniper trat einen Schritt zurück, um den Wagen zu betrachten, den sie erstaunlicherweise nur ein bisschen verbeult hatten. »Wie du um die ganzen Leute rumgekurvt bist … Du so: *wuuuuuuuuusch, brrrrrrrrrruuum!*«

»Gab ganz schön viel Geschrei, was?«

»Ja, aber es sind immerhin alle rechtzeitig aus dem Weg gesprungen, oder? Heute gab es trotzdem *viiieeeel* Geschrei, das stimmt schon«, räumte Juniper ein, »sogar mehr als letzte Woche in Rust Lanes …«

»Immerhin hatten wir es heute mit nicht annähernd so vielen Schwellkröten zu tun«, meinte Thea.

»Ja, stimmt. Ich hab *immer noch* Schleim in meinen Stiefeln.« Juniper schüttelte sich bei dem Gedanken an diesen klebrigen Diebstahl. »Wie auch immer. Sollen wir mal nachschauen, wofür wir eigentlich so mutig Kopf und Kragen riskiert haben?« Sie zog die Abdeckung hinten auf dem Wagen herunter und gab Thea den Vortritt. »Nach ihnen, gnädige Dame.«

»Oh, wie überaus freundlich.«

Thea kletterte auf die Ladefläche des Wagens und stieß einen leisen Pfiff aus, als sie sah, was sich dort befand. Alles war vollgestopft mit Beute, frisch aus den Badlands. Bücher, Pergamentrollen, Flaschen und Relikte, die vermutlich einmal den großen (und schrecklichen) Verrätern gehört hatten. Der Legende nach hatte Der Besucher einst einhundert Menschen magische Kräfte verliehen doch nur fünf hatten sich als dieser Gabe würdig erwiesen – die Arkanisten. Die übrigen fünfundneunzig … *na ja.* Die Geschichten erzählen von all den fürchterlichen, bösen Dingen, die die Verräter mit ihren beängstigenden arkanen Waffen angestellt hatten. Einfach albtraumhaft.

Juniper konnte es kaum abwarten, sie zu Gesicht zu bekommen.

Sofort durchsuchten die Mädchen den Haufen. Juniper griff sich einige Flaschen: Eine davon hatte ein Auge auf dem Etikett, die andere einen Stern. Sie entfernte die Korken von beiden, schnupperte daran und verzog das Gesicht.

»Eine Fälschung. Wertlos. Sieht aus, als hätten unsere Schmugglerfreunde eine kleine Einkaufstour in der Innenstadt gemacht ...«

»Ich bin immer wieder erstaunt, was die Leute alles kaufen, um sich ein bisschen mehr wie die Arkanisten zu fühlen«, sagte Thea.

Juniper warf die Flaschen hinter sich und schnappte sich eine andere mit einem Herz auf dem Etikett. »Ah, ein selbst gemachter Liebestrank. Ich wusste doch, dass ich mindestens einen von euch hier finden würde. Weißt du, was *ich* wirklich lieben würde? Diese Dinger nicht überall zu finden! Meinst du, der Zaubertrank kann mir da helfen?«

»›*Was ist das Leben anderes als Liebe und Sandwiches?*‹, wie meine Omama immer sagt«, zitierte Thea.

Juniper nickte, als würde sie je verstehen, was Theas Oma mit ihren Sprüchen meinte. »So weise.«

»Was das hier wohl ist?« Thea hielt einen kleinen, spitzen Stab in die Luft. »So was Hübsches, könnte das vielleicht eine Art Zauberstab sein?«

»Das ist Primroses patentierter Pickel-Platzer«, antwortete Juniper und durchwühlte die nächste Kiste.

»Woher weißt du das denn?«

»Weil ich gesehen hab, wie Primrose das Ding letzte Woche vorgeführt hat.«

Thea überlegte einen Moment, ob sie das eklig finden sollte, steckte den Stab dann aber zufrieden in die Tasche. Juniper hob sich eine Glaskugel vors Gesicht und schüttelte sie kräftig. Im Inneren erleuchteten wie aus dem Nichts zwei Kugeln und verschmolzen zu einem Drachen, der hell wie die Sonne strahlte. Der Drache flog mit unheimlicher Eleganz durch die Reliktkugel, die mit jedem seiner Flügelschlage leicht pulsierte.

»Na, diesem Relikt kommt die Magie ja förmlich aus den Ohren wieder raus!«, sagte Juniper. »Sieht auch nicht gefährlich aus. Ab in meine Tasche damit!«

»Das hier ist auch echt.« Thea hielt eine vibrierende Halskette aus Ton hoch, in deren Mitte sich ein Kristall befand. »Das Ding hat gute Schwingungen.« Plötzlich spuckte der Kristall grüne Energiefunken. »Au!«, sagte sie, als sie getroffen wurde. »Au! Au! Au! Au! Vielleicht leg ich das doch lieber wie- der weg.«

Junipers Grinsen wurde immer breiter, je länger sie die Beute durchstöberten. Eine ewig brennende Kerze, deren blaue Flamme sich kalt anfühlte. Ein Buch, das keine Wörter, sondern Gerüche enthielt. Ein Fernglas, das beim Hindurchsehen einen komplett anderen Ort zeigte. Lauter unglaubliche, unmögliche Dinge, wie sie die Dregger dank der wachsamen Augen und flinken Finger der Requisition nur selten zu Gesicht bekamen.

»So. Ein. VOLLTREFFER! Und dieses Zeug sieht gar nicht so schlimm aus. Keine Ahnung, warum die Leute sich so ins Hemd machen!«

Ein Gegenstand fiel Juniper besonders ins Auge.

In einer strohgefüllten Kiste lag einsam eine kleine, abgenutzte Truhe. Juniper öffnete sie und erwartete einen Schatz, stattdessen fand sie zu ihrer Überraschung nur eine zerbrochene Spiegelscherbe. Sie zog die Augenbrauen zusammen. Die Scherbe war ungefähr so groß wie ihre Hand, ziemlich alt und staubig. Im Vergleich zum Rest der Beute war das ganz schön langweilig, doch irgendwie fesselte die Scherbe Junipers Aufmerksamkeit und ließ sie nicht mehr los. Sie betrachtete sie genauer und sah ihr eigenes Spiegelbild und die dreckige Gasse hinter ihr. Wie man das von einem Spiegel erwartete.

Aber Moment, was war das?

Im Spiegelbild war ein Schemen zu sehen ... etwas, das sich hinter ihr bewegte. Sie drehte sich um und befürchtete schon, dass sie entdeckt worden waren. Doch sie entdeckte nichts als Thea, die gerade an einem Ring mit einer eingelassenen Blume herumspielte, und die Gasse. Juniper blickte wieder in den Spiegel, aber auch dort war nichts mehr zu sehen. Dabei hätte sie schwören können, dass sie etwas gesehen hatte …

Mit einem Schulterzucken wickelte sie die Scherbe in ein Tuch und ließ sie in ihre Manteltasche gleiten. Darüber würde sie sich später Gedanken machen. Jetzt mussten sie erst einmal ihre Arbeit beenden.

»Das ist bestimmt die größte Beute, die wir je gemacht haben! Das bringt uns sicher *suuuperviel* Knete ein. Kein Wunder, dass sich die Reliktjäger so darum gekloppt haben.«

»Da kriegt man fast ein schlechtes Gewissen, wenn man das alles klaut …«, sagte Thea und lud sich die eigene Tasche voll. »Aber nur *fast.*«

»Ich finde, wir haben das Zeug eigentlich gerettet«, meinte Juniper. »Es ist bei uns besser aufgehoben als bei den gierigen Gangs auf dem Schwarzmarkt oder im Tresor der Requisition, während wir zu Hause verhungern. Also, je mehr leckere Relikte, desto mehr Nom-nom-nom-nom!«

Thea nickte. »Hast recht. Vor allem das mit dem ›Nom‹. Ich kann mir allerdings kaum vorstellen, dass deine Schwester damit einverstanden ist.«

Junipers Lächeln verschwand kurz. »Mach dir um Elodie keine Gedanken. Was sie nicht weiß, macht sie nicht heiß.«

Die Mädchen schlichen sich mit prall gefüllten Taschen aus der Gasse. Als sie an einem Checkpoint der Wachen vorbeikamen, summten die Symbole auf den Pflastersteinen leise. Zum Glück hielten die Wachen die Mädchen

nicht für Schatten und ließen sie zurück auf die belebten Marktstraßen, wo die Spätnachmittagssonne ihnen die Gesichter wärmte.

Über dem Gemurmel der handelnden, feilschenden Menge ertönte laut eine Phonographennachricht. *»Die Verräter sind zwar nicht mehr unter uns, aber das heißt nicht, dass sie hier keine Anhänger mehr haben. Haltet stets die Augen nach etwas Verdächtigem offen. Denkt dran: Wenn das Auge warnt, wird der Spion enttarnt.«*

Jeder Distrikt von Arkspire war direkt an den Turm des dort regierenden Arkanisten gebaut – das waren kolossale Festungsberge, viele Meilen breit und so hoch, dass sie die Wolken am Bauch kratzen konnten. Juniper blickte nach oben zu der gigantischen, eisernen Plattform, auf der sich hoch oben die Uppers befanden und allen anderen die Aussicht auf den Himmel versperrten.

Die unteren Teile der Stadt, die Dregs, wie sie (beinahe) liebevoll genannt wurden, klammerten sich daran wie Seepocken an ein Boot, wie Pilze an einen Baum oder wie ein riesiger Haufen Müll, den jemand am Fuß einer Marmorstatue abgeladen hatte.

Juniper und Thea kamen an vielen Händlern vorbei, die vor ihren Läden standen und ohrenbetäubend schrien: »Hier gibt es legale Relikte! Schätze, von denen die Arkanisten *wollen*, dass ihr sie besitzt! Talismane, die sich nicht austricksen lassen!«

»Kreide für magische Symbole! Kauft hier eure Kreide für magische Symbole! Habt ihr Ärger mit den Schatten?

Setzt ihnen eine Grenze mit unserer patentierten Symbol-kreide! Sie bietet nachweislich Schutz gegen Schattenan-griffe, oder ihr bekommt euer Geld zurück!«

»Wollt ihr eure Treue gegenüber Der Beobachterin zei-gen? Kauft hier eure Eulen-Broschen, solange der Vorrat reicht!«

Eine Katze flitzte an den Mädchen vorbei, gefolgt von einer besonders mutigen Ratte.

Der Erfinder-Distrikt hatte seine Werkstätten und Fabriken, der Glanz-Distrikt funkelnde Lichter und Biblio-theken, und der Iris-Distrikt hatte wilde Tiere, die auf der Straße herumstreunten.

Ganze Rudel von streunenden Hunden, Banden neu-gieriger Katzen, Schwärme fiepsender Ratten, kreischender Krähen und gurrender Tauben. Die meisten Distrikte gaben sich alle Mühe, solche Bewohner fernzuhalten, doch nicht der Iris-Distrikt. Die Beobachterin konnte durch die Augen anderer Wesen schauen, vor allem die der Tiere. Dass man sie seit Jahrzehnten nicht mehr gesehen hatte, hieß noch lange nicht, dass sie nicht da war. Das sagten zumindest die alten Leute. Sie erzählten sich sogar Geschichten da-von, dass man manchmal mit etwas Glück mitbekommen konnte, wie einen Die Beobachterin durch Tieraugen be-trachtete: Wenn eine Katze einen mit besonders glühendem Blick ansah oder die Augen einer Möwe violett funkelten.

Juniper war sich da nicht so sicher. Sie hatte so was in ihren dreizehn Jahren noch nie erlebt und gelernt, lieber ihren eigenen Augen zu trauen als irgendwelchen

Märchen, die Großmütter ihren Enkeln erzählten, damit die sich gut benahmen. Trotzdem wurden die Tiere des Iris-Distrikts gut behandelt. Die Leute stellten ihnen Futter und Wasser raus, nur für den Fall, dass Die Beobachterin ihre guten Taten sah und sie segnete.

Dadurch fühlten sich die Menschen sicher. Als würde sich jemand um sie kümmern und ein schützendes Auge auf sie werfen, damit sie nicht den Schatten zum Opfer fielen.

Juniper kicherte, als sich ein Hund der Verfolgungsjagd anschloss. Sie hätte beinahe den Requisitions-Wagen vor ihrer Nase übersehen. Darin saßen die Schmuggler, die nach ihrer Schießerei verhaftet worden waren. Neben dem langsamen Fahrzeug liefen Wachen und suchten den Markt nach anderen Nichtsnutzen ab, die eine Lektion von der strengen Hand des Gesetzes gebrauchen konnten. Und sie kamen direkt auf die Mädchen zu.

»*Pssst*, Gefahr voraus«, flüsterte Juniper, starrte auf ihre Schuhe und zog bedeutungsvoll die Augenbrauen hoch. Die Wachen wussten nicht, dass die Mädchen ebenfalls in die Schießerei verwickelt gewesen waren, doch die Schmuggler wussten Bescheid, und Juniper wollte auf keinen Fall von ihnen erkannt werden.

»Oje!«, antwortete Thea leise. »Was hast du jetzt vor? *Schach und schachmatt? Rutschiger Pudding? Überfreundlicher Diener?*«

»Warum versuchen wirs nicht mal mit den *unschuldigen Zivilisten?*«, schlug Juniper vor.

»Einfach, aber effektiv«, gab Thea zurück. »Was auch immer du vorhast, ich helfe dir.«

Das musste man Juniper gar nicht erst sagen. Auf Thea konnte sie sich einfach immer verlassen.

»Ich meine, was kann denn schlimmstenfalls passieren?« Juniper rückte ihre Mütze zurecht und zog sich den zerschlissenen Schal über die Nase. Die Misfits wussten, wie man sich unauffällig verhielt. Wenn sie nicht gesehen werden wollten, konnten sie einfach verschwinden.

Juniper war gut darin, ein Niemand zu sein. Vielleicht ein wenig *zu* gut, dachte sie manchmal.

Mit gesenktem Kopf gingen die Mädchen an den patrouillierenden Wachen vorbei, die sie keines Blickes würdigten. Erleichtert blies Juniper Luft aus ihren Wangen.

Bis auf einmal irgendwas in ihrer Tasche mit lautem Rumoren zu pulsieren begann. Sie fühlte, wie die Vibrationen durch ihre Knochen und bis in den Boden unter ihren Füßen liefen. Fast wäre sie vor Schreck gestolpert, doch es gelang ihr, einfach weiterzugehen, während sie versuchte, ihre Überraschung zu verbergen. Thea sah sie verwundert an, genau wie einige Passanten in der Nähe.

»Hast du Hunger, Juni?«, wollte Thea wissen.

»Geh einfach *weiter*«, drängte Juniper und wurde schneller.

Da passierte es wieder. Ein tiefer, widerhallender Pulsschlag, als hätte jemand auf eine Trommel geschlagen, die sie in ihrer Tasche vergessen hatte. War das vielleicht eines der Relikte? Diesmal schauten sich noch mehr Leute verwirrt und leicht beängstigt um. Juniper wagte einen Blick über die Schulter und sah, was sie befürchtet hatte:

Die Wachen waren stehen geblieben und schauten in ihre Richtung.

»Hier gibts nichts zu sehen, Leute. Geht einfach weiter ...«, murmelte Juniper und versuchte, in der Menge unterzutauchen. Der nächste Pulsschlag war kein Rumoren mehr, sondern eher ein tiefer Knall. Die Leute sprangen ängstlich von Juniper weg, sodass sie ganz allein dastand.

»Ihr da! *Stehen geblieben!*«

Juniper zuckte beim Klang der Stimme der Wache zusammen.

»Denkt ja nicht dran wegzurennen!«

»Zu spät«, sagte sie, und die Mädchen rannten die Straße hinunter.

3

GEBEN IST SELIGER DENN NEHMEN

Die Mädchen stürmten auf den nächsten Laden zu und nutzten den Schwung, um sich hochzuziehen. Thea hielt sich an einer tief hängenden Markise fest, Juniper bekam einen Fenstersims zu fassen, von dem abblätternde Farbe auf den Wachmann hinunterrieselte.

»Komm zurück!«, schrie er und griff nach ihrem Fuß, den sie gerade noch rechtzeitig wegziehen konnte.

Sie klammerte sich an den Fenstersims, zog die Beine an die Brust und sprang von Sims zu Sims, bis sie das verzierte Geländer an der Dachkante erreicht hatte und hinübersprang. Thea, den Gurt ihrer Tasche fest umklammernd, war direkt hinter ihr. Die Wachen wichen in die aufgeregte Menschenmenge zurück, beobachteten die Mädchen genau und überlegten sich ihre nächsten Schritte. Die Mädchen rannten über das verworrene Dächerlabyrinth, während die Wachen zur nächsten Kreuzung eilten, um ihnen den Weg abzuschneiden.

Das sollten sie ruhig versuchen; die Misfits waren in ihrem Element. Dächerlaufen gehörte zu ihrem Alltag, und sie kannten den Distrikt wie ihre Westentasche. Eins stand allerdings fest: Mit dem Radau, der aus Junipers Tasche kam, würden sie nie davonkommen. Ein weiterer Pulsschlag hallte über die Dächer und brachte die Dachziegel zum Zittern, als Juniper sich die Tasche von den Schultern schwang und sie zu durchwühlen begann. Sofort hatte sie den Schuldigen gefunden: Die Kugel mit dem Drachen glühte hell und vibrierte wie verrückt, der Drache darin brüllte bei jedem Schlag.

Sie wusste nicht, wie sie das Ding zum Leben erweckt hatte, aber es konnte unmöglich bei ihr bleiben, auf gar keinen Fall. Im Rennen ließ sie die Kugel fallen, die über das schräge Dach und hinab auf die Straße rollte.

»Auf in die Freiheit, lärmender Ball!«

»Du wirst uns fehlen!«, fügte Thea hinzu.

Wie zur Antwort gab die Kugel einen weiteren Pulsschlag von sich – diesmal so laut, dass die Fensterscheiben in der Nähe zersprangen.

Vielleicht waren die Relikte doch nicht *ganz* so ungefährlich, wie Juniper gedacht hatte.

Sie rannten weiter, sprangen über enge Gassen und schlitterten Dächer hinunter, doch bei jedem Blick zurück sah Juniper die Wachen, die ihnen immer noch dicht auf den Fersen waren. Die meisten anderen hätten schon lange aufgegeben.

»Den Typen sollte mal jemand ne Gehaltserhöhung geben!«, meinte Juniper, als auf einmal Musik ertönte. Sie sah sich suchend um.

Man hörte Trommelschläge und pfeifende Blasinstrumente. Das war eine Parade in einer nahe gelegenen Hauptstraße. Eine Einheit von Wachen eskortierte einen ultraluxuriösen Wagen, auf dem sich ein Schrein für Die Beobachterin befand. Angeführt wurde die Prozession von einer Marschkapelle, neben dem Wagen liefen zehn Kinder in Uniform und streckten der versammelten Menge Körbe entgegen. Darin legten die Menschen unter den wachsamen Augen der strengen Magister des Ordens der Iris, die auf dem Wagen mitfuhren, ihre Gaben ab.

Als Magister bezeichnete man die höchsten Amtsträger der fünf großen Orden, und soweit Juniper es erkennen konnte, bestand die größte Anforderung für diesen Job darin, bloß niemals zu lächeln. »Arkspire ist stark, weil wir zusammenhalten«, verkündete einer von ihnen. »Seid großzügig mit euren Gaben, ihr guten Leute, und eure guten Taten werden belohnt werden!« Es handelte sich um eine Gabenprozession, bei der die Menschen Geschenke brachten und ihrer Arkanistenherrscherin dankten in der Hoffnung, damit einen Beitrag im erbitterten Kampf gegen den Fluch der Verräter zu leisten.

»Da, schnell in die Menge!« Juniper schwang sich über die Dachkante und rutschte an einer Regenrinne hinunter auf die Straße. Ein Mann streckte den Kopf aus dem Fenster, als Juniper gerade vorbeigesaust kam. »Immer schön in

Bewegung bleiben, was?«, sagte sie entschuldigend. »Wer hat schon Zeit für diese Menschenmassen?«

Der Mann konnte nur zusehen, wie Juniper auf die Straße glitt, dicht gefolgt von Thea. Sie rauschten durch einen Kleiderstand, dessen Verkäufer gerade viel zu eifrig mit einem Kunden feilschte, um die beiden zu bemerken. Als sie wieder herauskamen, trug Juniper eine neue Mütze auf dem Kopf, die ihr einige Nummern zu groß war. Sie hoffte trotzdem, dass die Verkleidung effektiv war, falls sie den Wachen in die Hände fallen sollten.

Thea dagegen trug nun einen pinkfarbenen Hut mit so vielen Blumen darauf, dass es fast schon zu viel des Guten war. Juniper sah sie mit einer hochgezogenen Augenbraue an.

»Mode«, erklärte Thea knapp.

Die Mädchen drängelten sich in die Menge und bahnten sich ihren Weg möglichst tief ins Gewimmel. Keine Sekunde zu spät, denn Juniper sah ihre Verfolger schon um

die Ecke gewetzt kommen, ganz außer Puste von der Jagd. Sie hielten sich an den Rändern der Menschenmenge und suchten nach den Mädchen, während sie gleichzeitig nicht die Parade behindern durften.

»Oh, oh, ich glaube, wir haben ein Problem«, wisperte Thea.

»Ja, ich sehe sie auch. Aber ich glaube, sie können uns nicht sehen«, antwortete Juniper.

»Nein, das meine ich nicht. Ich glaube, dieser Lärmball hat einen richtigen Trend ausgelöst …«

»Wie meinst du das?« Juniper wendete den Blick für eine Sekunde von den Wachen ab, um in Theas geöffnete Tasche zu schauen. Da drin war ganz schön was los. Die Relikte sprühten Funken, vibrierten und gaben Rauch von sich.

»Vielleicht hat die Kugel sie irgendwie aktiviert?«, vermutete Thea.

Panisch riss Juniper ihre eigene Tasche auf und sah eine ganz ähnliche Situation. Ein gebogener Knochen brummte ein gruseliges Lied vor sich hin, ein Steinamulett war gerade dabei, sich selbst zu verdoppeln, und eine hölzerne Frosch-Schnitzerei wurde von Sekunde zu Sekunde schleimiger. Juniper nahm schnell ihren Schal ab und warf ihn in die Tasche, damit er die Geräusche überdeckte. Thea presste ihre Tasche fest an die Brust und hoffte auf den gleichen Effekt.

Ehrlich gesagt funktionierte das nur mittelgut.

Der dämliche Knochen summte immer lauter in Junipers Tasche.

»Ich weiß ja, dass die Verräter böse waren und so«, flüsterte Juniper aufgebracht, »aber warum in aller Welt haben sie bitte einen Knochen zum Singen gebracht?«

Die Leute warfen ihnen schon vorwurfsvolle Blicke zu; der Lärm machte die Menge nervös. Juniper zuckte nur entschuldigend mit den Schultern und versuchte, die Bewegung in ihrer Tasche, so gut es ging, zu verbergen.

»Beim Besucher aus dem Jenseits, es muss doch irgendeinen Ausweg geben!«, sagte Juniper besorgt. Thea hatte sich mittlerweile auf ihre Tasche gesetzt, und grüner Rauch schlängelte sich unter ihrem Hinterteil hervor. Sie konnten doch nicht einfach die Beute wegwerfen, oder? Nicht nach der ganzen harten Arbeit, die sie da reingesteckt hatten. Doch die Wachen kamen immer näher, und die rumorenden Taschen würden die Mädchen sicher verraten.

Plötzlich griff eine Hand nach Junipers Tasche.

Juniper zog sie weg und drehte sich um. Da stand eines der uniformierten Kinder, die als Teil der Prozession die Gabenkörbe ausstreckten. Das Mädchen wirkte klein für ihr Alter; sie war etwa dreizehn Jahre alt. Mit weißen Spangen hielt sie sich das modisch gestylte, dunkle, wellige Haar aus dem Gesicht. Ihre anthrazitfarbene Uniform war elegant, mit zwei Reihen goldener Knöpfe in der Mitte. Auf dem goldenen Schulterbesatz waren Eulen aufgestickt, das Symbol Der Beobachterin. Sie war eine Kandidatin – ein Kind, das unter etlichen Tausenden ausgewählt wurde, an der Akademie des Distrikts ausgebildet zu werden. Jeder Orden hatte eine eigene Akademie, an der die Kandidaten

alles über die einzigartigen
Fähigkeiten der herrschenden
Arkanisten lernten und darüber, wie man sie
richtig einsetzte. Das alles diente der Vorbereitung für den
Moment, in dem eines der Kinder die Ehre erhielt, die
Kräfte des Arkanisten zu erben, wenn er starb.

Diese Kandidatin war für Juniper keine Unbekannte.

Es war ihre Schwester Elodie.

»Vielen Dank für die *großzügige* Spende, Bürger.« Trotz
ihres breiten Lächelns klang Elodie verärgert.

»Tut mir leid, ich spende heute nichts.« Juniper, die
ihre Beute nicht abgeben wollte, hielt sie fest. Die Leute
ringsum gaben missbilligende Geräusche von sich, weil
Juniper so geizig war. Elodies Augen zuckten unwillkürlich,
aber sie ließ nicht los.

»Ich glaube *wirklich*, dass du es dir noch einmal *anders* überlegen solltest. So eine schwere Tasche ist ganz sicher eine echte Last, und ich bin mir sicher, Die Beobachterin würde deinen großzügigen Beitrag überaus zu schätzen wissen.« Elodie setzte wieder ihr strahlendes Lächeln auf, aber ihr Blick sprach Bände – nur, dass es die anderen Menschen außer Juniper nicht mitbekamen.

»Nein, das ist keine Last. Bloß *genau das*, was meine Familie gerade braucht. Also …« Juniper biss die Zähne zusammen und weigerte sich, die Tasche loszulassen. Die Wachen waren nur noch wenige Schritte entfernt.

»Du würdest doch nicht etwa dich selbst und deine Familie unnötig in *Gefahr* bringen, indem du dich nicht von unserer verehrten Anführerin segnen lässt, oder?« Elodies Lächeln schwand langsam.

»Ich wäre gar nicht in Gefahr, wenn du einfach *loslassen* würdest«, antwortete Juniper wütend. Angesichts so einer Respektlosigkeit gegenüber einem hochrangigen Mitglied des Ordens der Iris schnappten die umstehenden Leute schockiert nach Luft.

»Die Wege Der Beobachterin sind unergründlich, und wer weiß, vielleicht kann sie dir ja bei deinem *Problem* behilflich sein? Also, *jetzt sofort*?«, knurrte Elodie und sah Juniper mit großen Augen auffordernd an.

Fairerweise musste man hinzufügen, dass Junipers Tasche jetzt in Flammen stand. Zum Glück war das magische Feuer kalt. Manchmal musste man den richtigen Zeitpunkt zum Loslassen finden – Feuer war da generell ein guter Anhaltspunkt.

Also ließ Juniper die Tasche los, und Elodie warf sie in den großen Korb, während sie möglichst unauffällig versuchte, die Flammen zu löschen. »Und würde deine Freundin sich vielleicht anschließen?«

»Aber ja, natürlich. Ich habe sonst nie was zum Spenden.« Thea übergab ihr fröhlich die Tasche, aus der mittlerweile Rauch quoll.

»Viele Dank. Der Orden der Iris wird sich von jetzt an darum kümmern«, sagte Elodie und entfernte sich. Zum Glück interessierten sich die Wachen nicht für zwei Mädchen, die gerade einer Kandidatin etwas gespendet hatten, und gingen auf der Suche nach verdächtigen Aktivitäten einfach an ihnen vorbei.

»Puuuh«, seufzte Juniper, »jetzt sehen wir die fetteste Beute aller Zeiten nie wieder. War ne schöne Zeit.« Elodie hielt sich immer an die Regeln, und wenn sie erst einmal das Feuer gelöscht hätte, würden die Relikte direkt in den Tresor der Requisition wandern, da war sich Juniper sicher.

»Ja, aber die Erinnerungen bleiben.« Thea legte Juniper ermutigend die Hand auf die Schulter. »Ehrlich gesagt hat uns Elodie wahrscheinlich sogar einen Gefallen getan. Mit der Beute wären wir wahrscheinlich nie davongekommen, mit dem ganzen Feuer und dem Rauch.«

Da hatte Thea wohl recht, dachte sich Juniper, aber wütend war sie trotzdem. Die ganze Arbeit. Nachdem *Der Feind meines Feindes ist mein Freund (oder so)* so reibungslos geklappt hatte. Nachdem sie aus einer Schießerei entkommen und erfolgreich vor den Wachen geflohen waren. All das für nichts, Elodie sei Dank. Sie starrte ihrer Schwester hinterher und versuchte, aus ihren Augen Dolche zu schießen.

Leider funktionierte das nicht. Doch als würde Elodie etwas bemerken, schaute sie ebenfalls zu Juniper zurück und konnte die Wut ihn ihrem Blick kaum verbergen. Es hätte Juniper nicht gewundert, wenn jetzt tatsächlich Dolche auf sie zugeflogen wären. Noch eine Sache, in der ihre Schwester besser war als sie.

4

TRAUTES HEIM,
GLÜCK ALLEIN

Manchmal muss man einfach einsehen, dass man verloren hat.

Dies war *keiner* dieser Momente, beschloss Juniper.

Die dämliche Elodie − tat immer so, als wäre sie was Besseres. Selbst damals, als die Zwillinge als kleine Kinder Arkanisten gespielt hatten, hatte Juniper immer einen Verräter spielen müssen. Sie hatte es sattgehabt, immer der Fiesling zu sein und zu verlieren, aber sie wusste auch, wie sehr Elodie sich aufregen würde, wenn sie keine Arkanistin sein durfte. Das waren ihre großen Vorbilder, und seit Die Verhüllte sie damals gerettet hatte, war Elodie überzeugt, dass sie auch eine Arkanistin werden würde. Elodie machte ständig allen Leuten Vorschläge, wie sie zu besseren Menschen werden könnten, als wäre ihr Wort Gesetz.

Junipers Gedanken rasten, während sie einen Plan ausheckte, wie sich die Misfits ihre Beute zurückholen konnten.

Sie hätte ihnen so viele Münzen eingebracht, wie man sie in den Dregs sonst nie zu sehen bekommt. Sie könnten sich hinten auf einen Wagen der Prozession schmuggeln und dann heimlich die Taschen stehlen. Dafür bräuchten sie nur Wachuniformen, damit sie nicht auffielen. Die wären ihnen zwar sicher viel zu groß, aber wenn Juniper sich auf Theas Schultern stellte ... *vielleicht* ...?

Nee, zu riskant.

Was, wenn die Misfits einfach ein riesiges Ablenkungsmanöver starteten und sich die Beute schnappten, während alle anderen nicht hinsahen?

Wo die Drachenkugel wohl gelandet ist?, fragte sich Juniper. *Vielleicht könnten wir sie noch wiederfinden ...*

Möglicherweise hätten sie sogar noch Zeit, ein Graffiti von Elodie mit Stinklinien auf einen Wagen zu zeichnen. Bei dem Gedanken musste Juniper grinsen. Sie blickte zu Thea hinüber, die fröhlich eine Melodie vor sich hin summte und anscheinend schon komplett über den Verlust ihrer größten, oberallerbesten Beute hinweggekommen war. Thea – gechillt wie immer.

Juniper seufzte. Vielleicht sollte sie sich von Theas Art mal eine Scheibe abschneiden. Wahrscheinlich regte sie sich einfach zu sehr auf. Es gab noch viele andere Relikte. Das war immer so.

Nur nicht aus den Badlands. Juniper zuckte bei der schmerzhaften Erinnerung an ihren Verlust zusammen.

Sie waren fast zu Hause und liefen eine kleine, marode Treppe in einem der Stützpfeiler der gigantischen

Eisenbrücke hinunter, die die Distrikte miteinander verband.

Es war Abend geworden. Das merkte man daran, dass die Finsternis, die wie ein dichter Nebel über den Straßen hing, noch dunklere Schattierungen angenommen hatte. Da Die Beobachterin sich nicht mehr öffentlich zeigte, hatte Der Schöpfer versprochen, dem Iris-Distrikt zu helfen, und seine großen Fabriken mitsamt ihren Arbeitsplätzen in den Distrikt geholt. Die Leute hatten erwartet, dass Die Beobachterin nach so einer Aktion mit erhobenen Fäusten wieder aus ihrem Versteck kommen würde, um sich ihren Distrikt wiederzuholen, aber weit gefehlt. Hier, auf den untersten Ebenen der Stadt, brannten die Fabrikfeuer mittlerweile Tag und Nacht, und die ratternden Maschinen spuckten ein mechanisches Wunderwerk nach dem nächsten aus.

Wenn Schichtwechsel war, füllten sich die gewundenen Straßen mit Arbeitern auf dem Weg nach Hause, die ihren Kollegen von der Nachtschicht im Vorbeigehen zunickten. Hohe Steilwände aus wackeligen Häuschen, Schrotthütten und Gerümpel erstreckten sich in alle Richtungen und stapelten sich bienenstockartig in die Höhe, um dem Dreck und Schmutz zu entkommen, den man weiter unten als Straße bezeichnete. Seile und Rohrleitungen spannten sich zwischen den dicht gedrängten Behausungen wie das Netz einer gigantischen Spinne, die völlig den Verstand verloren hatte.

»Es gibt nichts Schöneres als Zuhause«, meinte Juniper.

»*Ahhh*, tief einatmen«, sagte Thea und holte ausgiebig Luft. Hier war es stickig und roch nach heißem Metall und dem betörenden Aroma eines kürzlich benutzten Nachttopfes.

Ein Mann mit einem weißen Auge musterte die Kinder argwöhnisch, als sie vorbeikamen. Er trug mehr Messer an seinem Gürtel, als eine einzelne Person gebrauchen konnte. Im Schatten einer kleinen Gasse stand ein flüsterndes Grüppchen von Gestalten in Umhängen, während direkt gegenüber ein Bettler versuchte, einen alten Stiefel über einem Feuer zu braten. Die Frau neben ihm klopfte gerade den anderen weich. Hier in den Dregs lebten die

Verzweifelten und Verlorenen, die weniger als nichts hatten und sich trotzdem mit einem darum prügeln würden. So war es in jedem Distrikt. Überall gab es die niedrigsten Ebenen, die Dregs.

Nachdem die Mädchen das Straßengewirr durchquert hatten, waren sie schließlich am Ziel. Hier spien rostige Rohre, die aus den Uppers kamen, ihren Inhalt auf den schlammigen Boden. Wie ein Wasserfall strömte das Wasser in eine große Erdspalte, die an den Rändern schon mit Moos und Algen überwuchert war. In dem Anblick lag eine gewisse Schönheit, auf eine düstere Undichtes-Abflussrohr-Art-und-Weise. Dort befand sich ein Gebäude, das deutlich kleiner war als die gigantischen Steilwände aus Hütten, die das Bild der Dregs prägten. Doch was dem Haus an Größe fehlte, machte es mit etwas wett, das man sonst in den Dregs vergeblich suchte: einem einladenden Äußeren.

Es war aus Holz gezimmert, und draußen hingen Laternen von der Markise. Junipers und Theas Wohnungen befanden sich über einem Laden, dessen Schaufenster voller Ampullen, Krüge und Fläschchen aller Formen und Größen ein warmes Licht verströmten. An der Tür hing ein Schild. **Adies Apotheke**. Eine kleine Oase in einem Meer des Verfalls.

Eine Glocke bimmelte, als Juniper die Tür aufstieß, und die Schutzsymbole am Türrahmen fingen an zu summen. Der Laden war ein einziges Wunderwerk mit Wänden voller Vitrinen aus dunklem Holz und Nischen mit unzähligen Kräutern, Zutaten, Heilmitteln und Tränken. Juniper atmete tief ein und freute sich schon auf den geheimnisvollen, bezaubernden Duft von Weihrauch und Kräutern, der nach dem Gestank draußen eine echte Erleichterung wäre.

Stattdessen schlug ihr ein beißender Lakritzgeruch entgegen.

»Iiih!« Juniper stieß die Luft durch die Nase aus.

An der Decke wanden sich Kringel aus Rauch.

»Oje, hat Omama wieder neue Rezepte ausprobiert?«, überlegte Thea laut.

»Ähm ... Madame Adie ...?«, rief Juniper nach ihr.

Eine Tür hinter dem Tresen flog auf, und eine alte Dame kam hustend und keuchend herausgestürmt, gefolgt von einer grünlichen Rauchwolke. Jetzt stank es aber *wirklich* nach Lakritz.

»Verflucht! Verdreht! Vermaledeit, verflixt und zugenäht und noch mehr wütende Wörter!«, rief die alte Dame, hielt sich ein Taschentuch vors Gesicht und öffnete ein Fenster.

»Alles gut, Madame A?«, erkundigte sich Juniper.

Die Dame drehte sich herum und sah die Kinder durch ihre dicken Brillengläser an. Sie legte den Kopf leicht schief, als würde sie die beiden kaum erkennen. Obwohl sie aus den Dregs stammte, sah sie ziemlich stylisch aus. Ihr graues Haar trug sie zu einem eindrucksvollen, zerzausten Mopp zusammengebunden. Um den Hals hatte sie viele dekorative Tücher drapiert, an denen alle möglichen Anhänger baumelten. Einige davon klimperten gegen die schimmernde Steinbrosche, die sie wie immer an ihren opulenten Schals trug.

»Mädchen! Ihr solltet euch lieber nicht so an eine alte Dame heranschleichen!«

»Einen herrlichen Sonnenuntergang wünsche ich, Omama Adie!«, flötete Thea.

»Brauchen Sie … Hilfe?«, bot Juniper an.

»Hilfe?« Madame Adie blinzelte kaum sichtbar hinter dem Rauch. »Ach, diese stinkenden Schwaden!« Sie kicherte. »Nein, nein, schon gut. Das ist bloß mein neuestes Projekt, das sich weigert, nach meiner Pfeife zu tanzen, *wie immer*!« Den letzten Teil des Satzes rief sie in Richtung Tür, als hätte ihr Experiment Ohren. *Wer weiß?*, dachte sich Juniper. »Atmet die Dämpfe lieber nicht ein, Schätzchen. Das ist Mondkuss. Wenn man nur ein ganz bisschen davon einatmet, schläft man für Stunden.«

Die Mädchen hielten sich schnell mit der Armbeuge die Nase zu. An solche Situationen waren sie schon gewöhnt.

Madame Adie experimentierte mit etwas, das sie als *Alchemie* bezeichnete. Hinten in ihrer Wohnung hatte sie eine ganze Werkstatt. Das Ganze war so eine Art »Wissenschaftsmagie«, zumindest sagte Madame Adie das. Eine Art von Magie, die jedermann benutzen konnte – nicht bloß die Arkanisten. Trotzdem versuchte sie, immer möglichst unauffällig zu bleiben, falls die Wachen etwas von ihren Experimenten mitbekamen und beschlossen, dass sie ihnen nicht in den Kram passten. Bei den ganzen Explosionen war von Vorsicht allerdings nicht viel zu merken.

»Na gut, wenn Sie sich da sicher sind.« Juniper trat auf die alte Dame zu und löschte eine kleine Flamme, die eine der Quasten von Madame Adies Tuch erfasst hatte.

Da raschelte etwas in den Tüchern, eine kleine Schnauze mit Schnurrhaaren schaute aus den Falten hervor und schnüffelte die stinkende Luft. Das war McGrubbins, die treue Hausratte von Madame Adie und Inspiration für das Bandenlogo der Misfits.

»Macht euch um mich mal keine Sorgen«, sagte Madame Adie. »Wenn überhaupt, dann sollte ich mir Sorgen um euch zwei machen. Ich habe gehört, es gab heute oben auf den Märkten ein kleines Durcheinander. Wenn ich mich richtig erinnere – ich werde ja ganz schön vergesslich auf meine alten Tage –, hattet ihr Mädchen doch vor, heute da hochzugehen, oder?«

Juniper und Thea wechselten einen Blick. *Erwischt.*

5

DIE RETTUNG
DER RELIKTE

»Sie haben also schon davon gehört?«, fragte Juniper.

Madame Adies alte Augen funkelten schelmisch. »Schätzchen, wir sind hier in den Dregs, da spricht sich so was schnell rum.« Da hatte sie recht. »Ich nehme mal an, dass das ganze Chaos nichts mit euch zweien zu tun hatte, oder?«

»Nein, nicht mit uns«, antwortete Thea, ging zu Madame Adie hinüber und nahm McGrubbins auf den Arm. In den Dregs gab es mehr als genug Ratten, aber diese hier sah nicht halb so wild und verhungert aus wie ihre Artgenossen. Freudig fing sie an zu quieken, als Thea sie hinter dem Ohr kraute.

Sobald sich die Dämpfe aufgelöst hatten, lauschte Juniper angestrengt, ob jemand in der Nähe war. Schließlich sagte sie leise: »Wir hatten absolut rein gar nichts mit dieser verrückten Schießerei auf dem Markt zu tun, aber wir sind *sehr wohl* über die größte Sammlung von Relikten *aller Zeiten* gestolpert, direkt aus den Badlands …«

»Ach so?« Madame Adies Augen leuchteten. Obwohl sie verdientermaßen als liebevolle, fürsorgliche alte Dame galt, die Medizin und Tinkturen zu einem fairen Preis verkaufte, hatte sie mit Häkeldeckchen und Teetassen nichts am Hut. Sie war schon lange genug auf der Welt, um ihre Mitmenschen zu kennen und gewisse *Freunde* zu finden. Diese *Freunde* hatten den Finger immer am Puls der unteren Stadtbezirke und beobachteten Dinge aus dem Schatten. Zum Beispiel, wann und wo gewisse verbotene Relikte durch die Stadt geschmuggelt wurden. Diese interessanten Neuigkeiten teilten sie dann Madame Adie mit, die sie gleich an die Misfits weitergab. Natürlich wollte sie die beiden nicht zum Diebstahl anstiften – es war nur für den Fall, dass sie solche Informationen *interessant* finden könnten. Falls die Schätze dann ihren Weg in die Apotheke fanden, konnte man solche Schmuggelware ja nicht einfach herumstehen lassen. Da konnte man sie auch gleich den zufällig vorbeikommenden Sammlern verkaufen.

»Das waren echt seltene Stücke, so was habe ich noch nie gesehen«, erzählte Juniper. Madame Adie rieb sich freudig die Hände. »Allerdings«, fuhr Juniper fort, »haben wir Elodie getroffen, und sie … hat uns alles weggenommen.«

Madame Adie ließ die Schultern sinken und sie blies sich eine Haarsträhne aus dem Gesicht. »Oh!«

»Wir sind aber trotzdem viel gerannt, das macht immer

Spaß«, sagte Thea und streichelte McGrubbins, der sich in ihrer Armbeuge eingekuschelt hatte.

»Warum tut Elodie denn so etwas?«, fragte Madame Adie. »Sie weiß doch genau, wie dringend euer Papa das Geld braucht … und die Arkanisten brauchen ganz sicher nicht noch mehr magische Spielereien. Die stehen bis zur Nase in Magie. Vielleicht wäre es mal an der Zeit, die Sachen mit denjenigen zu teilen, die wirklich etwas davon hätten.«

Juniper biss sich auf die Lippe. Im Gegensatz zu allen anderen war Madame Adie nicht gerade ein Fan der Arkanisten. Ihre Sticheleien und kritischen Bemerkungen machten Juniper nervös, als könnten die Arkanisten jedes Wort mithören. »Sie kennen doch Elodie«, meinte Juniper achselzuckend, »wenn bloß ein Haar nicht an der richtigen Stelle liegt oder ein Bild schief hängt, muss sie es sofort in Ordnung bringen. Sie würde uns nie mit illegalen Relikten davonkommen lassen.«

»Außerdem haben sich unsere Taschen wortwörtlich in Scheußlichkeiten aus einer anderen Welt verwandelt …«

Auch Thea zuckte mit den Schultern. »Vielleicht hat sie uns damit vor einer Verhaftung bewahrt oder zumindest vor einer schrecklichen, interdimensionalen Mutation.«

Juniper warf Thea einen durchdringenden Blick zu. »Hat sie das? *Wirklich?*«

Thea dachte kurz nach und nickte dann. »Ja.«

»Da hast du wahrscheinlich recht«, sagte Madame Adie. »Wir sollten nicht ständig auf Elodie herumhacken. Man hat es nicht leicht als Dregger auf der Akademie. Sie arbeitet so hart und hat wirklich eine schwere Last zu tragen. Ich werde zwar nie verstehen, warum sie sich dem Orden anschließen will, aber ihr Herz ist ganz sicher am rechten Fleck.«

»Und das muss sie auch allen unter die Nase reiben …«, murmelte Juniper und steckte die Hände in die Manteltaschen. Überrascht stellte sie fest, dass sich darin noch ein Gegenstand in einem Tuch befand. Als Juniper sich erinnerte, worum es sich handelte, besserte sich ihre Laune schlagartig.

»Hey, vielleicht war heute ja doch kein *totaler* Reinfall …«

Sie faltete das Tuch auseinander und hielt die Spiegelscherbe hoch, die sie auf dem Wagen gefunden hatte.

Thea klatschte vor Freude in die Hände. »Du hast es geschafft, etwas zu behalten?«

»Nicht bloß irgendwas, sondern das *Beste!* Äh … was auch immer das ist …« Sie legte die Scherbe vor Madame Adie auf den Tresen, und das Glas funkelte im schwachen Licht der Laterne.

»Oooooh!«, machte Thea und rückte näher.

Madame Adie legte den Kopf schief und zog die Augenbrauen zusammen, während sie das Relikt genau studierte. »Meine Güte, das ist wirklich ein Ding …« Äußerst vorsichtig hob sie die Scherbe hoch, um sie aus der Nähe zu betrachten. »Und wisst ihr was? Ich glaube, ich weiß *genau,* was das ist …«

»Ach ja?«, fragte Juniper mit vor Aufregung zusammengebissenen Zähnen und hoffte, dass Madame Adie das Geheimnis lüften würde.

Madame Adie nickte. »Allerdings. Ein absolutes Mysterium, diese zerbrochene Spiegelscherbe. So was habe ich noch nie gesehen.«

Juniper pustete lautstark die Luft aus den Wangen und verdrehte die Augen.

»*Echt jetzt?* Nach dem Tag, den wir hatten, machen Sie noch Witze?«

»Lass doch einer alten Dame ihren Spaß. Das ist wirklich ein einzigartiges Ding. Solche Relikte findet man heutzutage nur noch selten in Arkspire. Zumindest, seit die Requisition die ganze Stadt durchkämmt hat. Unglaublich … man kann ihre Macht fast *fühlen.*« Madame Adie sah die Scherbe und ihr Spiegelbild mit derselben Faszination an wie Juniper.

»Sie glänzt auf jeden Fall besonders schön«, meinte Thea, »aber … was kann sie?«

»Das weiß ich nicht«, sagte Madame Adie. »Sieht aus, als hätte sie mal zu einem größeren Stück gehört, das leider in der Vergangenheit versunken ist. Wenn sie allerdings tatsächlich aus den Badlands kommt, ist sie wahrscheinlich sehr, sehr gefährlich …«

»Ja«, nickte Thea zustimmend. »Und wahrscheinlich hilfreich beim Frisieren.«

Madame Adie strahlte. »Hervorragende Arbeit, Mädchen, ganz hervorragend! Wir können uns alle auf ein schönes Sümmchen freuen, da bin ich mir sicher. Einige meiner Kunden werden sich um dieses Ding reißen, und wenn es so weit ist, bekommt ihr euren Anteil.«

Als sie die Scherbe gerade zurück ins Tuch packte, sah Juniper es auf einmal wieder. Etwas bewegte sich im Glas. Wie eine Farbe, die kurz aufblitzt, eine Veränderung des Lichts. Sie sah über die Schulter, aber wie zuvor war dort nichts.

Was *war* das bloß für ein Ding? Welche dunkle Magie hatten die Verräter zu seiner Herstellung benutzt? Vielleicht würde sie es nie herausfinden, dachte Juniper, als Madame Adie die Scherbe in eine Schublade hinter dem Tresen legte, die sie mit einem kleinen Schlüssel verschloss, sodass die Scherbe in Sicherheit und vor neugierigen Blicken geschützt war. Dann war es wohl nicht zu ändern.

6

JELLIPER

Plötzlich wurde es draußen laut. Rufe und Geschrei erklangen, und alle liefen zum Fenster von Adies Apotheke, um zu erfahren, was los war. Zu ihrer Überraschung sah Juniper Elodie, die, flankiert von zwei Wachen vom Orden der Iris, direkt auf den Laden zusteuerte. Sie schritt mit hochgerecktem Kinn und erhobenem Haupt, obwohl eine Bande von Kindern auf den Hüttendächern entlang der Straße sie alles andere als herzlich willkommen hieß. Sie schleuderten ihr Beleidigungen entgegen, als wären es Steine, verspotteten sie und zogen Grimassen.

»Schaut mal, wer da wieder angekrochen kommt …«

»Elodie – wäscht sich nie!«

»Was'n los? Haste auf einmal kapiert, dass du die allerschlechteste Person bist, um uns Dregger an der Akademie zu vertreten?«

»Sie is' gar kein richtiger Dregger, dafür isse viel zu schwach.«

Die Wachen griffen nach ihren Schlagstöcken an den Gürteln, aber Elodie legte ihnen jeweils eine Hand auf den Arm und bedeutete ihnen, sich zurückzuhalten.

»Hey!«, schrie Juniper und stürmte aus der Ladentür.

»Oh, guckt mal, die Laute ist auch hier«, sagte das größte der Kinder. »Wie auf Kommando.«

»Tus nicht«, bat Elodie, als sich ihre Schwester näherte. »Die Leute sollen nicht sehen, wie eine Kandidatin in eine Straßenschlägerei verwickelt wird. Das kann ich nun wirklich nicht gebrauchen.«

»Wenn ich du wäre, würde ich jetzt ganz schnell abhauen«, schrie Juniper das Kind an, ohne sie zu beachten, »bevor irgendwer die fette Beule in deinem Gesicht sieht!«

»Was? Bist du so blöd, wie du aussiehst?«, provozierte das Kind zurück. »Ich hab gar keine Beule.«

»Ach ja?«, fragte Juniper und hob einen Stein vom Boden auf. »Was ist dann *das*?« Sie holte mit dem Arm weit aus, doch irgendetwas hielt ihr Handgelenk fest, bevor sie werfen konnte. Als sie sich umdrehte, sah sie Papa, dessen riesige Pranke mit Leichtigkeit ihr ganzes Handgelenk umfasste und dessen buschige Augenbrauen sich über den kleinen, müden Augen sorgenvoll zusammengezogen.

»Gibt es hier etwa ein Problem?«, fragte er die Kinder. »Etwas, was ich euren Eltern erzählen sollte?« Papa hatte früher als Rausschmeißer im »Schluck und Spuck« gearbeitet und kannte die meisten Leute in der Gegend. Die

Kinder schreckten bei seinem Anblick zurück, obwohl er über der Arbeitshose eine Schürze mit Rüschen trug und einen Holzlöffel in der Hand hielt.

»Bis später, Elodie-wäscht-sich-nie!«, ätzte der Anführer und gab seiner Bande das Zeichen zum Abzug. »Du kannst dich nicht für immer hinter anderen verstecken.«

»Du hättest mich machen lassen sollen.« Juniper sah den Kindern nach. »Du würdest staunen, wenn du wüsstest, was ein Kieselstein zwischen die Augen alles bewirken kann. Die Leute gucken dich dann ganz anders an. Ungefähr so.« Sie schielte und streckte die Zunge raus. »Eines Tages musst du dich selbst gegen sie wehren, El. Ich hab dir ja schon beigebracht, wie man jemandem die Fresse poliert, jetzt musst du nur noch …«

»Mich nicht in sinnlose Kämpfe hineinziehen lassen?«, unterbrach sie Elodie. »Ich weiß es zu schätzen, dass du mich verteidigen willst, aber ich muss mich um wichtigere Dinge kümmern als um blöde Spitznamen.«

»Das ist mein Mädchen.« Papa schloss sie in die Arme. »Wir gehören schließlich alle zu Arkspire.«

Juniper zog die Brauen zusammen.

»Schön, dich zu sehen, Papa«, sagte Elodie mit einem Lächeln. Dann wandte sie sich an ihre Wachen. »Können Sie hier draußen auf mich warten? Es wird nicht lange dauern.«

Die Wachen verneigten sich und gingen zu beiden Seiten der Tür in Stellung, die Schlagstöcke immer fest im Griff, den Blick auf das Gewirr aus maroden Hütten ringsum gerichtet.

»Ich hatte dich erst in ein paar Wochen erwartet«, sagte Papa und führte sie in die Apotheke. »Ich dachte, du bist voll und ganz mit der Ausbildung an der Akademie beschäftigt?«

Madame Adie begrüßte Elodie mit einem herzlichen Lächeln, und Thea hielt eine von McGrubbins Pfötchen hoch und winkte damit fröhlich.

»Das bin ich auch, aber wir haben uns so lange nicht gesehen, da dachte ich, ich komme mal vorbei«, sagte Elodie und winkte zurück. »Ich wollte außerdem noch was mit Juni besprechen.«

Juniper erstarrte. *Oh, oh!*

Das hörte sich gar nicht gut an. Juniper und Thea warfen sich einen Blick zu. Hatte Elodie den weiten Weg auf sich genommen, um sie jetzt zu verpetzen?

»Wie gut, dass ich gerade Eintopf gemacht habe«, sagte Papa. »Der sollte für uns alle reichen.«

Juniper folgte ihrer Familie die Hintertreppe des Ladens hinauf und fühlte sich, als würde man sie zum Galgen führen. Die Wohnung der Familie Bell war nichts Besonderes, bloß zwei kleine Zimmer, die sie von Madame Adie mieteten. Im größeren Raum standen eine durchgesessene Couch und ein alter, wackeliger Tisch, der von unzähligen Kratzern und Flecken übersät war, die er über die Jahre abbekommen hatte. Die Zwillinge zogen sich zwei Hocker heran und setzten sich, während Papa sich wieder dem köchelnden Topf in der Ecke zuwandte. Wie immer wirkte er neben dem winzigen Herd mit seinen baumstammartigen

Armen und gewaltigen Händen, die vorsichtig Salz in den Topf streuten, geradezu absurd riesig.

Juniper versuchte, Elodies Körpersprache zu lesen und zu verstehen, warum sie auf einmal so unerwartet aufgetaucht war. Elodie ließ sich nichts anmerken und fuhr mit dem Finger eine geschwungene Linie nach, die in die Tischplatte eingeritzt war. Sie stammte von Juniper, als sie noch sehr klein gewesen waren. Elodie hatte mitgeholfen, obwohl sie fand, dass man keine Möbel beschädigen sollte. Sie hatten versucht, den Namen *Jelliper* zu schreiben, waren aber mittendrin von einer sehr wütenden Mama unterbrochen worden. Elodie hatte danach noch ewig geweint, obwohl Juniper sich jede Menge Ausreden für die beiden ausgedacht hatte.

»Alles fertig«, sagte Papa und stellte die Schüssel mit dem Eintopf vor den Mädchen ab. Junipers Magen knurrte schon. Es roch köstlich. An Papas aufgeregt zuckendem Schnurrbart merkte man, dass er besonders stolz war.

»Danke, Papa«, sagten die Mädchen einstimmig.

»Eine besondere Belohnung für einen besonderen Anlass.« Er reichte Elodie ein Brettchen, auf dem ein leckerer Laib Brot mit einer goldenen, knusprigen Kruste lag. »Ich habe dem alten Laurent aus unserer Straße einen Gefallen getan, und als Dankeschön hat er mir dieses Brot gebacken.«

»Mordskerl!«, grinste Juniper, während ihr das Wasser im Mund zusammenlief.

»Und? Wie ist es dir so ergangen?«, fragte Papa Elodie, die sich gerade ein Stück Brot abriss.

»Es ging drunter und drüber. Es ist zwar eigentlich ein Geheimnis, aber die aktuelle Erbin Der Beobachterin ist zu alt geworden, um die Magie zu erben, also bereitet sich der Orden darauf vor, bald eine neue Auswahlzeremonie abzuhalten. Wir müssen jetzt sogar noch härter trainieren als bisher.«

»Es darf eben nicht passieren, dass ein Arkanist ohne einen gut vorbereiteten Erben stirbt.« Papa beäugte das Brot genauso gierig wie Juniper. »Kannst du dir vorstellen, was passiert, wenn in unserer Situation auch noch eine Arkanistenlinie ausstirbt?«

»Und weißt du, was uns am meisten bei unserer Vorbereitung auf die Auswahlzeremonie und bei unseren sinnvollen Aufgaben stört?«, sagte Elodie, die immer noch das Brot in den Händen hielt. »Dass wir uns mit diesen ganzen Reliktjägern herumärgern müssen, die das Gesetz brechen und uns das Leben schwer machen.«

Juniper und ihr Papa saßen bei Elodies Worten plötzlich kerzengerade. Sie war also gekommen, um Juniper zu verpetzen.

»Haben … sie euch Probleme gemacht?«, fragte Papa mit tiefer, beinahe trauriger Stimme. Mama war eine Reliktjägerin gewesen. Obwohl er nie damit einverstanden gewesen war, erinnerten ihn Elodies Worte jetzt an sie.

Junipers Herz pochte schneller. Als Zwillinge hatten die beiden eine besondere Verbindung, ein tiefes Verständnis für jeden Gesichtsausdruck und jede Bewegung der anderen, wie eine gemeinsame Sprache, die niemand außer ihnen verstand. Juniper warf Elodie nur einen kurzen Blick zu, der aber alles sagte.

Bitte verrate mich nicht!

Elodie ignorierte sie und redete einfach weiter. »Wir hatten tatsächlich gerade heute ein paar Schmuggler. Fahrlässige, eigensüchtige Menschen, die keine Ahnung hatten, was sie da eigentlich transportieren und wie gefährlich die Relikte sind. Eins davon konnte einfach alles anzünden ...«

»*Wirklich alles?*«, fragte Juniper. Das klang fantastisch. Jetzt bereute sie noch mehr, dass sie die Beute verloren hatte.

»Alles, sogar Wasser! Ich wünschte, ich könnte diese Leute irgendwie erreichen. Am liebsten würde ich sie in die Wangen kneifen und ihnen ins Gesicht schreien: ›Die Verräter waren böse! Ihr sollt nicht mit ihrer Magie spielen, das wird niemals gut enden!‹«

»Einige Leute hören wohl einfach nicht zu«, meinte Papa.

»Weiß nicht«, meinte Juniper. »Wenn dir die Welt eine leere Tasche gibt, ist es deine Aufgabe, sie zu füllen.«

Elodies Kinnlade und das Brot fielen gleichzeitig herunter. Das war ein Spruch von Mama gewesen. Juniper hatte gewusst, dass ihre Schwester darauf reagieren würde, und sie nutzte die Gelegenheit, um sich schnell das Brettchen mit dem Brot zu schnappen. Elodie brauchte damit viel zu lange. »Ich glaube, dass die Reliktjäger die Gefahr sehr wohl kennen, aber sie sind so verzweifelt, dass sie keine andere Wahl haben. Mit Relikten kann man das große Geschäft machen. Habe ich zumindest gehört.«

»Sie tun mir ja auch leid«, sagte Elodie und holte sich das Brettchen zurück, »und ich verstehe auch, was sie durchmachen, aber sie sind im Unrecht.«

»Ich finde, sie klingen cool.« Juniper griff erneut nach dem Brettchen, aber Elodie hielt es zu weit weg.

»Es hat gute Gründe, warum die Relikte der Verräter tabu sind – damit jeder in Arkspire in Sicherheit ist. Wusstest du, dass letzte Woche drei Menschen von Schatten getötet wurden? *Drei!* Die Magie der Verräter zerstört Leben. Dass Menschen immer noch mit dieser Magie herumspielen, die sie nicht einmal im Ansatz verstehen …« Elodie betonte den letzten Teil ganz besonders und sah Juniper direkt in die Augen.

»Drei Tote …?« Bei dem Gedanken drehte sich Juniper der Magen um.

Niemand wusste genau, was die Schatten eigentlich waren. Geister? Dämonen? Kreaturen aus einer anderen Welt? Andererseits musste man nur eins wissen, wenn man sie sah: Man sollte sich verflixt noch mal von ihnen fernhalten. Die Schatten waren vor vielen Jahrhunderten das erste Mal aufgetaucht, während des Krieges zwischen den Arkanisten und den Verrätern. Zuerst waren es nur einige wenige gewesen, doch dann waren es immer mehr geworden, bis die unsicheren Badlands jenseits von Arkspire voll von ihnen waren. Die Verräter hatten das Land in einem letzten verzweifelten Versuch, den Krieg doch noch zu gewinnen, mit einem schrecklichen Fluch belegt. Die Schatten fühlten sich zu allem Lebendigen hingezogen wie

Motten zu einer Flamme – nur, dass sie die Flamme zum Verlöschen brachten, sobald sie sie berührten.

»Aber ich dachte, die Arkanisten und ihre Orden sollen uns vor den Schatten beschützen?« Juniper nahm Elodie das Schneidebrett aus der Hand.

»Wir tun unser Bestes!« Elodie schnappte sich die andere Seite des Brettchens. »Du hast ja keine Ahnung, wie schlimm der Fluch der Schatten mittlerweile geworden ist!« Beide zogen am Brettchen, starrten einander an und waren nicht bereit loszulassen.

Papa räusperte sich geräuschvoll. »Ist das nicht schön?«, sagte er und nahm den beiden mit einer einzigen, fließenden

Bewegung das Brettchen aus der Hand, bevor das Brot durch die Luft fliegen konnte. »Die ganze Familie beisammen. Das kommt nicht mehr so oft vor. Kostbare Momente. Da ist kein Platz für Wut.«

»Du hast recht«, lenkte Juniper ein und setzte sich wieder auf den Hocker, doch es war schon passiert, sie war *wütend*. »Ich kann dir keinen Vorwurf machen, El. Es ist ja nicht deine Schuld, dass der Orden, für den du arbeitest, von der schlimmsten Arkanistin von allen regiert wird.«

»Juni!«, schrien Elodie und Papa gleichzeitig.

Juniper lächelte ein klein wenig.

»So was kannst du doch nicht sagen!«, beharrte Elodie.

Das wusste Juniper selbst. Die Worte, die da aus ihrem Mund gekommen waren, fühlten sich falsch an. Als würde man alle Menschen im Raum verfluchen, sobald man sie laut aussprach. Aber sie hatte die Schnauze voll davon, ständig von oben herab behandelt zu werden.

»Habe ich etwa unrecht?«, fragte Juniper. »Na klar hat Die Beobachterin auch beeindruckende Kräfte und so, aber in einem Kampf sind sie komplett nutzlos, oder? Was soll sie denn machen? Die Schatten zu Tode starren?«

»Zumindest bringt sie nicht ihren Distrikt in Gefahr, indem sie tödliche Schmuggelware von gefährlichen Kriminellen stiehlt!«, konterte Elodie.

»Nein, das würde sie nie tun. Sie ist viel zu beschäftigt damit, sich zu verstecken, während wir anderen uns allein durchschlagen müssen. Dass sie Gefahren schon von Weitem sehen kann, hat sie feige gemacht!«

»Okay, das reicht jetzt«, warnte Papa die beiden, aber Juniper war noch lange nicht fertig.

»Die Beobachterin versteckt sich Tag für Tag, während die anderen Arkanisten ihr Leben riskieren, um uns zu verteidigen. Möchtest du etwa die Erbin von so einer Arkanistin werden?«

»Die Beobachterin kümmert sich sehr wohl«, sagte Elodie, nun deutlich ruhiger. »Sie … sie sieht nur Dinge, die wir nicht sehen können, und hat Visionen von einer möglichen Zukunft, die wir nicht verstehen. Wenn sie sich versteckt, während die Stadt in Not ist, dann hat sie bestimmt einen guten Grund dafür. Und genau deshalb ist es so wichtig, dass ich alles gebe, um auserwählt zu werden. Der nächste Erbe muss unbedingt aus den Dregs kommen. Jemand, der weiß, wie es ist, hier unten zu leben. Jemand, der etwas bewegen kann.«

Juniper musterte ihre Zwillingsschwester genau. Obwohl sie gleich alt waren, sprach Elodie wie jemand viel Älteres. Es kam ihr vor, als hätten sie erst gestern die Buchstaben in den Tisch geritzt, und auf einmal redete Elodie davon, ganz Arkspire zu verändern?

»Du verschwendest deine Zeit«, sagte Juniper. »Dregger sind da oben nicht willkommen. Jetzt nicht und auch nicht in Zukunft.«

Elodie gab beleidigt einen Schnapplaut von sich, widersprach aber nicht. Stattdessen umklammerte sie die Glücksmünze an der Kordel um ihren Hals, die Mama ihr an dem Tag gegeben hatte, als sie sich an der Iris-Akademie beworben hatte. Elodie wusste besser als alle anderen, wie hart der Wettkampf um den Platz des Erben war, und zweifelte selbst am allermeisten an sich. Trotzdem sah sie ihre Schwester traurig und mit einer Art Mitgefühl an, die Juniper wütend machte. »Hattest du also lieber, dass ich mich zurücklehne und alles einfach hinnehme? Ich gebe alles, um unser Leben besser zu machen, und ich würde mir wünschen, dass du dasselbe tust! Was soll ich denn noch machen?«

»Wie wäre es, wenn du mich und Papa nicht hier unten alleinlassen würdest?«, schnappte Juniper zurück. Die Worte waren ihr über die Lippen gekommen, bevor sie sie stoppen konnte.

Elodie sog scharf die Luft ein und war deutlich getroffen.

Auch Papa verzog das Gesicht. Beim Nachdenken darüber, mit welchen Worten er die Situation jetzt beruhigen könnte, bewegte sich sein Mund unruhig.

Elodie rückte ihren Hocker vom Tisch weg und stellte sich aufrecht hin. »Werd endlich erwachsen, Juni!«, schluchzte sie. »Einer von uns muss es tun!« In den Tränen, die ihr übers Gesicht kullerten, brach sich das Licht. »Das Essen sieht echt lecker aus, Papa, aber ich glaube, ich habe keinen Appetit mehr. Tut … tut mir leid.«

Mit diesen Worten drehte sich Elodie auf dem Absatz um, verließ die Wohnung und schlug die Tür hinter sich zu.

Da Juniper ihrer Schwester in nichts nachstehen wollte, rannte sie an ihrem sprachlosen Papa vorbei ins

Schlafzimmer und zog den zerfledderten Flickenvorhang zu, der ihr ein bisschen Abgeschiedenheit in ihrer Ecke des Zimmers gab. Dann ließ sie sich aufs Bett fallen und vergrub das Gesicht im Kissen. Erst da bemerkte sie, dass ihr Magen knurrte, und sie wünschte sich, sie hätte noch schnell ein Stück von dem Brot mitgenommen.

7

SELBSTREFLEXION

Eine Weile später wurde der Vorhang zurückgezogen. Die Ringe machten ein schleifendes Geräusch, als sie über die Holzstange glitten. Juniper fühlte die große Gestalt ihres Papas neben dem Bett stehen. Sie schaute ihn nicht an und vergrub das Gesicht weiter im Kissen. Dadurch konnte sie zwar nicht so gut atmen, aber immerhin half es ein wenig gegen den brodelnden Frust in ihrem Inneren. Die Federn der Matratze quietschten unter Papas immensem Gewicht. Nach einem kurzen Moment legte er ihr eine Hand auf den Arm. Da seufzte Juniper und ließ die Fäuste wieder locker.

Sie saßen einfach schweigend da. Ihr Papa war kein Mann vieler Worte.

»Hast wohl einen schlechten Tag gehabt, was?«, fragte er schließlich.

»Ich bin da in was reingestolpert«, antwortete Juniper und stützte das Kinn auf dem Kissen auf.

Papa rieb sich die Augen. »Sieht ganz so aus, als hättest du jede einzelne Stolperfalle auf deinem Weg mitgenommen.«

»Ich hab ja gar nicht vor, die Relikte für irgendeinen fiesen Plan zu benutzen«, protestierte Juniper. »Aber mit den Relikten kann ich viel mehr Geld verdienen, als wenn ich den ganzen Tag rumrenne und irgendwelche saudoofen Botendienste erledige. Wir brauchen doch Geld, oder? Ich tue, was ich kann, um zu helfen!«

»Und dafür lieben wir dich, Juni«, sagte Papa, »aber du musst manchmal vorher nachdenken, wie deine Taten auch andere Menschen betreffen. Mach mal langsam und benutz deinen Kopf. Ich weiß, dass du einen Kopf auf den Schultern hast, und zwar einen ziemlich klugen. Was wäre, wenn man dich heute erwischt hätte? Wenn sie herausgefunden hätten, dass du Els Schwester bist? Sie hätte von der Akademie fliegen können!«

»Was soll ich denn sonst machen? Du arbeitest dir in der Manufaktur doch schon den Rücken krumm, und wir haben trotzdem kaum genug.«

»Falls Elodie zur Erbin erwählt wird, ändert sich für uns alles.«

Juniper gab ein leises Knurren von sich. Warum mussten sie sich komplett auf Elodie verlassen? Anscheinend konnte doch eine Spiegelscherbe mehr Kohle einbringen, als Papa im ganzen Jahr verdiente. Das durfte sie ihm natürlich nicht verraten. »Ich weiß, dass du dein Bestes tust, Papa, aber unsere Lage ist verzweifelt, und das weißt du auch.

Wenn El nicht auserwählt wird … na ja, die Leute zahlen gutes Geld für Relikte und …«

»Und es ist mein Job, mich um uns alle zu kümmern«, unterbrach sie Papa, »und das werde ich auch tun.« Er senkte den Blick, da er genau wusste, dass das nicht ausreichte. Die Bells hatten es noch nie leicht gehabt, aber seit Mamas Tod war es fast unmöglich geworden, über die Runden zu kommen.

Juniper musste heftig schlucken. Sie hatte nicht gewollt, dass er sich schämte.

»El braucht dich, Juni«, fuhr Papa fort. »Das tun wir alle. Und im Knast bist du uns zu gar nichts nutze. Ich möchte, dass du dich für eine größere Sache einsetzt. Eine Sache, die deiner würdig ist. Du darfst dich nicht von diesem Ort hier runterziehen lassen.« Er klang jetzt fast schon flehend. »Das gilt für uns alle. Ansonsten werden wir komplett von den Dregs verschluckt.«

Juniper vergrub den Kopf wieder in ihrem Kissen. Die Stille zog sich in die Länge. Schließlich stand Papa auf. »Ich möchte, dass mir nie wieder zu Ohren kommt, dass du etwas geklaut hast, verstanden? Wir sind *keine* Familie von Dieben.«

Jetzt nicht mehr, seit Mama nicht mehr da ist, dachte Juniper. Stattdessen antwortete sie nur »*Mmmf*« aus dem Kissen.

»Juniper?«

»Verstanden, Captain!«, antwortete sie und hob die Hand wie zum Salut an die Schläfe, ohne dabei den Kopf vom Kissen zu nehmen. Sie hörte, wie Papa sich entfernte.

Dann öffnete sie ein Auge und betrachtete die ziemlich mitgenommene rote Kiste am Fußende. Darin befanden sich ihre wertvollsten Schätze; die wenigen Dinge, die sie noch an ihre Mama erinnerten.

Sie fehlte ihr unendlich. Mama war immer so stolz auf Juniper gewesen. So beeindruckt, wie Juniper über die Dächer rennen konnte, von ihren flinken Füßen und ihrer Fähigkeit, schnell zu schalten. Das waren die Dinge, in denen Juniper gut war. Warum sollte sie ihre Talente nicht nutzen?

Der Schlaf wollte in dieser Nacht einfach nicht kommen. Das kleine Schlafzimmer erzitterte von Papas Schnarchen, das genauso laut war wie die Manufaktur. Juniper lag unter ihren zerwühlten Laken und starrte an die Decke. Vor einigen Jahren hatten die Zwillinge beschlossen, sie mit Farben und Buntstiften ein bisschen schöner zu gestalten. Elodie hatte die ganze Familie gemalt und dazu die Arkanisten, die den glücklich lächelnden Bewohnern von Arkspire helfen. Außerdem hatte sie Bäume und Blumen, Wälder und Tiere gemalt – Dinge, die es in den Dregs nicht gab. Hoffnungsvolle, schöne Dinge.

Juniper hatte die ganze rote Farbe für ein besonders schauriges Bild von Monstern benutzt, die Menschen in zwei Teile zerbeißen, und Arkanisten, die den Leuten den Kopf wegsprengen.

Vielleicht war diese ganze Jelliper-Idee ja doch zu kindisch gewesen ... Vielleicht waren die Zwillinge immer schon so unterschiedlich gewesen wie Hund und Katz, nur dass Elodie sich bis jetzt nicht getraut hatte, es zuzugeben ... Vielleicht brachte die Akademie ihr wahres Ich zum Vorschein ...

Juniper drehte ihr Kissen auf die andere Seite. Falls Elodie auserwählt würde, die Kräfte Der Beobachterin zu erben, würde sich alles verändern. Die Familie würde auf einmal zur höchsten Gesellschaftsschicht gehören. Juniper und Papa dürften dann zusammen mit Elodie in den Uppers wohnen. Sie würden ein großes Haus im glitzernden Viertel bekommen, wo die Magister des Ordens der Iris lebten, und sie hätten Butler, die ihnen jeden Wunsch erfüllten.

Und doch ...

Wenn Elodie auserwählt wurde, was würde dann aus Juniper werden? Sie würde die Jagd nach Relikten auf jeden Fall aufgeben müssen. Aber wer wäre sie dann noch? Bloß die ältere Schwester der zukünftigen Beobachterin? Würde sich noch irgendwer für sie interessieren, wenn ihre Schwester eine Arkanistin war?

Sie wusste genau, wie hart Elodie für ihr Ziel gearbeitet hatte. Je härter ihr Training geworden war, desto mehr hatte sie sich angestrengt. Wenn irgendjemand es verdiente, die nächste Beobachterin zu werden, dann Elodie.

Und doch ...

Und doch wünschte sich Juniper, dass Die Beobachterin jemand anderen als ihre Schwester auswählen würde. Sie schämte sich für diesen Gedanken, aber es war nun mal die Wahrheit.

Juniper seufzte und rieb sich das Gesicht. In ihrem Kopf schwirrten die Gedanken umher wie verirrte Bienen. Manchmal musste man die Schlaflosigkeit einfach akzeptieren, da konnte man sich noch so oft hin und her wälzen.

Leise wie ein Mäuschen schlich sich Juniper aus dem Schlafzimmer und öffnete die Wohnungstür so vorsichtig, dass sie kaum quietschte. Sie wollte nachsehen, ob Thea noch wach war. Thea hatte immer die richtigen Worte. Sie könnten dann mal wieder zusammen aufs Dach klettern und reden, bis die Geräusche der Stadt sie schläfrig machten. Zu ihrer Überraschung sah Juniper allerdings, dass unten in der Apotheke noch Licht brannte. Madame Adie ging normalerweise in ihr Zimmer, sobald sie die Apotheke geschlossen hatte, ganz besonders so spät nachts. Neugierig tapste sie die Treppe hinunter.

Die Apotheke wurde von einer einzelnen Laterne be-
leuchtet, die lange, dunkle Schatten warf. Zum Glück hatte
sich der Lakritzgestank mittlerweile verzogen, und der er-
dige Geruch nach Kräutern war zurückgekehrt. Da stand
Madame Adie mit einer Brille mit vielen verstellbaren
Vergrößerungsgläsern auf der Nase und inspizierte gerade
etwas, das sie in einer großen Pinzette hielt. Neben ihr saß
McGrubbins, putzte sich die Schnurrhaare und gab ab und
zu ein Quieken von sich.

Als sie Juniper hörte, blickte Madame Adie auf und sah
mit ihrer Lupenbrille aus wie ein riesiges Insekt. »Juni! Du
bist aber noch spät auf.«

Juniper zuckte mit den Schultern. »Ich kann nicht schlafen. Sie wohl auch nicht, was?« Sie trat an den Tresen, um
Madame Adies Studienobjekt genauer zu betrachten. Es
war die Spiegelscherbe, die sie am Nachmittag gefunden
hatte.

»Das liegt an dieser Kuriosität, die du mir heute mitgebracht hast, oder sollte ich sagen, mit der du mich *verflucht* hast? So was von rätselhaft, das Ding. Wie du weißt, sind Relikte ja eines meiner Spezialgebiete … und trotzdem kriege ich absolut nicht raus, was es damit auf sich hat oder welchem Verräter es einmal gehört haben könnte. Dieses höllische Ding hat sich in meinem Hirn festgebissen. Wie ein Jucken, das man nicht kratzen kann …«

Juniper legte den Kopf schief und sah es sich genauer an. Das Glas war auf jeden Fall seltsam, so normal es auch auf den ersten Blick aussehen mochte. Sie kniff die Augen zusammen. Es kam ihr vor, als hätte sie gerade wieder eine schnelle Bewegung im Spiegelbild gesehen, aber vielleicht war es auch nur das Flackern der Laterne gewesen.

Madame Adie lehnte sich in ihrem Stuhl zurück, setzte die Brille ab und streckte sich. »Im Halbschlaf hat noch niemand gute Arbeit geleistet, oder? Ich glaube, ich leg mich wieder aufs Ohr.«

Sie warf noch einen letzten, langen Blick auf die Scherbe, sichtlich frustriert. Dann legte sie sie wieder in die Schublade hinter dem Tresen, schloss sie ab und ließ den kleinen Schlüssel in ihre Tasche fallen.

»Eine Mütze Schlaf würde dir sicher auch nicht schaden, junge Schatzsucherin«, sagte Madame Adie lächelnd und drückte sich von ihrem Stuhl hoch.

»Ja, kann sein«, antwortete Juniper, doch mit einem Mal ergriff sie Madame Adies Handgelenk. »Warten Sie!«

Madame Adie wirkte überrascht. »Was ist?«

Juniper hielt inne, als wüsste sie nicht mehr, was sie sagen wollte. »Ach, nichts«, sagte sie schließlich. »Ich gehe wieder hoch. Gute Nacht!«

»Schlaf gut.« Madame Adie bedachte Juniper mit einem merkwürdigen Blick. Sie ließ McGrubbins ihren Arm hochklettern und schlurfte in ihr Zimmer. Juniper stieg die Treppe hoch, blieb aber oben stehen und setzte sich mit dem Rücken zur Wand.

Grinsend ließ sie den kleinen Schlüssel vor ihrem Gesicht baumeln, den sie Madame Adie soeben aus der Tasche gezogen hatte.

8

DIE WAHRHEIT
IM SPIEGEL

Normalerweise würde sie sich schuldig fühlen, wenn sie einen Freund bestahl, aber sie wollte sich den Schlüssel ja nur leihen. Außerdem hatte Juniper schließlich die Scherbe gefunden. Sie wollte nur noch einmal einen Blick darauf werfen und schauen, ob sie etwas herausfinden konnte. Vielleicht konnte sie sogar die Ursache der Bewegung entdecken, die sie im Glas gesehen hatte. Was sollte schon schiefgehen? Wenn das Ding erst einmal verkauft wäre, hätte sie keine Gelegenheit mehr.

Als Juniper sicher war, dass Madame Adie im Bett lag, schlich sie sich wieder hinunter in die Apotheke und achtete darauf, nicht auf eine der knarzenden Dielen zu treten. Sie wusste genau, welche das waren, es war schließlich nicht das erste Mal, dass sie sich nachts hinausschlich. Der Laden war nun komplett dunkel. Die unzähligen Krüge und Tiegel standen aufrecht in den Regalen wie stille Wächter. Da Krüge zum Glück weder Augen noch einen Mund haben, konnte sich Juniper unentdeckt von Madame Adie hinter den Tresen schleichen. Vorsichtig ließ sie den Schlüssel ins Schloss der Schublade gleiten. Mit angehaltenem Atem drehte sie ihn um. Das Schloss machte klick.

Juniper verzog das Gesicht. In der Stille des Ladens klang das Geräusch laut wie ein Pistolenschuss.

Zum Glück kam niemand nachsehen, und Juniper zog die Schublade mit dem funkelnden Spiegelglas auf.

Sie hielt die Scherbe ins schwache Licht, das von der Straße hereindrang, und konnte ihr eigenes Spiegelbild erkennen. Die braunen Augen. Das dunkle, zottelige Haar, das ihr Gesicht umrahmte. Nichts Außergewöhnliches. Bloß die gute, alte Juniper, keine Spur von Magie. Was war das also für eine Bewegung, die sie immer wieder in der Scherbe sah? War es wirklich nur das Licht, das ihren Augen einen Streich spielte?

Sie drehte und wendete die Scherbe und betrachtete das Glas aus verschiedenen Winkeln, doch alles, was sie sah, war das Spiegelbild der Apotheke. So weit, so normal.

»Was *bist* du?«, flüsterte Juniper. »Enthülle mir deine Geheimnisse, oh wundersamer Spiegel!«

In dem Moment sah sie die Tür.

Sie konnte sie hinter sich im Spiegelbild erkennen, auf der gegenüberliegenden Seite des Ladens, zwischen
zwei Vitrinen.

Es war eine Tür, die sie nicht wiedererkannte. Die sie noch nie gesehen hatte, obwohl sie schon seit dreizehn Jahren über dem Laden wohnte. Juniper warf einen Blick über die Schulter, und es lief ihr kalt den Rücken herunter. Da war keine Tür, bloß eine schlichte Wand aus dunklem Holz zwischen den beiden Vitrinen. Sie schaute wieder in die Spiegelscherbe. Die Tür war wieder da, ganz deutlich zu erkennen. Sie war nur im Spiegelbild sichtbar!

»Was zum …?«

Sie rannte um den Tresen herum zur Wand und tastete nach einem verborgenen Spalt, nach irgendwelchen Scharnieren oder Griffen. Doch alles, was sie fühlte, war die raue Oberfläche des Holzes. Sie wandte sich wieder von der Tür ab und hielt die Scherbe über ihre Schulter. Nein, sie war nicht verrückt geworden, da war auf jeden Fall eine Tür im Spiegelbild. Eine Tür mit einem reich verzierten, eisernen Griff.

Mit dem Spiegel als Orientierungshilfe griff Juniper nach unten, wo sich der Griff im Spiegel befand. Zu ihrer großen Verwunderung umfasste ihre Hand im Spiegel die Klinke, und auch in der echten Welt konnte sie etwas spüren. Den Griff hatte sie eben doch noch nicht erfühlen können …

Entfaltete hier der Spiegel seine Magie? Musste man durch ihn hindurchsehen?

Junipers Nerven zitterten förmlich vor Anspannung und einer gehörigen Portion Angst. Würde sie das wirklich durchziehen? Eine unsichtbare Tür öffnen, die wer weiß wohin führte und die man nur in einem Zauberspiegel sehen konnte, der einmal einem der bösen Verräter gehört hatte?

Na, und ob!

Sie drückte die Klinke nach unten und zog die Tür zu sich.

Das Ganze war ziemlich merkwürdig. Juniper fühlte zwar, wie sich eine Tür öffnete, und spürte den Luftzug auf ihrem Gesicht, aber ihre Augen sahen nichts dergleichen. Die Wand direkt vor ihrer Nase blieb unverändert solide. Trotzdem erkannte Juniper im Spiegel klar und deutlich, dass sich eine Tür öffnete. Dahinter war ein Leuchten zu erkennen. Es waren komplexe magische Symbole, die sich in den Raum drängten und aussahen wie von einer Hand mit blauem Feuer gezeichnet.

Juniper stieß einen kleinen Schrei aus und ließ die Scherbe fallen, denn sie hatte ihr gerade einen Schlag versetzt, der ihre Nerven unangenehm zum Kribbeln brachte. Entsetzt sah sie, wie die Symbole aus der Scherbe in die reale Welt krochen und sich seltsame Linien ihren Weg über den Boden der Apotheke bahnten. Juniper sprang von einem Fuß auf den anderen, damit sie ja nicht darauf trat, schließlich wusste sie nicht, was passieren würde, wenn sie eine davon berührte – und sie wollte es auch nur ungern herausfinden. Die Linien wurden immer schneller, verbreiteten sich wie ein Lauffeuer über den Tresen und schossen die Wände hoch, wobei sie sich immer wieder trafen, überkreuzten und raffinierte Muster entstehen ließen.

Okay ... wie schwer kann es schon sein, eine Magie kotzende Tür wieder zu verschließen?, dachte sich Juniper, bevor sie von einer gewaltigen, unsichtbaren Kraft zu Boden geschleudert wurde. Die Luft entwich ihr aus den Lungen, als sie mit voller Wucht gegen den Tresen prallte. Nach Luft schnappend, sah sie mit schreckgeweiteten Augen, dass ihre Hände einige der funkelnden Symbole berührt hatten. Sie kitzelten, als hätte Juniper einen Blitz zu fassen bekommen. Die Symbole wanden sich in Sekundenschnelle ihre Hände entlang. Voller Angst zog Juniper die Hände sofort weg, doch sie konnte nur entsetzt zusehen, wie die Linien schlangenartig weiter ihre Unterarme entlangwanderten und leuchtende, arkane Symbole bis zu ihren Ellbogen zeichneten.

Bevor sie auch nur ansatzweise verstand, was mit ihr geschah, kam explosionsartig eine blaue Lichtsäule aus der Scherbe geschossen und drang durch die Decke in die oberen Stockwerke. Das Licht wurde immer heller, bis Juniper schließlich ihre Augen schließen und das Gesicht abwenden musste. Dann wurde sie von einer eisigen Kälte erfasst, und jede ihrer Nervenfasern kribbelte vor Schmerz angesichts dieser eisigen Temperatur. Sie schrie auf, konnte sich aber wegen des magischen Getöses aus der Scherbe selbst nicht hören.

Was *geschah* hier? Musste sie gleich sterben?

Dann hörte der ganze Spuk mit einem Mal genauso plötzlich auf, wie er angefangen hatte. Als hätte die Magie begriffen, dass sie nicht in diese Welt gehörte, und wäre wieder durch das Portal zurückgesprungen.

Vorsichtig öffnete Juniper die Augen. Ihr Atem ging stoßweise. Wegen des blendenden Lichts konnte sie immer noch nicht geradeaus schauen. Lichtpartikel schwebten wie Pollen im Wind um sie herum und verloren sich in der Luft. Nach dem Chaos schien die Welt auf einmal unglaublich ruhig. Papier und getrocknete Kräuter flogen durch Madame Adies Zimmer, das nun wie die dunstige Luft nach einem Sturm roch. In der Decke war ein rauchendes Loch, in der Dunkelheit glühten rote Funken, und leuchtende Symbole überzogen jeden Fleck, der von der Spiegelmagie berührt worden war.

Das Seltsamste war allerdings, dass Juniper nicht mehr allein war.

Irgendetwas wand sich in der Rauchsäule der Scherbe, die nur noch aus einem Häufchen Asche bestand. Es war der Schatten eines Monsterwesens mit einem schlanken, raubtierartigen Körper. Das Ding wurde immer größer und größer. Es streckte die Krallen, öffnete den massiven Kiefer und entblößte scharfe, tödliche Fangzähne.

Alle Muskeln in Junipers Körper schrien sie geradezu an wegzurennen. War das ein Schatten? Oder sogar etwas *Schlimmeres?*

Das Wesen wandte sich ihr zu, sein eigenes Gesicht immer noch vom Rauch verborgen. Sie versuchte, nach hinten zu krabbeln, aber ihr Rücken stieß schon gegen den Tresen. Das Ding grummelte und fauchte aus tiefster Kehle und warf sich mit einem markerschütternden Knurren auf sie.

9

GEFÄNGNISAUSBRUCH

Das Ding sprang aus der Dunkelheit hervor, und Juniper bemerkte, dass der Rauch es *ein klein wenig* größer hatte erscheinen lassen. Das Biest war tatsächlich winzig, in etwa so lang wie Junipers Unterarm. Es hatte anscheinend eine Art kleine Schnauze, spitze Ohren und einen langen, peitschenden Schwanz, obwohl man eigentlich nicht viel erkennen konnte. Es glich einem lebendigen Schatten, der sich wie eine schwarze Kerzenflamme hin und her wand, und seine Augen leuchteten durchdringend türkis. Es fiel nach vorne auf die Vorderpfoten und riss das Maul weit auf, dem ein blaues Licht entströmte. Dann noch ein bisschen weiter, als wolle es gleich ein Furcht einflößendes Brüllen von sich geben … doch stattdessen hustete und prustete es nur. Und sprach dann. »Ich … hab was im Hals …«, hustete das Wesen und deutete auf sein geöffnetes Maul, aus dem schlaff eine lange, leuchtende Zunge heraushing.

»Was zum *Henker* …?«, quiekte Juniper.

Sie hatte leider schon viele Schatten in ihrem Leben gesehen, aber noch keinen davon jemals *reden* hören.

Das Ding keuchte und atmete schwer, bis es schließlich etwas auf den Boden spuckte. Etwas Schleimiges. Knubbeliges. Ekelhaftes.

Eingehend betrachtete das Wesen sein Werk, einen Batzen aus Ektoplasma, und richtete die glühenden Augen dann auf Juniper. »Nein, nein, du brauchst nicht aufstehen und mir helfen. Ich ersticke ja bloß. Mach dir mal keinen Stress.«

Junipers Augen zuckten. Sie hatte, ehrlich gesagt, genug gesehen. Und den donnernden Schritten und lauten Stimmen im Haus nach zu urteilen, würde sie bald jede Menge

Gesellschaft bekommen. Gesellschaft, die ihr schwierige Fragen stellen würde, die sie am liebsten unbeantwortet ließe.

Mit einem kaum hörbaren Schrei flitzte sie durch den Laden, sprang in einen Schrank und knallte die Türen hinter sich zu, gerade noch rechtzeitig, da hinter ihr schon Schritte die Treppe herunterkamen. Juniper presste sich eng an die Ampullen und Krüge und hoffte, dass ihr heftig pochendes Herz sie nicht verraten würde.

»*Was zum …*«, erklang Papas Stimme bei dem Anblick, der ihn empfing. »Was ist hier *passiert?*«

»Du meine Güte …«, keuchte Madame Adie. »Wie *außergewöhnlich!*« Ihre Stimme klang eher beeindruckt als verängstigt, als würde jemand ein schönes Gemälde bewundern.

»Haben Sie Juniper gesehen?«, fragte Papa.

»Vor einer Weile, ja. Sie konnte nicht schlafen, aber dann ist sie doch zurück ins Bett gegangen, und ich …«

»Aber oben ist sie nicht!«, antwortete Papa voller Panik. »Beim Besucher aus dem Jenseits, wo ist sie?«

»Vielleicht auf dem Dach?«

»Juni?«, rief Papa. »JUNI?«

Erstaunlicherweise hatte keiner von beiden das sprechende *Schattenmonster* bemerkt, das einfach im Laden aufgetaucht war.

Die Schritte donnerten die Treppe wieder hoch, als Papa und Madame Adie sich hektisch auf die Suche nach ihr machten. Es tat Juniper leid, dass sie sich ihretwegen solche Sorgen machten, aber was sollte sie sonst tun? Papa beichten, dass sie mit einem verbotenen Relikt herumgespielt und direkt unter ihrer Wohnung ein Portal für ein Monster geöffnet hatte?

Sie zog die Augenbrauen zusammen, als ihr Els Worte von vorhin wieder einfielen. Das hatte aber noch lange nicht zu bedeuten, dass El recht gehabt hatte! Die Jagd nach Relikten war nicht gefährlich. Normalerweise machten Relikte nicht ... so etwas.

Junipers Brust hob und senkte sich. Mit weit aufgerissenen Augen betrachtete sie die Symbole auf ihren Händen und Armen, die das Innere des dunklen Schrankes erhellten. Juniper kratzte daran, aber sie ließen sich nicht entfernen, so heftig sie auch rieb.

»Ich nehme mal an, deine Arme sehen nicht immer so aus?«, sagte eine Stimme direkt neben ihrem Ohr. Das Wesen!

Juniper machte einen Satz und verkroch sich noch weiter in den Schrank. Sie griff nach irgendeinem Gegenstand, den sie zu ihrer Verteidigung benutzen konnte, und warf dabei klirrend einige Flaschen um.

»Was ... was *bist* du?«, fragte sie und wünschte sich inständig, sie hätte etwas anderes zu fassen bekommen als das Garnknäuel, das sie nun wie eine Waffe vor sich hielt.

»Was ich bin? Was ich *bin*?« Die Kreatur betrachtete sich selbst. Nur die lebendigen Augen und das leuchtende Maul verrieten, dass es kein normaler Schatten war. Es hielt kurz inne. »Ehrlich gesagt, bin ich mir da nicht ganz sicher. Ich bin ein sehr mächtiges Wesen, daran besteht kein Zweifel. Wichtiger ist aber doch: *Wo* bin ich? Was ist das hier für ein Ort?«

»A-Adies Apotheke«, sagte Juniper, ohne den Blick von der Kreatur abzuwenden. »In der Stadt Arkspire.«

Das Ding legte den Kopf schräg. »Nie gehört. Bist du dir sicher, dass du dir das nicht ausgedacht hast?«

»Wie kann es sein, dass du noch nie von Arkspire gehört hast? Das ist die größte Stadt der Welt und der einzige Ort, an dem es noch Sicherheit gibt!«

»*Sicherheit?*«, kicherte die Kreatur und ließ die Krallen spielen. »Ich fürchte nicht die Gefahr, sondern die Gefahr fürchtet *mich*.« Die Stimme klang männlich und äußerst arrogant, aber auch ein wenig verwirrt.

Zumindest griff das Ding sie nicht an, das war schon mal ein Pluspunkt. Jedenfalls noch nicht …

»Was sind das für Symbole?«, fragte Juniper mit dringlicher Stimme und hielt ihre leuchtenden Arme in die Höhe.

»*Symbole?*« Die Kreatur betrachtete sie von oben bis unten. »Symbole sind das also? Hattest du die vorher noch nicht? Wie langweilig. Jetzt sehen deine Arme absolut majestätisch aus. Ein Hauch von Brillanz an einem ansonsten ziemlich langweiligen Äußeren. Du solltest mir dankbar sein.«

»Du musst sie wieder entfernen! So kann ich auf keinen Fall rumlaufen. Dann denken die Leute … keine Ahnung, was die denken. Aber nichts Gutes jedenfalls!«

»Oh, das kann ich aber nicht«, sagte die Kreatur mit weicher Stimme.

»Was? Warum nicht?«

»Ich glaube, wir sind einen Bund eingegangen.«

»Einen Bund?« Juniper blinzelte. Es fühlte sich an, als würde sich ihr Verstand durch eine zähe Masse bewegen und könnte nicht mehr mithalten. »Ich fühle mich ja geschmeichelt und ich bin mir sicher, du bist total nett und so, aber ich glaube, es ist noch *viiiel* zu früh, uns als Kumpel zu bezeichnen und …«

»Nein, doch keine *Freunde*!« Die Kreatur sah sie angewidert an. »Bah! Um Himmels willen! Wenn ein Wesen von der Anderen Seite eine Welt besucht, braucht es immer einen Befestigungspunkt, so eine Art Anker, könnte man sagen.« Es sprach ganz langsam, als würde es mit einem kleinen Kind reden. »Dieser Anker bist *du*, seltsames kleines Mädchen. Ohne dich würde ich wieder auf die Andere Seite gezogen.«

»Du kommst also … von der Anderen Seite?«

Genau wie die Schatten.

Die Kreatur blinzelte, als wäre ihm diese Tatsache gerade erst selbst klar geworden. »Oh, na ja … ich denke schon!«

Juniper schluckte. Das war übel. Und zwar so *richtig* übel. Es hieß aber *trotzdem* nicht, dass Elodie recht gehabt hatte.

»Hör mal, das ist mir ganz egal. Sorg einfach dafür, dass diese Symbole wieder weggehen!«, beharrte Juniper. »Weißt du überhaupt, was ich für Schwierigkeiten bekomme, wenn mich jemand so sieht?«

Die Kreatur schnaubte verächtlich. »Ich weiß wirklich nicht, warum das mein Problem sein sollte. Nachdem ich so lange Zeit in diesem teuflischen Spiegel gefangen war, würde ich mir jetzt gerne ein wenig die Beine vertreten.« Es streckte die Zunge aus wie eine Schlange. »Ich glaube, ich bin schon mal auf dieser Ebene gewesen. Der Geschmack kommt mir ziemlich bekannt vor, und wenn ich mich recht erinnere, hat es mir ganz gut gefallen …«

Juniper gefiel der hungrige Unterton in seiner Stimme *ganz und gar nicht*.

»Dann ist der Spiegel also eine Tür zur Anderen Seite?«

Das Wesen zuckte zusammen. »Nein, das glaube ich nicht.« Es presste die Zähne aufeinander, als würde es angestrengt nachdenken. »Das war ein verfluchter Ort, an dem ich … warte, wie lange war ich darin gefangen?« Es verdrehte die Augen und hämmerte sich mit den Fäustchen gegen den Kopf, wobei jeder Schlag ein bisschen vom Schatten aufwirbelte. »Denk nach, denk nach! Warum kann ich mich an nichts erinnern?« Es riss die Augen mit einem Ruck auf und starrte Juniper an, die vor dem wilden

Blick zurückschreckte. »Warst *du* das etwa, du gemeine Schwindlerin? Hast du mich da reingesteckt?«

»Ich? Ich hab dir nichts getan. Außerdem: Wenn ich dich da reingesteckt hätte, warum sollte ich dich dann wieder freilassen?«

Das Ding verengte die Augen zu Schlitzen und ließ sich ihre Antwort durch den Kopf gehen. »Hmmm, ja. Vielleicht habe ich dir da zu viel zugetraut. Dass meine Erinnerungen kaputt sind, liegt bestimmt daran, dass ich so lange auf so engem Raum gefangen war. So eine Tortur kann dazu führen, dass sich der Geist aufspaltet. Aber warte nur ab, meine Erinnerungen werden *bestimmt* eines Tages wiederkommen, und ich werde *ganz sicher* rausfinden, was hier los ist. Zusammen mit Boden werde ich …« Plötzlich wurden die Augen der Kreatur ganz groß. »Warte mal!« Hoch konzentriert zog es sich an den langen Ohren und deutete dann mit einer Klaue auf Juniper. »Wer ist Boden? Ich verlange, dass du es mir verrätst!«

Juniper verzog das Gesicht. »Keine Ahnung. Du hast von ihm angefangen!«

»Ach, du unnützes Ding. Aber ich erinnere mich an ihn.« Die Kreatur zog die Augenbrauen zusammen. »Und ich erinnere mich noch an etwas anderes. An eine Gruppe von Leuten. Meine *Feinde*. Sie standen in einem Kreis und haben Sprüche aufgesagt … Sie haben versucht, mich mit ihren armseligen, schwachen Zauberformeln zu besiegen. Was für ein sinnloses Unterfangen.«

»Die Arkanisten?«, fragte Juniper.

Es musste sich einfach um die Arkanisten handeln. Sie waren die einzigen Menschen, die Magie nutzen konnten. Ihre Aufgabe bestand darin, die Welt vor den Gefahren zu beschützen, die sich durch den Schleier drängten. Wenn sie dieses Ding in dem Spiegel gefangen hatten, musste es also ein Feind Arkspires sein – oder anders gesagt: jede Menge Ärger.

»Warum haben sie dich denn eingesperrt?«, fragte Juniper mit zugeschnürter Kehle.

»Das wüsstest du wohl gerne, was?«, ätzte die Kreatur zurück und dachte dann kurz nach. »Eigentlich wüsste ich das selbst gern.«

»Ich denke, sie haben dich ins Gefängnis geworfen«, sagte Juniper mit gerunzelter Stirn, »weil du etwas Schlimmes angestellt hast. Weil du gefährlich bist.«

»*Ins Gefängnis* geworfen? Wie einen gewöhnlichen Kriminellen?« Die Kreatur schnalzte vorwurfsvoll mit der Zunge. Allein der Gedanke schien sie anzuwidern.

»Und? Warst du einer? *Bist* du einer?«, bohrte Juniper weiter.

»Ehrlich gesagt: kann sein. Mein unbegreiflich scharfer Verstand fühlt sich im Moment eher wie ein zäher Brei an. Ah! Brei! Daran erinnere ich mich zumindest!«

Juniper nickte. »Brei ist schon wichtig, muss man sagen.«

Plötzlich erklang ein Geräusch vor dem Schrank. Die Bodendielen knarzten. Juniper erstarrte. War Papa zurückgekommen?

»Na ja, jedenfalls …«, setzte das Ding zum Sprechen an.

»Warte, schhh!«, flüsterte Juniper.

Die Kreatur zog eine Augenbraue hoch. »Komm mir ja nicht mit ›schhh‹!«

Juniper versuchte, ihm die Schnauze zuzuhalten, doch es war, als würde sie ins Wasser greifen. Sie konnte fühlen, dass da etwas war, aber es rann ihr einfach durch die Finger. Der Schattennebel, aus dem das Wesen bestand, waberte bloß um ihre greifenden Hände herum.

»Wie kannst du es *wagen*?«, knurrte es just in dem Moment, als die Schranktüren aufgerissen wurden.

»Hallöchen!«, sagte Thea, als hätte sie nichts anderes erwartet, als Juniper im Kampf mit einer Kreatur aus einer anderen Welt im Schrank zu entdecken. »Aufregende Nacht, was?«

»Oh, toll, noch mehr von eurer Sorte«, sagte die Kreatur. »War mit uns beiden ja noch nicht kompliziert genug, was?«

Juniper atmete erleichtert auf. »Thea, Dank sei Dem Besucher! Hast du Papa und Madame Adie gesehen?«

»Ja, die suchen auf dem Dach nach dir. Omama hat mich runtergeschickt, um zu schauen, was hier los war. Du weißt ja, was sie immer sagt: *Wer nicht schläft, verpasst den Wurm.*« Thea sah sich die Zerstörung an. »Ich gehe mal davon aus, dass du nicht weißt, was hier unten passiert ist? Obwohl, vielleicht hast du eine Ahnung, wenn ich mir angucke, wie deine Augen glühen.«

»*Was* machen sie?« Juniper sprang aus dem Schrank und betrachtete ihr Spiegelbild in den dunklen Schaufenstern des Ladens. Wie zu erwarten gewesen war, hatte die gigantische, magische Lichtsäule, die aus dem Gebäude hervorgebrochen war, einige Aufmerksamkeit auf sich gezogen. Draußen vor der Apotheke hatte sich eine Menschenmenge versammelt. Einige Menschen versuchten, durch die Fenster zu schauen, während andere auf der Suche nach Antworten an der verschlossenen Tür rüttelten. Viel verstörender war allerdings, was Juniper im Spiegelbild sah: Ihre Augen glühten strahlend blau wie die Symbole auf ihren Armen. Sie duckte sich schnell außer Sichtweite und ließ verzweifelt die Hände an den Wangen heruntergleiten.

»Versteh mich jetzt nicht falsch, ich bin voll eifersüchtig«, sagte Thea mit fasziniertem Blick.

»Jetzt sag bloß, deine Augen leuchten normalerweise auch nicht?«, sagte die Kreatur. »Ehrlich, was für ein langweiliges Wesen du gewesen sein musst, bevor ich aufgetaucht bin.«

»Oh, hallo!«, begrüßte Thea die Kreatur freundlich. »Wie heißt du denn?«

»Ah, endlich ist mal jemand höflich genug, mich zu fragen!«

»Oh, tut mir leid, wie wahnsinnig unhöflich von mir!«, warf Juniper ein. »Ich war wohl ein wenig zu abgelenkt davon, dass du gerade *mein Leben ruinierst*!«

»Entschuldigung angenommen. Und was dich angeht, merkwürdiges Kind, ich heiße … na ja … wahrscheinlich irgendwas Beeindruckendes und Mächtiges … das in gleichem Maße Ehrfurcht und Angst auslöst …«

»Du erinnerst dich nicht einmal mehr an deinen Namen?«, fragte Juniper.

»Wer braucht schon einen Namen, wenn man so unvergesslich ist wie ich?«

»Ich gebe dir gerne einen neuen Namen, wenn du willst«, bot Thea an.

»Am liebsten wäre es mir, wenn ihr mich ›mein Herr‹ oder ›Gebieter‹ oder ›Hoheit‹ nennen würdet.« Die Kreatur schnaubte. »Aber wenn es eure Zunge zum Stillstand bringen würde, mir einen Namen zu geben, dann tut euch keinen Zwang an.«

Thea überlegte kurz und betrachtete die Kreatur und die von ihr veranstaltete Verwüstung eingehend. Da erhob sie auf einmal die Hand und ließ sie wie ein Schwert wieder sinken. »Ich taufe dich hiermit auf den Namen ›Zunder‹, denn du hast in uns beiden heute Abend ein Feuer der Begeisterung entfacht. Und auch ein kleines echtes Feuer.«

»Dämlicher Name«, meckerte die Kreatur. »Aber mir gefällt allgemein nur wenig von dem, was ihr Menschen so tut.«

»Also gut, dann bleibt es bei Zunder!« Thea klatschte freudig und streckte dann eine Hand aus. »Schön, dich kennenzulernen, Zunder!«

Zunder starrte ihre Hand zweifelnd an.

»Er ist aus der Spiegelscherbe rausgekommen«, erklärte Juniper. »Ich habe im Spiegelbild eine Tür gesehen, die eigentlich nicht da war, aber irgendwie doch, und dann … hab ich sie wohl aufgemacht. Dann ist dieses Ding da in

einer riesigen Lichtexplosion aufgetaucht und hat all *das hier* gemacht!« Juniper deutete hektisch auf die Symbole im Raum und auf ihren Armen.

»Klassiker«, sagte Thea. »Weißt du eigentlich schon, dass du ein Loch ins Dach gesprengt hast?«

»Ich hab überhaupt nichts gemacht. Das warst *du*!« Juniper deutete anklagend auf Zunder. »Du musst das auch wieder in Ordnung bringen.«

»Ich habe leider Größeres vor«, sagte Zunder verächtlich. »Dinge, die euer armseliger Verstand niemals begreifen könnte.«

»Ach ja, *was denn?*«, stieß Juniper hervor.

»Na, Rache natürlich. An den Leuten, die mir das angetan haben.« Zunders Augen glühten voll freudiger Bosheit. »Meine Perfektion wurde der Welt schon zu lange vorenthalten – und zwar von euren Arkanisten. Für solch ein Verbrechen müssen sie ausgelöscht werden.«

Juniper fiel die Kinnlade runter. Er wollte sich die *Arkanisten* vorknöpfen?

Sie holte tief Luft und versuchte, die Fassung wiederzugewinnen. Mit diesem Unsinn würde sie sich später auseinandersetzen. »Natürlich hast du große Pläne, aber …« Juniper deutete auf den Laden, dann auf die Symbole und ihre Augen, »du kannst mich nicht einfach so hängen lassen. Wenn jetzt die Wachen kommen, sitzen wir ganz schön in der Patsche!«

»›Wir‹? Oh, es gibt kein ›wir‹«, antwortete Zunder gehässig. »Mal abgesehen von deinem Körper, der mir als Anker dient, bedeutest du mir leider rein gar nichts. Genauer gesagt, weniger als nichts. Wenn du mich jetzt entschuldigen würdest, ich muss los und wohlverdiente Rache nehmen.« Er verbeugte sich und trottete zur Vordertür. »Auf Wiedersehen, ihr seltsamen, hässlichen Kreaturen!«

»Nein, nicht da raus!«, schrie Juniper und sprang ihm nach. Doch bevor sie ihn erreichen konnte, hatte sich Zunders Form verändert. Er ... hatte sich *flach* gemacht.

Zuerst dachte Juniper, ihre Augen würden ihr einen Streich spielen, doch dann sah sie, wie er sich durch den Spalt unter der Tür durchschob, als wäre er ein Blatt Papier. Er hatte sich buchstäblich in einen Schatten verwandelt. Allerdings blieb ihr keine Zeit, darüber zu staunen. Mit hämmerndem Herzschlag, den sie im Schädel spüren konnte, machte sich Juniper hastig daran, die Tür zu öffnen. Sie stieß sie weit auf, sodass die Leute draußen überrascht zur Seite sprangen, suchte die belebte Straße mit den Augen ab und hoffte, die Kreatur noch einfangen zu können, bevor sie zu viele Leute zu Gesicht bekommen hatten. Doch was sie stattdessen sah, war noch viel schlimmer, als sie es sich vorgestellt hatte.

Sie stand direkt vor einer Gruppe von fünf großen, breitschultrigen Wachen mit Gewehren in der Hand, die sie durch leblos starrende Schutzbrillen betrachteten.

10

DIE RUHE NACH
DEM STURM

Es war für die Wachen ein Leichtes gewesen, sie zu finden. Die kleine Lichtshow des Spiegels war sogar ein noch größeres Spektakel gewesen, als Juniper gedacht hatte. Die magische Lichtsäule war direkt durch das Dach der

Apotheke und durch die Uppers geschossen und dann im Nachthimmel explodiert. Dort oben leuchteten über der ganzen Stadt blaue, elektrisch knisternde Symbole von der Größe ganzer Marktplätze im schwarzen Firmament und tauchten die Stadt in ein seltsames Licht, das aus einer anderen Welt zu kommen schien.

Juniper versuchte, den Kloß herunterzuschlucken, der sich gerade in ihrem Hals bildete, doch das war gar nicht so einfach. Menschenmengen starrten auf die Symbole im Himmel und flüsterten verängstigt miteinander. In der ganzen Nachbarschaft lag ein Geruch wie nach einem Gewitter in der Luft, obwohl keine einzige Wolke in Sicht war.

Was Adies Apotheke anging, waren die glühenden Symbole aus dem Spiegel nach draußen in die Straßen gekrochen und hatten sich über den matschigen Boden, die Rohre und angrenzende Wände ausgebreitet. Junipers Aufenthaltsort war praktisch eine einzige, leuchtende Zielmarkierung geworden. Alles in allem war sie nur schwer zu übersehen.

Die Wachen führten Juniper durch die murmelnde Menge zu einem Wagen der Requisition, Thea direkt daneben. Juniper versuchte, die schweren Handschellen aus Metall, die ihr in die Handgelenke schnitten, in eine bequemere Position zu schieben, aber es hatte keinen Zweck. Es lief gerade nicht besonders gut für sie, und die Tatsache, dass sie noch im Schlafanzug war, tat ihr Übriges.

»Dies ist eine Warnung des Ordens«, erklang es knackend aus den Phonographen. *»Alle Bürger werden aufgefordert, den Bereich zu verlassen. Es wurde verbotene Magie festgestellt. Die Gegend ist nicht sicher und es besteht möglicherweise Lebensgefahr. Zu Ihrer eigenen Sicherheit, verlassen Sie den Bereich!«*

Viele Dregger suchten panisch das Weite, doch viel mehr Leute blieben dort und traten lediglich einen Schritt vor den Mädchen zurück, weil sie sehen wollten, woher dieses Chaos in ihrem Distrikt kam.

»Die Verräter sind zurück!«, sagten einige besorgt. »Sie sind in unsere Stadtmauern eingedrungen!«

»Noch dazu ausgerechnet in unserer Nachbarschaft. Ich hab ja immer schon gesagt, dass dieses Mädel eine von den Bösen ist ...«

»Verräterisches Pack!«, rief ihnen ein besonders gemeiner Mann verächtlich zu.

Juniper zuckte zusammen. Die Worte der Menschen taten weh, ihre gehässigen Blicke und fiesen Fratzen noch viel mehr. Einige beäugten die Symbole auf Junipers Armen, die glücklicherweise aufgehört hatten zu leuchten. Sie hatten mittlerweile einen etwas dunkleren Farbton angenommen als ihre Haut und sahen eher aus wie seltsame Verbrennungen oder Tätowierungen. Als sie sah, dass die Leute ihre Zeichen bemerkten, die denen der Arkanisten so ähnlich waren, duckte sie sich weg.

Dann taten einige Menschen etwas komplett Unerwartetes.

Sie verneigten sich.

Sie nickten nicht bloß mit dem Kopf oder zogen den Hut vor ihnen, sondern knieten sich hin und verbeugten sich.

»Der Besucher ist mächtig! Der Besucher ist gut!«, flüsterten einige ehrfürchtig.

»Der Besucher hat eine neue Arkanistin in die Dregs geschickt, die für uns alle einsteht!«

»Sie wird uns alle aus diesem Ort emporheben und ihn für uns wieder sicher machen!«

Schnell zogen die Wachen Junipers Ärmel herunter, den Rest versteckte sie, indem sie die Hände unter die Achseln schob. Sie hatte keine Ahnung, was das alles zu bedeuten hatte.

War sie eine Verräterin? Oder eine Arkanistin? Sie hatte doch bloß eine Tür aufgemacht …

»Juni!«, schrie eine Stimme.

Sie drehte sich um und sah, wie Papa und Madame Adie durch die Menge gerannt kamen. Papas angsterfüllter Blick schmerzte sie mehr als die Handschellen, die ihr die Handgelenke abdrückten.

»Mach dir keine Sorgen, Papa!«, rief sie, während man sie in den Laderaum eines mechanischen Wagens schob, und gab sich alle Mühe, zuversichtlich zu klingen. »Ich kriege das schon hin! Es ist alles unter Kontrolle!«

»Aufhören! Das ist meine Tochter!«, schrie Papa und ging auf die Wachen los, die ihn zurückhielten. Dann wurde Thea hinter ihr in den Wagen geworfen, die Türen knallten zu und ließen die Mädchen in Dunkelheit zurück.

»Es ist alles unter Kontrolle«, wiederholte Juniper leise.

Mit rumpelndem Motor setzte sich der Wagen langsam in Bewegung und entfernte sich von der lärmenden Menge, von Papa, von ihrem Zuhause. Die Mädchen warfen einander im Dämmerlicht Blicke zu und konnten kaum glauben, was gerade geschah.

»Wir sitzen in der Tinte«, sagte Thea ruhig.

»Alles ist gut! Alles ist gut!«, wiederholte Juniper und lief im Wagen hin und her. Das blaue Licht der Himmelssymbole drang durch die schmalen Fenster des Wagens und ließ es aussehen, als befände sich die Stadt unter Wasser. »Wir kriegen das schon hin, so wie immer.«

»Ich hoffe nur, dass sie uns noch mal mit unserer Familie sprechen lassen, bevor sie uns in den Knast stecken«, sagte Thea. »Ich muss Omama sagen, dass sie auf keinen Fall versuchen soll, mich zu befreien. Ich hab sie schon mal wütend erlebt, und auf so ein Gemetzel sind die Wachen nicht vorbereitet.«

»Niemand geht hier in den Knast!«, beharrte Juniper. »Wir müssen uns nur einen Plan ausdenken.« Sie ließ sich auf die hölzerne Bank an der Innenwand des Wagens fallen und tippte sich leicht gegen den Kopf, als wolle sie die Ideen dazu bringen, wie Luftblasen an die Oberfläche zu sprudeln.

Der Wagen hatte nun die Skyline erreicht. Das war ein Netz aus gigantischen Seilbahnen, deren riesige Gondeln Menschen, Fahrzeuge und andere Lasten zwischen den Dregs und den Uppers auf und ab bewegten. Der Wagen fuhr in eine Gondel hinein, die genug Platz für ihn bot, und mit einem Ruck und einem Klirren hob sie in Richtung des oberen Iris-Distrikts ab.

Juniper war nur selten in den Uppers. Leute wie sie gehörten dort nicht hin. Wenn sie doch einmal hinging, endete ihr Besuch meistens damit, dass die Misfits von den Wachen verfolgt wurden, die sie als zu unappetitlich für die reichen Magister erachteten, die dort in ihren schmucken Häusern wohnten und in vornehmen Restaurants dinierten. Elodie dagegen passte mit ihren guten Manieren, ihrer gewählten Ausdrucksweise und ihren tollen Akademiefreunden perfekt ins Bild. Juniper drehte sich der Magen um, wenn sie nur daran dachte, was Elodie zu diesem ganzen Theater sagen würde.

Als sich die Gondel erst einmal über den Smog der Dregs erhoben hatte, bekam man einen unglaublichen Ausblick über die Stadt. Die fünf unfassbar hohen Arkanistentürme erhoben sich stolz in einem Kreis und waren durch große, sich überkreuzende Brücken miteinander verbunden. Jeder Turm war das Grundgerüst eines Distrikts und einzigartig gestaltet, um zu dem jeweiligen Arkanisten zu passen, der in den höchsten Stockwerken residierte. So befand sich zum Beispiel auf der Spitze des Iris-Turms Der Beobachterin eine Glaskuppel, aus der wie aus einem Nadelkissen Hunderte Teleskope herausragten, die den Himmel nach Omen und Zeichen absuchten. Der Mitternachts-Turm Der Verhüllten erinnerte dagegen mit seinen Spitzbögen an eine Kathedrale aus Elfenbein. Er war mit schwarzen Blumen und flackernden Kerzen übersät und von einem großen Glockenturm gekrönt. Eines hatten alle Türme allerdings gemeinsam: Sie überragten die Stadt und beschützten sie wie große Wächter. Juniper konnte die arkane Macht, die ihnen entströmte, förmlich spüren.

Mit einem Mal sprang sie auf und erhob einen Finger. »Moment!«

Thea erstarrte wie eine Statue.

»Sie bringen uns bestimmt ganz nach oben in den Iris-Turm, oder?«, sagte Juniper.

»Genau!«, stimmte Thea zu. »Da ist schließlich das Hauptquartier unseres Distrikts.«

»Aber unser Distrikt hat keinen Arkanisten! Zumindest keinen, der sich tatsächlich bei der Arbeit blicken lässt ...« Ausnahmsweise konnte die Feigheit Der Beobachterin ihnen tatsächlich nützlich sein. »Arkanisten können zwar Magie spüren, Magister aber nicht! Vor allem nicht die vom Orden der Iris. Die sind sowieso alle nur halb wach!« Selbst Elodie wünschte sich manchmal, sie wären etwas ... *kompetenter.* »Hast du zufällig einen Stift dabei?«

»Immer«, antwortete Thea und zog einen Stift aus der Schlafanzugtasche.

»Mal die Symbole auf meiner Haut nach!«, forderte Juniper sie hektisch auf und entblößte ihre Unterarme. »Wir sagen einfach, wir hätten bloß Arkanisten gespielt. Die werden nie rausbekommen, dass die Symbole echt sind! Außerdem gibt es gar keine anderen Beweise gegen uns. Die Scherbe hat sich in einen Haufen Asche verwandelt, und diese komische Zunder-Kreatur hat sich aus dem Staub gemacht.«

Thea schnappte nach Luft. »Wir könnten es mit *Weg mit dem Schwarzen Peter* versuchen! Oder mit *Zeige, zeige, kleiner Finger!* Oh, oder *Der fliehende Holländer!*« Sie konnte ihre Aufregung kaum zügeln. »Wir könnten ihnen erzählen, dass Madame Adie ein Paket von irgendeinem Rivalen

geschickt bekommen hat, und als sie es aufgemacht hat, ist es explodiert …«

»Komplett unschuldig und unverdächtig!«, fügte Juniper hinzu, die den Plan immer besser fand.

»Das würde auch erklären, warum die ganzen Symbole im Laden und … am Himmel sind. Da ist einfach ein bisschen was bei der Magie schiefgegangen! Hat niemandem wehgetan!«

Thea zeichnete Junipers Symbole nach, und die beiden Mädchen grinsten einander an. Es würde alles gut werden. Sie würden einfach so schnell reden, wie sie konnten, und die alten Magister mit so vielen Informationen bombardieren, dass die nicht mehr wussten, wo oben und unten war. Madame Adie würde ihre Geschichte sicherlich bestätigen, sie war keine Freundin des Ordens, und die Magister würden sie einfach nach Hause schicken und wären wahrscheinlich sogar froh, sie wieder los zu sein.

»Juni … kann ich dich was fragen?« Thea war gerade dabei, die Symbole auf Junipers linker Hand nachzuzeichnen. »Was genau *war* Zunder?«

»Keine Ahnung«, gab Juniper zu. »Irgendwas Schreckliches von der Anderen Seite, glaube ich. Wie ein Schatten, nur *viel* nerviger.«

Thea nickte gedankenvoll. »Also gefährlich. Seine Öhrchen fand ich aber süß.«

»Die waren ziemlich spitz«, pflichtete ihr Juniper bei. Ihr Magen verkrampfte sich. Zunders Rachedrohung ging ihr nicht mehr aus dem Kopf. Was hatte sie da nur auf die Welt losgelassen? Auf die Arkanisten? Einen bösen Verbündeten der Verräter, die für ihre schrecklichen Verbrechen gegen die Menschlichkeit im Gefängnis saßen? Die Schuldgefühle nagten an ihrem Innersten, doch sie versuchte sie, so gut es ging, zu ersticken. Was sollte denn schlimmstenfalls passieren? Die Arkanisten waren schließlich so was wie lebende Halbgötter. Sie hatten Zunder schon einmal eingesperrt, also würden sie es auch noch mal schaffen. Er war für sie nicht mehr als ein Insekt, das sie einfach zerquetschen konnten.

Zunder war nicht ihr Problem. Zumindest jetzt nicht mehr.

Abgesehen von ein paar verschmierten Stellen, die vom Geruckel des Wagens kamen, hatte Thea die Symbole auf Junipers Armen ziemlich gekonnt nachgezeichnet. Jetzt sahen sie tatsächlich aus, als stammten sie bloß von einem Kinderspiel. Juniper grinste breit und fühlte sich schon zuversichtlicher, dass sie heile aus der Nummer rauskommen würden.

In dem Moment kam der Wagen ratternd zum Stillstand. Die Türen wurden aufgerissen, und das Licht der

Himmelssymbole und der Straßenlampen strömte in den kleinen Laderaum.

»Raus!«, befahl eine Wache und gestikulierte mit der Waffe.

»Na, wenn Sie schon so nett fragen«, antwortete Juniper und stieg aus dem Wagen. Sie betrachtete das Gebäude, das sich hoch vor ihr auftürmte, und ihr Magen rutschte sofort eine Etage tiefer.

Sie waren gar nicht am Iris-Turm. Statt vor dem glitzernden Palast standen die Mädchen vor einem anderen Ehrfurcht gebietenden Bauwerk, einer Art rundem Theater mit dicken Steinwänden und einem hohen Kuppeldach, das schon so alt sein musste wie die Stadt selbst. Auf dem Hof vor dem Gebäude war einiges los: Schicke mechanische Wagen drängten sich um einen Parkplatz, und bewaffnete Wachen beschützten die verängstigt wirkenden Magister, die mit roten Augen und ungekämmtem Haar ausstiegen und sich über die frühe Stunde beschwerten. Den Farben nach zu urteilen, waren es Magister aller fünf Orden, nicht bloß des Ordens der Iris. Über allem thronten fünf gigantische, gesichtslose Statuen, die für die sich ständig wandelnden Körper der fünf Arkanisten standen.

Juniper fühlte sich, als wäre sie in ein Eisbecken gefallen. Das war die Crux, wo die größten und wichtigsten Angelegenheiten der Stadt diskutiert wurden. Sie schluckte. »Warum … warum sind wir hier?«

Die Wache lachte. »Glaubt ihr etwa, ihr kommt für das, was ihr getan habt, mit einer Verwarnung von ein paar

Magistern davon? Nee. Das ist eine größere Sache.« Er deutete nach oben auf die Himmelssymbole, die immer noch summten und knackten wie ein durchgeknalltes Gewitter. Dann beugte er sich ganz nah zu Juniper hinunter, und das schimmernde blaue Licht spiegelte sich in seiner Schutzbrille. »Die Arkanisten wollen euch höchstpersönlich verurteilen, von Angesicht zu Angesicht.«

11

DIE CRUX DES GANZEN

Die *Arkanisten*? War die Magie im Himmel denn wirklich so schlimm? Wenn man sich die ganzen wichtigen Leute hier so ansah, wohl schon. So würde Junipers Plan auf keinen Fall funktionieren. Die Arkanisten würden ihn sofort durchschauen, denn schließlich konnten sie die Magie von Junipers Symbolen *fühlen*. Juniper bemerkte, wie ihr Schweißperlen auf die Stirn traten, während es ihr zugleich kalt den Rücken runterlief. Sie musste sich etwas anderes überlegen, und zwar *pronto*. Doch ihre Gedanken galoppierten viel zu schnell, um sie zu fassen.

»Nicht stehen bleiben!«, befahl die Wache den Mädchen und half ein wenig mit der Waffe nach.

Sie wurden eine lange Treppe vor der Eingangstür hochgeführt. Wenn man sich die Stadt Arkspire als Wagenrad vorstellte, war die Crux das Zentrum, in dem alle Speichen zusammenliefen. Von jedem Distrikt führten Brücken zu diesem zentralen Turm. Es hieß, er wurde über demselben Krater errichtet, den Der Besucher hinterlassen hatte, als er zum ersten Mal durch den Schleier gekommen war und die Arkanisten mit seiner Macht gesegnet hatte. Es war ein heiliger, neutraler Ort, der von keinem der Arkanisten beherrscht wurde. Hier trafen sie sich zu wichtigen Gesprächen über die Stadt und um große Entscheidungen zu treffen. Zum Beispiel darüber, was mit so einer nervtötenden kleinen Reliktjägerin wie Juniper geschehen sollte.

Als die Mädchen oben ankamen, wartete schon jemand an der großen Tür auf sie.

»Juni!«, begrüßte Elodie sie. Sie war eindeutig gerade erst aus dem Bett gekommen. Ihr Gesicht war noch aufgequollen, ihr Haar zerzaust und ihre Kleidung zerknittert, aber ihre Augen verrieten ihre Besorgnis. Die Wachen verbeugten sich kurz, als Elodie näher kam, ließen sie aber nicht zu nah an Juniper und Thea heran. »Ich hatte gehofft, euch hier draußen abzufangen.« Elodie folgte ihnen hinein. »Alle Orden haben sich schon versammelt und warten drinnen auf euren Prozess.«

»*Prozess?*« Juniper verzog das Gesicht. Mit denen war wirklich nicht zu spaßen.

Thea lächelte und klimperte mit den Handschellen. »*Wir landen alle irgendwann vor dem Richter*, wie Omama immer sagt.«

Juniper konnte nicht leugnen, dass sie erleichtert war, ihre Schwester hier zu sehen. Elodie wusste, wie die Orden tickten, und genau dieses Wissen konnten sie jetzt gut

gebrauchen. Außerdem war sie anscheinend mit Juniper einer Meinung, dass jetzt nicht der richtige Zeitpunkt für ein »Ich habs dir ja gesagt« war.

Fast im selben Moment verschwand Elodies besorgter Gesichtsausdruck und wurde von Wut abgelöst. »Juni, was hast du nur *gemacht*? Ich hab dir doch gesagt, dass es gefährlich ist, mit Relikten herumzuspielen! Ich habe dich gewarnt, dass wir alle in Schwierigkeiten geraten würden!«

Okay, vielleicht doch nicht. Juniper überlegte kurz, ob sie im Kopf mitzählen sollte, wie oft Elodie »Ich habs dir ja gesagt« von sich geben würde.

»Das war nicht meine Schuld«, verteidigte sie sich.

»Es war nicht …« Elodie hielt mitten im Satz inne, als sie die gezeichneten Linien auf Junipers Arm bemerkte. »Moment mal, was ist das?«

»Nichts.« Juniper versteckte den Arm hinter dem Rücken.

»Du versuchst es also mit *Tricksereien*, selbst in so einer Situation?«

Ganz besonders in so einer Situation, dachte Juniper.

»Du musst die Wahrheit sagen, Juniper!«, sagte Elodie, während die Wachen sie elegante Flure voller Magister entlangführten, die den Gefangenen allesamt mit offener Abscheu begegneten. »Die Arkanisten urteilen höchstpersönlich über eure Verbrechen. Das ist ernst. Wirklich, wirklich ernst!«

»Also bis jetzt waren sie ganz nett, uns so kurzfristig in dieses wunderhübsche Gebäude einzuladen.« Thea sah sich staunend um.

»Ich bin hier, um euch zu helfen, aber ihr müsst mir verraten, was passiert ist«, beharrte Elodie und ignorierte Thea.

»Ich weiß doch nicht, was passiert ist, El.« Das stimmte sogar teilweise, dachte sie sich. »Bei Adie lag dieses Relikt rum. Eine kleine Spiegelscherbe, die sah nicht mal magisch aus. Kannst du nicht irgendwas tun, um uns hier wieder rauszuholen? Zum Beispiel deine Vorrechte als Kandidatin ausnutzen oder so was?«

»Ich versuche, für euch ein gutes Wort einzulegen«, Elodie sah Juniper immer noch voller Enttäuschung an, »aber der Rest liegt an euch. Die Arkanisten sind weise und gütig und werden erkennen, dass ihr nichts Böses im Sinn hattet. Sie sind die Einzigen, die rausfinden können, was es *damit* auf sich hat.« Sie deutete durch eines der großen Fenster, die sich entlang des Korridors befanden, auf die flackernde Lichtershow draußen am Himmel. Es klang so, als wolle Elodie vor allem sich selbst überzeugen. »Lasst … lasst mich einfach das Reden übernehmen. Es sei denn, ihr werdet direkt angesprochen. Dann müsst ihr natürlich *auf jeden Fall* antworten, aber nur auf das, was ihr gefragt wurdet. Ihr dürft über nichts anderes reden. Oder zu lange. Und bitte, *bitte*, erzählt keine Lügen, so was merken die Arkanisten sofort. Habt ihr das verstanden?«

»Aber ich …«

»Keine Lügen, okay?« Elodie sah Juniper fest in die Augen, um ihren Worten Nachdruck zu verleihen. »Und erzählt ihnen *auf keinen Fall* von diesem braunen Ding, das ihr damals in der Seitengasse gefunden habt …«

»Aber die Leute lieben diese Geschichte!«, protestierte Juniper.

»Mann, das war vielleicht ein Abenteuer«, stimmte ihr Thea zu.

»Auf keinen Fall!« Elodie blieb hartnäckig. »Und starrt sie ja nicht an! Aber wenn ihr redet, müsst ihr sie anschauen und Respekt zeigen. Und wenn sie euch ansprechen, verbeugt ihr euch, aber ja nicht zu tief und …«

»Elodie, ich habs kapiert!«, raunzte Juniper. »Wir tun, was du sagst, und sind so aufregend wie ein Stein. Das kriege ich gerade noch hin.«

Elodie schniefte. »Ich will doch nur helfen.«

Juniper verdrehte die Augen. Sie hätte schwören können, dass Elodie insgeheim Spaß an dieser Sache hatte. An Orten wie diesem war Juniper wie ein Fisch auf dem Trockenen. Hier durfte Elodie ausnahmsweise mal den Ton angeben. Vielleicht bildete Juniper sich das aber auch nur ein, schließlich waren ihre Nerven ziemlich angespannt. Ihr Herz schlug im Takt der schnellen Schritte, mit denen sie durch den Korridor getrieben wurden. Sie atmete tief ein, um sich zu beruhigen.

Vielleicht hatte Elodie ja recht. Sie redete ja immer davon, wie gerecht die Arkanisten waren. Was sollte da schon schiefgehen? Die Verhüllte war so freundlich gewesen, als sie Elodie und Mama einige Jahre zuvor gerettet hatte. Sie würde erkennen, dass es nicht Junipers Schuld gewesen war. Vermutlich würde sie einfach eine kleine Strafpredigt bekommen und nach Hause geschickt werden.

Schlimmstenfalls musste sie ein paar Tage in eine Zelle.

Oder ein paar Wochen ins Gefängnis.

Oder Monate.

Oder Jahre.

Besucher aus dem Jenseits, die wollen mich hinrichten, stimmts?

»Okay, es geht los«, sagte Elodie, als sie an der Tür zum großen Saal angekommen waren. Sie strich noch einmal Junipers zotteliges Haar glatt und versuchte, ihren zerschlissenen Schlafanzug zurechtzuziehen. »Und vielleicht versucht ihr auch, nicht so auszusehen, als wärt ihr gerade aus einem Loch im Boden gekrabbelt.«

»Aber Elodie«, warf Juniper spöttisch ein, »das *sind wir.*«

Elodie seufzte, da sie schon ahnte, wie diese Versammlung laufen würde. »Versprecht mir einfach, dass ihr es nicht vermasselt. Ihr wisst, dass ihr oft zu weit geht.«

Juniper wollte schon widersprechen, aber andererseits wurde sie gerade zu einer Anhörung vor die allmächtigen Herrscher von Arkspire eskortiert, weil sie eine rachebesessene magische Kreatur auf eine ahnungslose Stadt losgelassen hatte. Vielleicht war sie dieses Mal tatsächlich ein *klitzekleines* bisschen zu weit gegangen.

12

DIE ARKANISTEN

Die Türen des großen Saals öffneten sich krachend, und die zwei Wachen, die sie flankierten, stießen ihre zeremoniellen Speere auf den Boden. Juniper zitterte innerlich vor Anspannung, als sie die große Halle mit der riesigen, gläsernen Kuppel betrat, durch die man die tanzenden, blauen Lichter der Himmelssymbole sehen konnte.

Anspannung war eigentlich das falsche Wort. Juniper fühlte sich eher, als müsste sie sich gleich übergeben.

Die Magister hatten schon die aufsteigenden Sitzreihen gefüllt, die kreisförmig die ganze Halle umgaben. Jeder Orden hatte seinen eigenen Bereich, der von großen Bannern mit dem Wappen des jeweiligen Ordens markiert wurde. Die jungen Kandidaten jedes Arkanisten waren auch anwesend und saßen aufrecht und mit großen Augen da. Wachen standen an jedem Ausgang.

Elodie drückte Junipers Arm. »Viel Glück!«, flüsterte sie, bevor sie sich zu ihren Mitkandidaten beim Orden der Iris begab.

Juniper wurde von Thea getrennt und zu einem Podium in der Mitte der riesigen, runden Halle geführt. Die Wache, die sie festgenommen hatte, zog ihre Ärmel zurück und entblößte die nachgezeichneten Symbole auf ihren Armen. Die Magister atmeten erschrocken ein und sahen sie dann ängstlich, angewidert (und teilweise ein bisschen spöttisch) an.

So viele Leute. Alles, was in Arkspire Rang und Namen hatte, blickte jetzt auf sie. Juniper kam es vor, als wäre ihr Herz irgendwie in ihren Mund geklettert. Auf das Gefühl konnte sie gut verzichten.

»Ich stehe hinter dir, Juni«, rief Thea. »Wortwörtlich!«

Juniper konnte sich als Antwort ein Lächeln abringen. Sie widerstand nur mühsam dem Instinkt, die Beine in die Hand zu nehmen und sich verflixt noch mal aus dem Staub zu machen. Es gefiel ihr gar nicht, wenn sie keinen Fluchtweg hatte.

Plötzlich wurde die Menge wie auf einen stillen Befehl hin ruhig. Als würde die gesamte Halle den Atem anhalten und darauf warten, was als Nächstes geschehen würde. Juniper fürchtete, dass man ihren Herzschlag hören konnte.

Auf einmal blitzte ein gleißend helles Licht auf, und ein Donnerschlag erschütterte das Gebäude. Hoch auf einem reich verzierten Balkon über dem Orden des Glanzes erschien ein gut aussehender, junger Mann, der auf sie hinabblickte. Er trug einen Anzug, der eigentlich ganz normal wirkte, wenn auch sehr vornehm und teuer. Doch das Außergewöhnliche an ihm war sein Regenschirm, der aussah wie eine Qualle, deren Tentakel sich wie unter Wasser hin- und herbewegten. Der Schirm gab ein helles, magisches Licht von sich, das langsam schwächer wurde, aber immer noch in den Augen schmerzte.

Juniper hatte keine Ahnung, was man hier drinnen mit einem Regenschirm anfangen sollte, aber in dem Moment hätte sie schwören können, dass es auf einmal nach Regen roch und eine feuchte Brise durch ihr Haar strich. Lichtkugeln schwebten träge um den Kopf des jungen Mannes herum. Auch sie hatten leuchtende Tentakel, die sich in der unsichtbaren Strömung bewegten. Schließlich vereinten sie sich hinter ihm zum Wappentier seines Ordens, der Qualle, und erstrahlten in reinem, weißem Licht. Er war Der Sturm, der Arkanistenherrscher des Ordens des Glanzes.

Als Nächstes tat sich etwas auf dem benachbarten Balkon. Eine Tür, die vorher noch nicht da gewesen war, öffnete sich in der Wand und gab den Blick auf einen Wald frei, der eigentlich nicht hätte existieren sollen. Die Nachmittagssonne schien auf das üppige Blätterdach und die schneebedeckten Berge in der Ferne. Eine Gestalt mit einer roten Kapuze kam geschickt wie ein Tänzer hereingeschneit, und Blätter umkreisten ihn, als seien sie Teil des Tanzes. Sein Gesicht wurde von einer schlichten, weißen Maske verdeckt, die lediglich an den Rändern mit ein paar roten, arkanen Symbolen verziert war. An seinen Armreifen, Gürteln und Ketten baumelten überall Schlüssel. Er war Das Rätsel, Herrscher des Ordens der Portale und des Portal-Distrikts.

Als der Arkanist gerade Platz nahm, huschte etwas Großes, Reptilienartiges über den Balkon. Juniper blinzelte, und schon war das Wesen verschwunden. An seiner Stelle befand sich die Skulptur eines Chamäleons, ganz in Rot, das Wappentier und die Farbe seines Ordens.

Der nächste Abschnitt war mit den grünen Bannern des Ordens der Erfindungen geschmückt und hatte keinen eigenen Balkon. Stattdessen befand sich eine große, bronzene Kugel über den Sitzplätzen der Magister. Schon seit Junipers Ankunft hatte die Kugel ein verheißungsvolles Ticken von sich gegeben, das sich nun in ein hektisches Surren verwandelte. Aus den Ritzen der Maschine entwich Dampf, Verschlüsse gingen auf, und die Kugel öffnete sich. Darin befanden sich mehrere Metallkonstruktionen, die sich eine nach der anderen wie Blütenblätter entfalteten. Kolben ratterten, Zahnräder klickten und eine Plattform erhob sich aus dem Apparat, ein metallener Balkon, auf dem ein Mann saß.

Der Mann war nicht nur groß, sondern ein echter *Riese*, gewaltig wie ein heftiger Sturm. Sein Thron, der für jeden normalen Menschen gigantisch gewesen wäre, verschwand fast unter seiner enormen Gestalt und dem überdimensionalen Mantel, den er trug. Selbst in diesem Moment arbeitete er noch geschäftig an irgendeinem Gerät, sodass sein Gesicht unter der breiten Hutkrempe verborgen blieb. Es war nicht schwer zu erraten, dass er Der Schöpfer sein musste. Oben auf seinem Thron befand sich eine schmiedeeiserne Spinne, das Wappentier seines Ordens.

Die vierte Arkanistin war Juniper wohlbekannt – oder auch nicht, wenn man so will. Ihr Balkon, der deutlich schlichter ausfiel als die anderen, wurde von lilafarbenem Ätherlicht erhellt. Abgesehen von einem großen Eulenwappen in der Hinterwand wies er keinerlei Dekoration auf. Der Thron blieb leer, und die Magister und Kandidaten, zu denen auch Elodie gehörte, wirkten fast peinlich berührt, weil sie allein anwesend waren. Das war der Platz Der Beobachterin, Herrscherin des Ordens der Iris.

Sie schwänzt schon wieder, dachte Juniper. *Wenigstens eine Person weniger, die mich schuldig sprechen kann.*

Schließlich schien die Luft in der Halle schwerer zu werden, und die Schatten flatternder Motten erschienen auf dem Boden, obwohl die Tiere selbst nirgends zu sehen waren. Ein kalter Schauer lief Juniper über den Rücken.

Sämtliche Schatten in der Halle, von Sitzen, Bannern und allen Menschen, setzten sich auf einmal in Bewegung. Sie verließen ihre Besitzer und vereinten sich auf dem Boden zu einer gigantischen Schlange aus Dunkelheit, die zum letzten freien Balkon glitt. Dort verwandelte sie sich in eine rabenschwarze Masse, aus der sich wie ein Geist Die Verhüllte erhob, die Arme vor der Brust gekreuzt, das Gesicht hinter einem schwarzen Trauerschleier verborgen. Die schattige Masse stieg mit ihr auf und verwandelte sich in Hunderte Motten. Sie landeten auf der Wand hinter ihr und formten das Wappentier des Ordens der Mitternacht. Juniper sah, dass alle Schatten wieder dort waren, wo sie hingehörten, als wäre nie etwas geschehen.

Ihr Herz schlug so laut in ihren Ohren, dass ihr schwindelig wurde und es sich anfühlte, als würde die Crux sich um sie herum drehen.

Bleib ganz locker, sprach sie sich Mut zu. *Wenn du schön entspannt bleibst, wirkst du auch unschuldig!*

Doch es handelte sich hier um die Arkanisten von Arkspire. Sie hatten große Macht von denjenigen geerbt, die Dem Besucher treu geblieben waren und ihre Kräfte genutzt hatten, um die Welt vor den Verrätern zu beschützen. Juniper stand nun vor diesen lebenden Legenden, über die man ihr schon als Baby Geschichten erzählt hatte. Die *echten* Arkanisten. Die *echten* verflixten Arkanisten höchstpersönlich.

Und Juniper stand da im Schlafanzug.

Juniper und Elodie räusperten sich. Juniper bemerkte, dass sie die Arkanisten anstarrte. Erschrocken wandte sie den Blick ab und zog mit Mühe ihre Kinnlade wieder hoch. Bis hierhin hatte sich alles wie ein Traum angefühlt, doch auf einmal begriff sie, wie ernst die Situation tatsächlich war. Sie hatte sich noch nie kleiner und unbedeutender gefühlt als unter dem prüfenden Blick der Arkanisten. Sie spürte förmlich, wie deren Macht sich auf sie herabsenkte.

»Die Sitzung des Crux-Rates ist hiermit eröffnet«, verkündete ein Magister.

»*Was* für ein Abend«, gurrte Das Rätsel mit samtiger Stimme, die an einen redegewandten Straßenbetrüger erinnerte.

»Eine Ablenkung ist das, nichts anderes«, grummelte Der Schöpfer mit tiefer, hallender Stimme, als würde er aus einer Metalltrommel sprechen.

»Juniper Bell«, sprach Die Verhüllte.

»Das bin ich!«, platze Juniper heraus. Sie sah gerade noch, wie Elodie ihr einen eisigen Blick zuwarf. »Ähm, das bin ich, ähm, mein Herr«, korrigierte sich Juniper nervös.

Elodie formte die Worte »*Euer Ehren*« mit den Lippen. »*Euer Ehren!*«

»Euer Herr der Ehren, äh, meiner Ehren«, stotterte Juniper.

Aus dem Publikum erklang ein Murmeln. Die Arkanisten betrachteten sie neugierig. Sie war eindeutig nicht die böswillige Gesetzesbrecherin, die sie erwartet hatten.

Die Verhüllte nickte, als würde sie Junipers Nervosität verstehen. »Die Verbrechen, derer Sie angeklagt sind, sind schwerwiegend.« Sie klang, als wünschte sie, dem wäre nicht so. »Die unerlaubte Ausübung von Magie … damit haben Sie die gesamte Stadt in Gefahr gebracht.«

»Wir haben Glück gehabt, dass niemand verletzt wurde«, fügte Der Sturm hinzu.

»Wir waren wahre Glückspilze«, stimmte Das Rätsel zu. »Könnten Sie uns freundlicherweise erzählen, wie Sie so eine spektakuläre Show hingelegt haben, Miss Bell?«

»Ich … äh …« Ihr blieben die Worte im Hals stecken.

Elodie fing ihren Blick ein und riss selbst die Augen auf. Dieser eine Blick sagte alles.

Eine beruhigende Brise Des Sturmes zupfte an Junipers Haar und brachte den Geruch von Regen mit. Sie wollte gerade schon alles erzählen, als sie von etwas abgelenkt wurde. Ihr eigener Schatten *bewegte sich*. Ein Stück davon verselbstständigte sich und huschte durch die Halle, was anscheinend niemand außer ihr bemerkte.

Sie zog die Augenbrauen zusammen. War das Die Verhüllte gewesen? Die saß auf ihrem Thron, hatte die Hände im Schoß gefaltet und sah nicht so aus, als würde sie gerade irgendetwas kontrollieren.

»Ich … ich … ich«, stotterte Juniper und sah ungläubig zu, als das Stück von ihrem Schatten die Wand unter dem Balkon Der Verhüllten hochkletterte.

»Wenn ein Relikt im Spiel war, müssen Sie es uns sagen, damit wir seine böse Magie rückgängig machen können«, drängte Der Sturm, aber nicht ohne eine gewisse Freundlichkeit.

Der Schatten glitt auf den Balkon und platzierte sich hinter Der Verhüllten. Er wandelte die Gestalt und hatte auf einmal zwei spitze Ohren und einen buschigen Schwanz.

Junipers Herz setzte einen Schlag aus. Das war Zunder. Der kleine Mistkerl war einfach in ihrem Schatten mitgelaufen, um sich Zugang zur Crux zu verschaffen!

Zunders helle Augen leuchteten beim Anblick der Arkanisten auf. Er entblößte seine Reißzähne und fuhr die Krallen aus.

Beim Besucher aus dem Jenseits, was hat er vor?

»Sie müssen verstehen, Miss Bell, dass wir dies zu Ihrer eigenen Sicherheit tun«, fuhr Der Sturm fort, der ihr Schweigen anscheinend als Zeichen der Furcht deutete. »Die Verräter haben alles, was sie berührten, verdorben. Alles, was sie einmal besessen haben, ist mit ihrem Bösen verunreinigt.«

Doch Juniper hörte kaum zu. Zwischen Zunders Klauen sprühten nun Funken hervor.

Er war gerade dabei, einen Zauber aufzuladen, und würde jeden Moment Die Verhüllte angreifen.

13

DAS URTEIL

»Aufhören!«, schrie Juniper.

Die ganze Halle schreckte auf. Selbst Der Schöpfer blickte von seinem Maschinchen hoch.

Zunders Funken verglühten im Nichts, aber so frustriert, wie er seine Klauen anstarrte, als hätten sie ihn urplötzlich im Stich gelassen, lag das wahrscheinlich nicht an Junipers Schrei.

Der Sturm blinzelte verwirrt angesichts ihres Ausbruchs.

»Ich … ich meine, ihr solltet NIE aufhören, die Kunde zu verbreiten, wie böse die Verräter waren«, kicherte Juniper nervös. »Das dürfen wir nie vergessen!«

Juniper sah, wie Zunder einen neuen Versuch startete, doch wieder verloschen die Funken, bevor sie irgendeinen Schaden anrichten konnten. Wutentbrannt warf er den Kopf in den Nacken. Die Verhüllte drehte sich um, weil sie eine Gegenwart hinter sich spürte, doch Zunder verschwand ebenso schnell in einem Schatten. Dort oben gab es schließlich mehr als genug Schatten, um sich zu verstecken.

»Ich … ich denke, Miss Bell ist nur etwas von Ihrer herrlichen Präsenz überwältigt, Eure Ehren.« Elodie trat nach vorne und verneigte sich so tief, dass ihr Haar den Boden berührte. »Wenn Sie es erlauben, möchte ich gerne ein gutes Wort für meine Schwester einlegen.«

Ein Murmeln ging durch die Menge. Elodie ging ein großes Risiko ein, indem sie zugab, dass sie mit Juniper verwandt war. Wenn sie nicht komplett von Zunder abgelenkt gewesen wäre, der nun durch die Halle zurück zu ihr glitt, wäre Juniper ihr dankbar gewesen.

»Wenn es uns dabei hilft, all das hier zu verstehen, dann nur zu«, sagte Das Rätsel und schwang die Beine über die Armlehnen seines Thrones wie eine Katze.

»Was meine Schwester getan hat, war falsch«, setzte Elodie an, »aber sie würde nie absichtlich jemandem wehtun. Manchmal trifft sie vielleicht schlechte Entscheidungen, aber wenn sie gewusst hätte, wie mächtig dieses Relikt ist, hätte sie es niemals angerührt.«

Zunder war nun bei Juniper angekommen und verschwand wieder im Schatten hinter ihr.

»Was hast du *vor*?«, zischte Juniper ihm so unauffällig wie möglich zu.

»Meine Rache ausüben, was denn sonst?«, flüsterte Zunder zurück.

»Hör auf damit!«

»Das muss ich wohl, leider. Es scheint, als hätten mich

meine unermesslichen Kräfte verlassen.« Aus seinem Mund klang es wie die größte Tragödie, die die Welt je befallen hatte. »Und du bist schuld.«

»*Ich?*«

»Du musst irgendwas verkehrt gemacht haben. Vielleicht hast du ein falsches Wort benutzt, als du mich heraufbeschworen hast, oder irgendeinen anderen dummen Anfängerfehler gemacht.«

»Aber ich habe überhaupt keine Beschwörungsformel aufgesagt!«

»Na, siehst du? Unnützes Ding. Du bist die allerungeeignetste Person für einen Bund.«

»Dann tu uns doch beiden einen Gefallen und lös den Bund wieder auf, du kleiner Drecksack!«

»*Mit Vergnügen*, wenn es nur so einfach wäre. Einen Bund zu lösen und das Portal zwischen den Reichen wieder einzureißen, erfordert sehr mächtige Magie. Ich gebe es ja nur ungern zu, aber im Moment kann ich einfach nicht mein volles Potenzial entfalten. Das macht aber nichts, denn ich werde nicht gehen, ehe ich meine Rache verübt habe.«

Juniper biss die Zähne zusammen. Dann richtete sie ihre Aufmerksamkeit wieder auf Elodie, die immer noch aufzählte, wie viele Fehler Juniper gemacht hatte, die allerdings alle aus Unwissenheit geschehen waren. Oder anders gesagt: wie strohdumm sie war.

»Verstehen Sie, welchen Schaden Ihre Schwester hätte anrichten können?«, sagte Die Verhüllte plötzlich schnippisch. Ihr Tonfall überraschte Juniper. Sie klang nun nicht mehr warmherzig und gütig. »Das ist nicht bloß ein kindischer Fehler, sondern ein Angriff auf Arkspire! So eine Tat kann nicht ungestraft bleiben. Die Menschen vertrauen darauf, dass wir sie beschützen, und wir müssen ihnen zeigen, dass wir auch handeln!«

Die Magister Der Verhüllten gaben lautstark ihre Zustimmung.

»Die ... die Entscheidungen meiner Schwester waren vielleicht fragwürdig.« Elodies Stimme war nun kaum mehr als ein Piepsen. »Aber sie handelt aus Verzweiflung, wie so viele aus den unteren Ebenen ...«

»Dann geben Sie also zu, dass Ihre Schwester eine Reliktschmugglerin ist?«, fragte Die Verhüllte.

»Nein!«, schrie Juniper im selben Moment, als Elodie »Ja« sagte.

Aus dem Publikum rumorte es immer lauter, und die Magister schrien ihre wilden Anschuldigungen und ihre Ungläubigkeit heraus.

Elodie warf Juniper einen warnenden Blick zu, doch die nahm all ihren Mut zusammen. Sie wusste, dass die Arkanisten sie nicht davonkommen lassen würden. Sie würden an ihr ein Exempel statuieren, um anderen Reliktjägern eine Lektion zu erteilen. Wenn sie die Wahrheit erzählte, würde sie den Rest ihres Lebens in einer Gefängniszelle verbringen, und wahrscheinlich würde Elodie auch noch aus der Akademie geworfen werden, sodass die Familie Bell am Ende mit leeren Händen dastand. Das war Juniper vollkommen klar, Elodie hingegen nicht.

Während Elodie den Arkanisten noch weitere Ent-
schuldigungen unterbreitete, erinnerte sich Juniper an das,
was einige Dregger beim Anblick der Symbole auf ihren
Armen gesagt hatten, und das brachte sie auf eine Idee.
Der Plan war ziemlich kompliziert, und wahrscheinlich
war es dumm, ihn überhaupt zu versuchen, doch wenn er
aufging, könnte das Junipers Rettung sein.

»Kannst du noch ein *bisschen* zaubern?«, flüsterte Juniper
Zunder zu.

»Na ja, ich konnte die Schutzsymbole am Eingang austricksen«, antwortete er. »Wenn sie mich entdeckt hätten,
wären wir beide dran gewesen. Gern geschehen, übrigens.
Aber was soll mir das für meine Rache bringen?«

Juniper ignorierte seinen Kommentar über die Rache und deutete mit dem Kopf auf die riesigen Symbole, die immer noch den Nachthimmel über der Kuppel erhellten. »Was ist mit diesen Dingern?«

»Warum sollte ich denen etwas tun? Sie verkünden doch meine glorreiche Rückkehr auf diese Welt.«

»Weil ich ins Gefängnis wandere, wenn du mir nicht hilfst, und dann bist du ganz allein!«

»Ach, das kriege ich schon hin.«

»Jaja. Und jetzt spiel einfach mit!«

Sie musste es einfach riskieren. Alles oder nichts. Die Dregs hatten sie eines gelehrt: Wenn man überleben wollte, musste man am besten so tun, als hätte man die besseren Karten – auch wenn die eigenen Chancen nicht besonders günstig standen.

Sie straffte die Schultern und sah Der Verhüllten direkt in die Augen. Oder zumindest auf den Schleier.

»Es gab kein Relikt, Euer Ehren«, unterbrach sie Elodies Rettungsversuche. Die Menge wurde ruhiger, um sich ihre Erklärung anzuhören. »In den Dregs lernt man schon früh, sich aus solchen Angelegenheiten rauszuhalten, wenn man nicht will, dass die Wachen an der Tür klopfen. Und glauben Sie mir, wenn man in den Dregs wohnt, will man *auf keinen Fall*, dass die Wachen anklopfen. Der Grund für all das«, Juniper reckte ihre symbolbedeckten Arme in den Himmel, »war Der Besucher höchstpersönlich. Er hat mich im Traum besucht, so richtig gruselig und mit dröhnender Stimme und so, und hat gesagt, dass auf der Welt gerade ganz schönes Chaos herrscht. Und dass ihr Arkanisten alle Hände voll zu tun habt mit dem Fluch der Verräter. Also hat er mich mit einem kleinen Teil seiner Macht gesegnet, damit ich euch helfen kann. Und der Himmel flippt gerade aus ...«, Juniper atmete tief ein und bereitete sich innerlich vor, »weil ich eine Arkanistin bin. Und jetzt bin ich hier und tue, was ich kann, damit die Dinge wieder richtig laufen.«

Die Brise Des Sturms flaute ab. Der Schöpfer hörte auf, an seinem Gerät herumzuspielen. Das Rätsel setzte sich aufrecht hin. Die Schatten rund um Die Verhüllte wichen zurück, als könnten sie nicht glauben, was Juniper da gerade von sich gegeben hatte.

Die Arkanisten starrten sie verwundert an.

Elodie ächzte schmerzerfüllt.

Juniper hatte voll auf den Schockeffekt gesetzt, um die Arkanisten gegen sich aufzubringen. Das war zwar riskant gewesen, aber ihren Reaktionen nach zu urteilen hatte es funktioniert.

»Ketzerei!«, schrie einer der Magister.

»Lügen! Dreckige Lügen!«

»Was fällt dir ein?«

Der Schöpfer hob eine Hand, und es kehrte wieder Ruhe ein.

»Das ist in der Tat eine außergewöhnliche Behauptung. Nur wir sind mit der Gabe Des Besuchers gesegnet«, sagte er. »Die Verräter haben uns gezeigt, dass man den meisten Menschen diese Gabe nicht anvertrauen kann.«

»B…bitte vergeben Sie ihr«, setzte Elodie an. »Sie meint es nicht so, Eure Ehren.«

»Und ob ich das so meine!«, unterbrach Juniper sie.

Das Rätsel lehnte sich nach vorne und musterte sie genau. »Ich spüre *irgendetwas* von der Anderen Seite an Ihnen, Miss Bell«, sagte er. Dann warf er seinen hüftlangen Umhang zurück und enthüllte die Symbole auf seinen Händen und Armen, die aussahen wie Junipers. »Sie mögen vielleicht unsere Symbole tragen, aber Ihre sehen leider aus, als wären sie nur aufgemalt.«

Juniper machte einen Satz, als Das Rätsel plötzlich direkt hinter ihr stand. Sie spürte, wie Zunder sich gegen den Schatten an ihrem Rücken presste, um nicht entdeckt zu werden.

»*Möglicherweise* wurden Sie tatsächlich vom Besucher gesegnet. Betonung auf *möglicherweise.*« Das Rätsel beugte sich vor, um Juniper genauer zu betrachten. Sein Gesichtsausdruck blieb hinter der Maske verborgen. »Aber diese Segnung ist so zart wie ein Lämmchen. Kaum ein Hauch.«

»Wer sind wir, dass wir Den Besucher infrage stellen?«, gab Juniper zurück und bekam eine Gänsehaut von seiner Nähe, doch das Rätsel war schon längst wieder weg.

»Da haben Sie recht. Er steckt voller Geheimnisse«, sagte er, nun wieder auf seinem Balkon, legte sich eine Hand ans Kinn und betrachtete sie weiter nachdenklich.

»Wenn Sie wirklich eine neue Arkanistin mit dem Segen Des Besuchers sind«, sagte Der Sturm in fragendem Ton, »könnten Sie uns dann vielleicht Ihre Kräfte demonstrieren?

Damit wäre diese wichtige Angelegenheit geklärt – und zwar gerade noch rechtzeitig vor dem Frühstück.«

»Aber sicher«, antwortete Juniper zuversichtlich, obwohl ihr eigentlich ganz anders zumute war. Doch sie hatte nun einmal diesen Weg eingeschlagen, und jetzt gab es kein Zurück mehr.

Elodie sah sie an, als wäre sie verrückt geworden.

»Jetzt oder nie«, raunte Juniper Zunder zu und hoffte, dass er mitspielen würde. Sie trat einen Schritt vor und hob die Arme so dramatisch wie möglich.

»Bereiten Sie sich darauf vor, Eure Ehren«, sie legte eine kleine Kunstpause ein, »überwältigt zu werden.«

Die Arkanisten lehnten sich ganz leicht nach vorne und wirkten neugierig, vielleicht sogar nervös, ihre Fähigkeiten zu sehen. Sie warf die Hände nach oben in Richtung der Himmelssymbole.

Es geschah nichts.

Juniper warf sie wieder hoch, aber es passierte immer noch nichts.

»Zunder, hilf mir, oder wir sind geliefert!«, hüstelte sie. Immer wieder hob sie die Hände, bis es irgendwann nur noch an eine verzweifelte Tanzeinlage erinnerte.

Das Schweigen in der Halle war beinahe erdrückend. Dann fingen die Arkanisten zu Junipers Erstaunen an zu lachen. Zuerst nur sehr verhalten, dann immer stärker, bis sie schließlich lauthals prusteten. Das Rätsel hatte sich vornübergebeugt, Der Schöpfer gab kurze, bellende Laute von sich, die wie Metall auf Metall klangen, und Der

Sturm kicherte in seine vorgehaltene Hand. Die Einzige, die nicht amüsiert schien, war Die Verhüllte, die aufrecht und angespannt dasaß, als wolle sie jeden Augenblick die Wachen rufen, um Juniper ins Gefängnis werfen zu lassen, weil sie ihre Zeit verschwendet hatte.

Am allerschlimmsten war aber Elodie. Ihr stand das blanke Entsetzen ins Gesicht geschrieben. Die anderen Kandidaten wälzten sich fast vor Lachen auf dem Boden, knufften sich in die Seite und zeigten auf Juniper und ihre albernen Versuche, sich als etwas Besseres auszugeben als die dreckige Kanalratte, die sie war.

Die Erkenntnis traf Juniper wie ein Schlag ins Gesicht. Elodie war nicht bloß peinlich berührt. Sie war zutiefst *beschämt*.

Juniper spürte, wie ihr Gesicht ganz heiß wurde und ihre Gliedmaßen sich in Wackelpudding verwandelten.

Sie war bloß eine Kanalratte aus den Dregs. Wie hatte sie je glauben können, dass sie mit diesem Plan durchkommen könnte? Sie atmete schwer, und ihre Augenbraue zuckte, während sie angestrengt nachdachte, was sie noch tun könnte, das vielleicht funktionieren würde.

Sie biss die Zähne zusammen und schloss die Augen.

»Bitte, Zunder«, flüsterte sie. »Wenn … wenn du mir jetzt hilfst, verspreche ich dir, dass ich dir dabei helfe, deine Kräfte wiederzubekommen. Ich helfe dir bei deiner Rache.« Na, wenn das mal kein Pakt mit dem Teufel war.

Zunder gab keine Antwort. Wahrscheinlich versuchte er noch einzuschätzen, ob sie ihm tatsächlich helfen konnte.

Nur noch ein letzter, verzweifelter Versuch, dachte Juniper und reckte die Hände ein letztes Mal in die Höhe.

Da spürte sie es. Eine eisige Kälte machte sich unter ihrer Haut breit und lief ihre Arme bis zu den Fingerspitzen hinauf, die zu kitzeln begannen und auf einmal Blitze ausspuckten. Als sie die Augen wieder öffnete, sah sie, dass die Symbole auf ihren Handrücken hell leuchteten und die Tinte verbrannten, die sie verdeckt hatte. Eine pulsierende Energie fuhr ihr in den Rücken, dort, wo Zunder sich versteckte. Seine Magie durchströmte ihren Körper und strahlte nach oben in den Himmel. Sie spürte seinen Willen wie eine Stimme in ihrem Kopf. Für ihn war sie ein Mittel, die Welt ringsum zu beeinflussen. Es war atemberaubend. Und beängstigend.

Das Gelächter in der Halle verstummte sofort. Ganz besonders, als die Symbole im Himmel langsam schwächer wurden und ihr schimmerndes Licht wie eine verlöschende Kerze abnahm. Ein letztes, elektrisches Knistern, dann war der Himmel wieder normal und die Stadt Arkspire lag wieder in Dunkelheit da.

Juniper lächelte. Das war eindeutig Magie gewesen, aber hallo, und es war weit und breit kein Relikt in Sicht.

Die Anspannung legte sich wieder über die Halle. Ob es nun daran lag, dass die Arkanisten beeindruckt waren oder sie als Bedrohung ansahen, konnte Juniper nicht sagen. Die Magister glotzten sie an. Selbst die Wachen, die normalerweise stoisch wie Statuen dastanden, taumelten entsetzt zurück. Es hatte seit tausend Jahren keinen neuen Arkanisten mehr gegeben, und doch hatten sie gerade erlebt, wie einer aufgetaucht war.

Das war ein historischer Moment. Bedeutsam. Und eine dicke, fette Lüge.

Juniper wusste nicht, was Zunder war oder welche Magie er beherrschte, aber sie war sich sicher, dass es keine Gabe Des Besuchers sein konnte. Außerdem war sie verflixt noch mal keine Arkanistin, aber darüber würde sie sich später Gedanken machen.

Die Arkanisten warfen einander beunruhigte Blicke zu und wussten offensichtlich nicht, wie sie reagieren sollten. Dann durchbrach zur Überraschung aller ein zögerliches Klatschen die Spannung.

Es war Der Sturm, der sich breit grinsend in seinem Sessel zurücklehnte. »Beeindruckend. Sehr beeindruckend.« Er wandte sich an die Wache neben Juniper. »Und Sie sagen, dass die Leute des unteren Iris-Distrikts mitbekommen haben, wie die Magie freigesetzt wurde?«

Die Wache stand stramm. »Das haben Sie, Euer Ehren.«

Wieder warfen sich die Arkanisten einen Blick zu.

»Ihre Argumente waren überzeugend, Juniper Bell«, sagte Das Rätsel.

»Ta… tatsächlich?«

Die Verhüllte erhob sich von ihrem Platz. »Das kann nicht euer *Ernst* sein! Das ist eine Beleidigung von allem, wofür wir stehen!«

Der Sturm zeigte auf den klaren Himmel. »Miss Bell hat arkane Kräfte, das lässt sich auf keinen Fall leugnen.«

»Wohl kaum«, gab Die Verhüllte erbost zurück. »Sie könnte eine Anhängerin der Verräter sein und mit ihren Tricks die Stadt im Chaos versinken lassen. Wir sollten ihre Lügen nicht glauben!«

»Leider weilt Der Besucher nicht mehr unter uns, um uns die Wahrheit zu sagen.« Das Rätsel ließ einen Schlüssel an seinem Finger kreisen.

»Aber wir haben noch andere Möglichkeiten, solche Angelegenheiten zu klären«, schlug Der Sturm vor. »Ein Test. Fünf Prüfungen, eine von jedem von uns. Wenn Miss Bell sie erfolgreich besteht, ist das ein Beweis dafür, dass sie recht hat. Dann wurde sie tatsächlich vom Besucher auserwählt und ist eine wahre neue Arkanistin.«

Das Rätsel kicherte. »Oh, ich liebe Spiele.«

Prüfungen? Das gefiel Juniper überhaupt nicht, aber es war immer noch besser als eine Reise ins Gefängnis.

»Dann ist es hiermit beschlossen«, verkündete Der Sturm. »Wenn Sie unsere Prüfungen erfolgreich bestehen, werden wir Sie mit Freuden als neue Arkanistin willkommen heißen.«

»Aber wenn Sie auch nur in einer Prüfung versagen, werden wir Sie als Verräterin an der Stadt Arkspire betrachten, die sich die verbotene Macht der Verräter zunutze macht«, fügte Die Verhüllte hinzu, und ihr Balkon wurde so dunkel, dass sie zwischen all den Schatten kaum mehr zu erkennen war.

Juniper schluckte heftig, was glücklicherweise niemand hörte, da sich die Magister nun am Ende ihrer Verhandlung erhoben. Ihr war schlecht. Sie fühlte sich wie im Rausch.

Thea rannte zu ihr und drückte sie fest. Hinter ihr sah sie Elodie, die sie ebenfalls anstarrte. Der Schock war deutlich auf ihrem Gesicht zu sehen, aber auch jede Menge Argwohn. Sie wusste genau, dass bei Juniper oft mehr dahintersteckte, als es zunächst den Anschein hatte.

Lass ihr doch ihren Verdacht. In diesem Moment war das Juniper völlig egal. Sie war noch einmal davongekommen. Jetzt musste sie den Betrug nur noch weiter durchziehen und die ganze Stadt davon überzeugen, dass sie eine Arkanistin war.

Ein Kinderspiel …

Oder?

14

ZIMMER MIT AUSSICHT

Vor Juniper stand ein junger Mann.

Er sah freundlich aus. Ein strahlendes Lächeln, neugierige Augen, ein Typ, für den man auf der Straße zum Gruß die Mütze ziehen würde. Juniper fühlte sich zu ihm hingezogen wie zu einem warmen Sonnenstrahl. Das war für sie allerdings ein komisches Gefühl, da sie so sehr daran gewöhnt war, kalt und misstrauisch zu sein.

Moment. Das stimmte ja gar nicht. Oder doch?

Der Mann sah sie an und öffnete den Mund, um etwas zu sagen …

Juniper schlug langsam die Augen auf und spürte noch immer die Wärme des Traums, die sie umhüllte wie die Bettdecke, unter der sie eingekuschelt lag. War es nur ein Traum gewesen? Es hatte sich so echt angefühlt.

Sie blinzelte in der Morgensonne, die durch das große Schlafzimmerfenster drang. Dort, auf der Fensterbank, saß Zunder. Sein Körper war eine tanzende, schattenartige Rauchwolke, die sich dunkel gegen das Licht abzeichnete. Er starrte nach draußen, war mit den Gedanken aber eindeutig ganz woanders. Als wäre er in Erinnerungen versunken.

Juniper runzelte die Stirn. Das konnte doch nicht sein, oder? Hatte sie etwa gerade Zunders *Erinnerungen* gesehen?

Eigentlich war das gar kein so abwegiger Gedanke, oder? Er hatte doch selbst gesagt, dass sie einen Bund eingegangen waren und dass sie sein Anker in dieser Welt war, ob sie nun wollte oder nicht. Viel mehr allerdings schockierte sie die Vorstellung, dass Zunder in seinem kleinen, schwarzen Herzen so etwas wie Zuneigung empfand.

»Kann ich dir behilflich sein?«, fragte Zunder, der Junipers Blick bemerkt hatte.

Juniper stützte sich auf die Ellbogen und grinste wissend.

»Was? Du guckst wie ein durchgeknallter Lemur.«

»Och, *gaaaaaar nichts.*« Junipers Grinsen wurde noch breiter. »Bloß, dass es jemanden gibt, für den du ganz warme, flauschige Gefühle hast.«

Zunder riss die Augen weit auf und verriet Juniper damit alles.

»So *waaaaaaaaaaaaarm* und *flauuuuuuuuuuschig*!«

»Woher weißt du …« Zunders Schattenkringel plusterten sich auf. »Guck mir ja nie wieder in den Kopf, kapiert?«

»He, ich habe mir das auch nicht ausgesucht, es ist einfach passiert. Glaubst du vielleicht, ich schaue freiwillig in deine bekloppte Murmel?«

»Pah! Meine unergründlichen Gedanken würden dich um deinen kümmerlichen, sterblichen Verstand bringen.«

»Mm-hmm. Klar doch. Zumindest sieht es aus, als würden deine Erinnerungen zurückkommen.«

»Wenn du sie einfach ungefragt ausspionierst, wäre es mir lieber, wenn sie vergessen blieben.«

»Ich habe keine Ahnung, wovon ihr zwei da redet«, mischte sich Thea ein, die schon wach war und sich durch diverse, reich verzierte Kleiderschränke und Schubladen wühlte. »Aber schön, dass ihr euch so gut versteht.«

»Ganz so weit würde ich jetzt nicht gehen.« Juniper versuchte, sich mit einem Ruck hochzudrücken. Zu ihrer Freude klappte es. Sie konnte immer noch nicht glauben, dass dieses Bett tatsächlich Sprungfedern hatte. Sie ließ sich wieder wie ein Seestern auf die Matratze fallen und grinste von einem Ohr zum anderen. Das war so gemütlich wie eine Wolke! Sie seufzte tief. »Daran könnte ich mich glatt gewöhnen.«

»Ich auch.« Thea lächelte und zog eine alte Kandidatenuniform aus dem Kleiderschrank. Sie war dunkelgrau und hatte glänzende Messingknöpfe an beiden Seiten. »So viele vornehme Stoffe …«

Wie sich herausstellte, hatten die Arkanisten die Mädchen nach der Verhandlung nicht einfach wieder nach Hause geschickt. Sie hatten gesagt, dass sie unter Beobachtung bleiben müssten, falls sie wirklich irgendeinem irren Verräter-Kult angehörten. Aber da sie, wie anscheinend jede Menge Dregger, überzeugt waren, dass zumindest die Chance bestand, dass Juniper tatsächlich vom Besucher gesegnet worden war, konnten sie die beiden auch nicht in irgendeine modrige Gefängniszelle werfen. Stattdessen hatte Der Sturm dafür gesorgt, dass sie in einem leeren Zimmer der Akademie in seinem Glanz-Distrikt bleiben konnten, bis die Arkanisten sich überlegt hatten, was als Nächstes mit den Mädchen geschehen sollte. Natürlich hatten sie nicht gerade den roten Teppich ausgerollt, und Juniper hatte sehr wohl bemerkt, dass ständig Diener vorbeikamen, um »nach ihnen zu sehen« (mit anderen Worten: sie auszuspionieren), aber sie konnte sich nicht beschweren. Im Vergleich zu den Dregs war das Zimmer ein Palast.

Sie vermisste bloß Papa. Die Wachen hatten den Mädchen versichert, dass man ihre Familien auf dem Laufenden halten würde, aber Juniper wusste genau, welche Sorgen sich Papa machen würde, und hätte ihm am liebsten persönlich Mut zugesprochen.

Draußen auf der Straße heulte es aus den Phonographen: *»Guten Morgen, stolze Bürger von Arkspire! Was war das doch letzte Nacht für ein Wetter, haha! In der Stadt der Magie wird es eben nie langweilig. Seien Sie versichert, dass unsere großen Arkanistenbeschützer die Situation vollständig unter Kontrolle haben. Es besteht keinerlei Gefahr für die Öffentlichkeit. Ich wiederhole: Es besteht keinerlei Gefahr für die Öffentlichkeit. Weitere Nachrichten: Der Orden der Portale hat ...«*

»Sie haben uns nicht einmal erwähnt!«, schnaubte Thea entrüstet.

»Wahrscheinlich wollen die uns erst einmal genauer unter die Lupe nehmen, bevor sich das Gerücht verbreitet, dass ein neuer Arkanist in der Stadt ist«, vermutete Juniper.

»Wenn wir also unser *Wissen Sie nicht, wer ich bin?*-Manöver durchziehen und so tun, als wärst du eine Arkanistin«, sagte Thea und ließ die Schulterkappen an der Kandidatenjacke hin- und herschwingen, »kann ich dann so tun, als wäre ich die oberste Wache deines Ordens und die Befehlshaberin deiner Leibwächter?«

Juniper setzte sich grinsend auf. »Ich könnte mir keine bessere Beschützerin vorstellen.«

»Oh, danke!« Thea klatschte in die Hände. »Du wirst es nicht bereuen. Ich habe zwar kein Gewehr, aber wenn wir hier wieder rauskommen, finde ich genau den richtigen Stock, um dich damit zu verteidigen.«

Falls je ein Schatten verachtungsvoll ausgesehen hatte, dann war Zunder ein Naturtalent. »Ich mache mir weniger Sorgen um euer kindisches Theaterspiel, sondern viel mehr darüber, wie du deinen Teil unserer Abmachung einhalten willst«, sagte er. »Wann genau hast du vor, mir meine Magie wiederzugeben?«

»Lass das meine Sorge sein, Zunni«, antwortete Juniper.

Zunder starrte sie aus seinen unheimlichen, glühenden Augen an. »Nenn mich gefälligst *nie* wieder so.«

»Wenn wir die Arkanisten erst einmal überzeugt haben, dass ich eine von ihnen bin, bekomme ich Zugang zu allen möglichen verbotenen Bereichen voller köstlichem, magischen Wissen und leckerer Geheimnisse. Da kannst du *ganz sicher* einen Weg finden, deine Kräfte wiederzubekommen. Außerdem haben wirs ja schon halb geschafft. Sie glauben ja schon, dass ich *möglicherweise* eine Arkanistin bin, jetzt muss ich es nur noch beweisen.«

»Beweisen, dass du magische Kräfte hast, obwohl keiner von uns zaubern kann?« Zunder hob eine Augenbraue. »Und all das nur, damit ich *tatsächlich* meine Magie zurückbekommen kann? Was für ein idiotensicherer Plan. Du weißt schon, dass die Arkanisten die Prüfungen so gestalten, dass du sie unmöglich bestehen kannst, wenn du kein echter Arkanist bist, oder?«

»Na ja, du konntest immerhin die Symbole abschalten. Das ist doch schon mal ein Anfang!«, meinte Juniper versöhnlich.

Zunder bedachte sie mit einem weiteren gehässigen Blick.

Juniper wusste ganz genau, dass sie sich auf sehr, *sehr* dünnem Eis befand. Wenn sie allerdings all ihre Karten richtig ausspielte und die Leute überzeugen konnte, dass sie tatsächlich eine Arkanistin war, dann … würde sie ganz sicher nicht ins Gefängnis geworfen werden und könnte vielleicht sogar ihre Familie und Thea in die Uppers holen und aus dieser ganzen bescheuerten Situation noch etwas Gutes rausholen. Schließlich hatte sie ihr ganzes Leben lang schon Betrügereien durchgezogen, warum sollte es diesmal also nicht klappen?

»Wir finden schon eine Lösung. Wie immer«, sagte Juniper. »Was soll denn schon passieren?«

»Wenn du dir diese Frage überhaupt stellen musst, findest du es bestimmt raus. Hat dir das noch nie jemand gesagt?« Zunder rieb sich die Schnauze. »Warum nur? Warum hast ausgerechnet *du* die Spiegelscherbe gefunden?«

»Gibs zu, mit jemand anderem hättest du garantiert nicht so viel Spaß!«

»*Was dir heute auf den Sack geht, kann dir morgen schon ans Herz wachsen*, wie Omama immer sagt«, meinte Thea und durchwühlte eine Schublade mit Schreibwaren.

»Deine Omama ist ein echter Quell der Weisheit, was?«, fragte Zunder.

Thea nickte. »Das ist sie, und noch dazu die zweifache Gewinnerin des Küchenschaben-Rennens.«

Zunder zog ein Buch vom Regal, aber Juniper war noch nicht mit ihm fertig.

»Falls du deine Kräfte wiederbekommst …«

»*Wenn* ich meine Kräfte wiederbekomme«, korrigierte Zunder sie.

»Wenn du deine Kräfte wiederbekommst, was machst du dann mit den Arkanisten?«

Diese Frage hatte Juniper die ganze Nacht keine Ruhe gelassen. Sie konnte den Plan nicht einfach durchziehen, ohne vorher zumindest nachzufragen, was er vorhatte.

Vielleicht war es ja gar nicht so schlimm? Vielleicht bedeutete das Wort Rache im Land der gruseligen Schattenwesen einfach nur, dass man jemandem einen Streich spielte? Zum Beispiel einen Eimer Wasser auf der Tür platzierte oder Furzgeräusche machte, wenn sich jemand hinsetzte.

Doch Zunders hinterhältiger Blick verriet Juniper, dass er nicht diese Art von Rache meinte.

»Das habe ich dir doch schon gesagt, ich werde sie vernichten.«

»*Okaaaaaay.* Du weißt aber schon, dass es nicht mehr dieselben Arkanisten sind, die dich ins Gefängnis gesteckt haben, oder?«, wollte Juniper wissen. »Die Arkanisten übertragen ihre Kräfte nämlich auf ein neues Kind, wenn sie sterben. Du würdest dann deine Wut an unschuldigen Leuten auslassen, die noch nie von dir gehört haben!«

»Ja, das habe ich gestern Abend auch in diesem Buch hier gelesen.« Zunder deutete auf ein Buch mit dem Titel *Eine kurze Geschichte der Arkanisten*, das für eine »kurze Geschichte« allerdings ziemlich dick war. »Ziemlich trockene Lektüre, aber sehr informativ. Da stand etwas davon, dass Erwachsene zu engstirnig und abgestumpft sind, um Magie zu erben?«

»Ganz genau«, bestätigte Juniper. Ehrlich gesagt war sie sich auch nicht vollständig sicher, wie es funktionierte, obwohl es ihr Elodie schon mehrmals erklärt hatte. Irgendwas in der Richtung musste es jedenfalls sein.

»Hmm, das verändert die Situation natürlich.« Zunder schwieg einen Moment gedankenversunken. »Oh,

Augenblick – nicht im Geringsten. Ist mir voll egal. *Irgend-jemand* muss für das bezahlen, was sie mir angetan haben, und wenn die verantwortlichen Arkanisten längst tot sind, müssen eben ihre Erben büßen.«

Juniper fühlte, wie ihr die Hitze in die Wangen stieg. Was für ein widerliches kleines Biest er doch war. »Hör mal, du darfst niemandem wehtun, okay? Sonst werde ich dir nicht helfen.«

Zunders Augen funkelten mit beinahe unverhohlenem Zorn, doch er beruhigte sich fast sofort wieder. »Okay, ich tue niemandem weh«, versprach er, und sein zusammengekniffenes Maul verzog sich zu einem fiesen Grinsen. Es hätte Juniper nicht gewundert, wenn er jetzt sofort jemanden angegriffen hätte. »Du kannst mir vertrauen.«

Netter Versuch, Kumpel. Versuch niemals, den Betrüger zu betrügen.

Juniper traute ihm ungefähr so sehr, wie sie darauf vertraute, dass bei Madame Adies Alchemie ausnahmsweise nichts in die Luft flog. Die ganze Sache gefiel ihr gar nicht. Zunder war eine Schlange, da bestand kein Zweifel. Er war ein Problem, das sie aus dem Weg räumen musste. Doch dafür war Zukunfts-Juniper zuständig. Im Moment brauchte sie ihn ebenso sehr, wie er sie brauchte.

»Alles klar. Dann solltest du auf jeden Fall bei diesem Typ namens Boden anfangen, den du erwähnt hast«, schlug Juniper vor. »Er ist die einzige Spur, die wir haben, und vielleicht weiß er mehr über deine Vergangenheit, warum deine Kräfte verschwunden sind und, am allerwichtigsten, wie ich dich wieder loswerde.«

»Da sind wir uns ausnahmsweise ja einmal einig«, sagte Zunder beleidigt.

»Ist es möglich, dass dieser Boden vielleicht noch lebt?«, fragte Juniper. »Hast du irgendeine Ahnung, wie lange du gefangen warst?«

»Nein. Könnten Jahrzehnte gewesen sein, aber auch Jahrhunderte. Ich weiß nur, dass es so lang war, dass sich diese Welt komplett verändert hat. Alles ist viel voller. Und stinkiger.« Er musterte die Mädchen von oben bis unten. »Und *viel zu wenig* interessante Gesellschaft.«

Juniper verdrehte die Augen und sah aus dem Fenster. Draußen funkelte der obere Glanz-Distrikt. Extravagante Luxushäuser, malerische Springbrunnen mit verzaubertem Wasser, das so hell leuchtete wie Feuer. Ätherlicht-Laternen säumten die Straßen, hingen von den Eingängen der Boutiquen und tauchten die ganze Stadt bei jedem Wetter in ein prächtiges Schimmern. Das Licht pulsierte vor sich hin und ließ den gesamten Distrikt wie unter Wasser erscheinen. Selbst die Topfpflanzen und Bäume bewegten sich sanft hin und her wie in einer Meeresströmung. Das sah alles gar nicht schlecht aus, fand Juniper. Tatsächlich schämte sie sich beinahe, dass sie überhaupt hier war. Der ganze Distrikt sah aus wie ein perfektes Gemälde und sie wie ein kleiner Schmutzfleck in der Ecke.

»Was Boden angeht«, sagte Zunder achselzuckend, »er hatte ein Gesicht. Das glaube ich zumindest. Oder einen sehr schicken Hut. An mehr kann ich mich nicht erinnern.«

»Wichtige Hinweise«, warf Thea ein, die gerade Klebeband an der Jacke befestigte.

»Du hast also keine Ahnung, wo wir ihn zuerst suchen könnten?«, fragte Juniper.

»Vielleicht an einem dieser Orte, zu denen du dann Zugang bekommst? Die mit dem magischen Wissen und den Geheimnissen«, schlug Zunder vor.

Juniper gab ein Grummeln von sich. Arkspire war gigantisch. Die Suche nach Boden war wie die Suche nach einer Nadel im Heuhaufen, falls er überhaupt noch am Leben war. »Weißt du denn zumindest, ob *ich auch* magische

Kräfte bekomme, wenn du deine wiederhast? Immerhin sind wir ja miteinander verbunden, und ich kann dir in dein grausiges kleines Hirn schauen.«

Jetzt war es Zunder, der sie misstrauisch beäugte. »Ich weiß es nicht. Hast du magische Kräfte? Vielleicht hast du ja insgeheim meine Kräfte abgezapft, ohne mir was zu verraten?«

Sie hätte es niemals zugegeben ... aber versucht hatte sie es auf jeden Fall. Die knisternden Blitze waren allerdings nie wieder aus ihren Fingerspitzen geschossen, sosehr sie auch mit den Händen herumgefuchtelt hatte. Nicht einmal ein winziger Funke. Einmal hatte sie so laut gerülpst, dass sie hätte schwören können, gleich einen Feuerball auszuspucken, aber es war nur eine (unheimlich beeindruckende) Gaswolke gewesen. Sie wollte Zunder gerade antworten, als es an der Tür klopfte. Zunder spitzte die Ohren, bevor er schnell im Schatten verschwand. Vor der Tür stand eine riesige Wache vom Orden des Glanzes.

»Miss Bell«, sagte er mit tiefer Stimme, »Ihre Anwesenheit wird in der Trainingshalle der Akademie verlangt.«

»Sie haben endlich kapiert, dass wir unschuldig sind, was?«, meinte Juniper und knuffte den Mann mit dem Ellenbogen.

Die Wache gab keinen Ton von sich.

Ein anspruchsvolles Publikum.

»Dann zeigen Sie uns doch den Weg.« Juniper verneigte sich tief.

»Perfektes Timing.« Thea streifte sich die Kandidatenjacke über, wenn man sie denn noch als solche bezeichnen konnte. Sie hatte die gesamte untere Hälfte abgeschnitten und die Ärmel gekürzt. Sie knöpfte die Jacke am Hals zu und trug sie wie eine Art Poncho über ihrem Schlafanzug. Auf dem Rücken hatte sie aus Klebeband das Wappentier der Misfits angeklebt, eine Ratte. Sie bauschte die Schulterbesätze noch einmal auf, stand stramm und salutierte vor den anderen. »Thea Tumbledown, Kapitänin der Leibwache, meldet sich bereit zum Einsatz!«

15

DER KANDIDAT

Die Wache öffnete einen Regenschirm und überreichte ihn Juniper.

Sie warf ihm einen Blick zu. »Bringt es nicht Unglück, wenn man drinnen einen Schirm aufspannt?«

Die Wache blieb sich treu und schwieg.

Erst als die die Trainingshalle der Akademie des Glanz-Distriktes betraten und vor einer Wand aus sintflutartigem Regen standen, begriffen die Mädchen: Die Glanz-Akademie war kein Gebäude im eigentlichen Sinn, sondern vielmehr ein Unwetter unter einer Glaskuppel. Aufgewühlte Wolken umkreisten eine Lichtkugel, die über der höhlenartigen Arena schwebte wie eine kleine Sonne. Juniper drängte sich mit Thea unter den Schirm und sog den salzigen Geruch nach Meer, den erdigen Geruch des Regens und die elektrische Schärfe der Blitze ein. Es roch nach Energie und aufregenden Dingen.

Die Akademie hatte viele Stockwerke. Auf riesigen Verbindungsbrücken zwischen den Plattformen trainierten Dutzende Kinder in Kandidatenuniform hart dafür, vielleicht einmal der nächste Erbe Des Sturms zu werden. Einige Kandidaten steckten in riesigen Glasglocken fest, um sich abzuhärten, während Orkanböen sie umbrausten. Andere rannten über die hohen Brücken und wichen dabei den knisternden Blitzen aus, die wie Speere aus den Sturmwolken herabsausten. Wieder andere übten vorgegebene Bewegungsabläufe ein und zeichneten hoch konzentriert und voller Disziplin Symbole in die feuchte Luft.

Die Ausbildung sah ziemlich hart aus.

Und gefährlich.

Und *spaßig*.

Unwillkürlich wurde Juniper ein wenig eifersüchtig. Sie fragte sich, was Elodie wohl an der Iris-Akademie Der Beobachterin lernte. Aus dem Fenster starren? Verschiedene Brillen anprobieren? Ihr fiel auf, dass sie noch nie danach gefragt hatte.

Die Wache ließ die Mädchen auf einer Plattform in der dritten Etage mit Blick auf den Trainingsbereich zurück. Die Plattform war leer bis auf einen Metalltisch, der von elegant schwebenden Lichtern umkreist wurde, die an einen Fischschwarm erinnerten.

Vor lauter Aufregung konnte Juniper sich nicht setzen. »Das hier ist ja der Wahnsinn!«

»Schon cool, oder?«, stimmte Thea ihr lächelnd zu, während eines der Fisch-Lichter sich um ihren ausgestreckten Finger schlängelte.

»Ist ganz in Ordnung«, grummelte Zunder, der sich im Schatten unter dem Tisch und den Stühlen versteckt hatten. Allein seine leuchtenden Augen verrieten ihn. »Die magischen Kräfte Des Sturms kommen mir auf jeden Fall bekannt vor … als hätte ich sie schon einmal gesehen.«

»Vielleicht damals, als Der Sturm dir einen Tritt in deinen kleinen Geisterhintern gegeben hat?«, schlug Juniper vor.

Noch bevor Zunder etwas erwidern konnte, sahen sie eine Gruppe von fünf Wachen auf einer Brücke direkt auf sich zukommen. Eine davon hielt einen großen Regenschirm über einen Kandidaten, einen Jungen, der ungefähr in Junipers Alter sein musste. Er war braun

gebrannt und strohblond und sah aus, als wäre er gerade aus dem Bett gefallen. Sein Haar war auf eine fast schon *zu* perfekte Weise unordentlich. Er trug seine graublaue Kandidatenuniform, als wäre sie für ihn nichts Besonderes oder als wolle er es zumindest so aussehen lassen. Einige der oberen Knöpfe waren offen, der Kragen leicht verknittert, und einige beeindruckende Risse im Stoff sollten ihn verwegen wirken lassen. Aber mit Rissen kannte sich Juniper aus, und diese hier sahen aus, als hätte man sie absichtlich verursacht. Auf seiner Brust prangte stolz das Quallenwappen des Ordens des Glanzes. Der Junge schritt graziös wie ein Tänzer vor den Wachen her, verneigte sich tief vor Juniper und lächelte so übertrieben breit und freundlich, wie Juniper es noch nie gesehen hatte. Es hätte sie nicht gewundert, wenn einer seiner Zähne dabei gefunkelt hätte.

»Miss Bell«, sagte er auf die vornehme Art der Uppers, »es ist wirklich ein …«, er rang nach Worten, »ein *Erlebnis*, Sie kennenzulernen. Über Ihre Eskapaden unterhält man sich in der ganzen Stadt!«

»Ach, dieser kleine, magische Sturm gestern Nacht? Den haben Sie bemerkt?«, fragte Juniper mit gespielter Bescheidenheit. Sie streckte ihm die Hand entgegen.

Der Junge betrachtete die Hand, ergriff sie aber nicht. Stattdessen betrachtete er Thea von oben bis unten. »Wie ich sehe, haben Sie auch eine Freundin mitgebracht, obwohl davon auf der Einladung *keine Rede* war.« Den letzten Teil des Satzes sagte er möglichst unauffällig.

»Hi!«, sagte Thea und winkte ihm kurz zu.

»Ich hatte ja schon davon gehört, dass Sie ziemlich aufsehenerregend sind, aber ich hatte nicht damit gerechnet, dass Sie so … so …« Er deutete auf die beiden, als wäre das Wort, das er suchte, ganz offensichtlich. »Sagen Sie, woher haben Sie diese *faszinierenden* Kleider?«

Juniper blickte auf ihren Pyjama hinab. »Das ist bloß mein Schlafi. Aber das hier«, sie zeigte dramatisch auf Thea, die sofort in Pose ging, »ist ein exklusives Stück von Thea Tumbledown, der erbarmungslosen Kapitänin meiner Leibwache und hochbegabten Schneiderin!«

»Das ist aus meiner Sommerkollektion«, fügte Thea hinzu. »Ich hab auch schon einige kuschelig warme Ideen für den Winter. Hab da so einen Stofffetzen in einem Haufen unten beim Siebten Müllberg gesehen, der einen ganz flauschigen Eindruck gemacht hat.«

»Das haben Sie also … selbst gemacht?« Der Junge zog eine Augenbraue hoch. »Und ich hatte schon gedacht, Sie hätten ein bedeutungsvolles Kleidungsstück gestohlen, das exklusiv den Kandidaten vorbehalten ist. Aber ich bin selbst auch nicht allzu konventionell, wie Sie wohl schon bemerkt haben dürften.« Er zeigte stolz auf einen besonders kleinen Riss in seiner Jacke. »Ich bin auch ein kleiner Rebell. Man wird nicht so einfach zum vielversprechendsten Kandidaten Des Sturms, ohne ein paar Regeln zu missachten! Aber Sie kennen mich ja sicher schon, und ich erzähle Ihnen da nichts Neues.« Er ließ seine Augenbrauen spielen und lächelte auf eine Art, die arroganter nicht hätte sein können.

»Ich habe beschlossen, dass ich dieses Kind nicht mag«, flüsterte Zunder in Junipers Ohr.

»Wirklich, Sie sind der beste Kandidat hier?«, fragte Juniper.

»Soll das etwa heißen, Sie haben noch nie von mir gehört?«, entgegnete der Junge, als wolle Juniper ihn mit der Frage bloß ärgern. »Sie belieben zu scherzen, nicht wahr? Nun, ich bin Everard Allard Amberflaw der Vierte, Star-Kandidat Des Sturms, Klassenbester in der Glanz-Akademie und der Sohn der Stolzen Stimme höchstpersönlich, Magister Allard Peregrin Amberflaw der Dritte!«

Juniper machte nur »*Mmmh!*« und Thea lächelte höflich. Beide hatten ganz offensichtlich keine Ahnung, wovon er faselte.

»Ach, kommen Sie schon.« Everards perfektes Lächeln verschwand für einen kurzen Moment. »Mein Vater ist die Stimme von Arkspire, der Mann hinter all den Ankündigungen, die man in der ganzen Stadt hört! Selbst Dregger wie ihr müsst ihn schon gehört haben!«

»Der Typ, der immer allen erzählt, was sie zu tun und zu lassen haben?«, fragte Juniper.

»Genau der«, antwortete Everard stolz.

»Seine Stimme ist *tatsächlich* sehr beruhigend«, meinte Thea anerkennend.

»So wie meine!«, sagte Everard.

Thea zuckte mit den Schultern. »*Na jaaaa …*«

»Jemand mit einem Namen wie Ihrem *muss* ja ziemlich wichtig sein!«, merkte Juniper sarkastisch an. Sie drehte sich zu Thea um. »Was haben wir Dregger doch für ein Glück, dass uns so eine Berühmtheit zum Sturm führt.«

»Und was für blitzblanke Zähne er hat«, bemerkte Thea.

»Zum Sturm?« Everard kicherte. »Witzig sind Sie also auch noch! Natürlich nicht. Seine Ehren Der Sturm sind *viel* zu beschäftigt. Er hat mich mit der großen, ähem, *Ehre* beauftragt, stellvertretend mit Ihnen zu sprechen.«

»Ich kann ihn definitiv nicht leiden«, flüsterte Zunder. »Er lächelt zu viel. Sein Haar ist zu voluminös. Soll ich ihn vernichten? Ich bin sicher, dass ich stark genug dafür bin …«

Everard zog einen Stuhl vom Tisch weg und forderte Thea und Juniper mit einer Geste auf, sich zu setzen. Seine Wachen stellten sich im Kreis um sie herum, den Blick nach außen gerichtet. Es war zwar nur eine wilde Vermutung, aber Juniper hatte den Eindruck, dass Everard Supername der X-te nicht wirklich von ihr beeindruckt war, was auf Gegenseitigkeit beruhte.

»Sie wurden hierhergerufen, weil Der Sturm von Ihnen … *fasziniert* war«, erklärte Everard. »Er ist an Ihren Kräften interessiert und daran, wie Sie sie bekommen haben. Ihre Gabe *erscheint* zwar überzeugend, aber Sie müssen zugeben, dass Ihre Geschichte für Menschen wie uns, die Erfahrung in arkanen Dingen haben, nur schwer zu glauben ist. Daher hat er mich, seinen besten und vertrauenswürdigsten Kandidaten, geschickt, um Sie vor und während der Prüfungen zu beobachten.«

»Sie sollen mich also ausspionieren?«, fragte Juniper.

Everard blinzelte überrascht. »Na ja, ich … es ist ja wohl kaum Spionage, wenn Sie wissen, dass Sie beobachtet werden, oder?«

»Also für mich klingt das immer noch voll nach Spionage …«

»Nein! Das ist bloß … Dokumentation, mehr nicht! Seit den ersten Segnungen Des Besuchers vor vielen Jahrhunderten hat es keinen neuen Arkanisten mehr gegeben, und der Ehrwürdige Sturm will einfach nur wissen, warum Der Besucher nach so langer Zeit seine Kräfte an eine neue Person weitergegeben hat, noch dazu an jemand so … *Unbekannten*. Da wären Sie doch auch neugierig, oder? Falls es denn *tatsächlich* so gewesen ist.«

»Und ob!«, antwortete Juniper voller Überzeugung. »Echter gehts nicht, Kumpel.«

»Juniper würde nie auf die Idee kommen zu lügen, ich schwörs!«, log Thea.

»Das mag sein. Aber ich trainiere schon seit fünf Jahren an der Akademie. Ich habe schon einiges an Magie gesehen. Und Sie …« Everard musterte Juniper eingehend. »Ich weiß ja nicht, was Sie vorhaben, aber ich vertraue Ihnen nicht. Aber wer bin ich, dass ich mir ein Urteil erlaube?«, sagte der Junge, der anscheinend nichts lieber tat, als über andere zu urteilen. »Die Arkanisten werden über Ihr Schicksal entscheiden. Ich bin nur ein Beobachter. Ich schaue genau hin. Erstatte Bericht. Wir dürfen nicht zulassen, dass sich der Schrecken, den die Verräter über die Welt gebracht haben, wiederholt. Das müssen sogar *Sie* verstehen, oder?«

»Sogar ich«, murmelte Juniper.

»Nun denn, Sie dürfen ab heute in die unteren Ebenen zurückkehren. Allerdings müssen Sie sich jeden Abend bei Sonnenuntergang in der Glanz-Akademie bei mir zurück-melden und mir über all ihre Aktivitäten des Tages Bericht erstatten.«

»Aber ich wohne im Iris-Distrikt«, sagte Juniper entsetzt. »Das würde ja ewig dauern!«

»Ihre neu gewonnenen Kräfte können Ihnen sicher die Reise verkürzen!« Everard machte dieses kleine Spielchen eindeutig zu viel Spaß.

»Das kann nicht Ihr Ernst sein!«

»Sie würden es schon erfahren, wenn Der Sturm Witze machen würde, Miss Bell. Sehen Sie, mal ganz unter uns«, Everard lehnte sich vor, als wolle er ihr ein Geheimnis erzählen, »Sie könnten einfach zurücknehmen, was Sie gestern Abend gesagt haben. Die ganze Geschichte, dass Sie eine Arkanistin sind und so weiter. Dann wären Sie alle Probleme los. Mich, die unerwünschte Aufmerksamkeit, die Prüfungen …«

Ja, und ich verbringe mein halbes Leben im Knast. Juniper schlug die Hände vors Gesicht und ließ sie seufzend hinabgleiten.

»Ich sage Ihnen das als jemand, der sich damit aus-kennt«, grinste Everard, »ich bezweifle, dass Ihre Chancen bei den Prüfungen besonders hoch sind. Sie haben im

Grunde gar keine Chance, auch nur eine einzige Prüfung zu bestehen, mal ganz abgesehen von allen fünfen.«

Junipers Drang, ihm eine reinzuhauen, schlug plötzlich in Interesse um. »Der Sturm hat Ihnen also verraten, wie die Prüfungen aussehen werden?«

Die Frage schien Everard nicht zu gefallen. »Na ja, n… nein, hat er nicht. Aber … wenn man sich das Training an der Akademie zum Vergleich anschaut … und alles, was ich von Ihnen heute gesehen habe …« Everard zog verständnisvoll die Schultern hoch und formte mit den Lippen das Wort »Entschuldigung«.

Der Drang, ihn zu schlagen, war gewaltig. Urgewaltig.

Stattdessen setzte Juniper ihr freundlichstes Lächeln auf. Wem die Illusion gelingt, dem gelingt auch der Betrug. Sie sprach so nett und vornehm, wie sie nur konnte: »Ich weiß Ihre Besorgnis sehr zu schätzen, verehrter Mister Amberflaw der Zweite …«

»Der Vierte.«

»Ganz genau. Aber ich bin überzeugt, dass ich die Prüfungen problemlos bestehen werde. Und wenn Der Sturm es so wünscht, werde ich mich gerne bei Ihnen melden. Persönlich. Jeden. Einzelnen. Tag.«

Everard beobachtete sie genau und kam anscheinend zu dem Schluss, dass die ganze Sache doch nicht so amüsant war, wie er zunächst gedacht hatte. Er erhob sich vom Tisch. »Nun, dann freue ich mich darauf, Sie in Aktion zu erleben. Und noch mehr freue ich mich auf Ihre täglichen Berichte! Wenn die nächsten paar Wochen ungefähr so verlaufen wie unser kleines Treffen hier, kann ich mich ja auf einiges gefasst machen. Ihnen allen viel Glück, obwohl es klingt, als hätten Sie das gar nicht nötig!« Er lachte gehässig und wollte gerade gehen, als ihm eine Wache in den Weg trat. »Wir müssen los, mein Herr!«, sagte Everard deutlich genervt, weil man ihm seinen großen Abgang vermiest hatte.

»Kandidat, ich habe den Befehl erhalten, Sie nicht wieder zurück in die Akademie zu lassen«, sagte die Wache.

Everard stieß ein gequältes Lachen aus und sah wieder zu Juniper und Thea, als wäre das Ganze nur ein kleiner Insiderwitz.

»Was meinen Sie damit, Sie sollen mich nicht zurückgehen lassen?«, zischte Everard leise. »Wer sagt das?«

»Der Sturm, mein Herr«, antwortete die Wache.

»Der … Der Sturm? Aber ich … ich sollte doch eigentlich … Wo … wo soll ich dann bleiben?« Panik machte sich in seiner Stimme breit.

Wenn er nicht so ein arrogantes, aufgeblasenes Backpfeifengesicht gewesen wäre, hätte er Juniper direkt leidgetan.

»Bei denen.« Die Wache deutete mit dem Kopf auf Juniper.

»Denen?«, fragte Everard komplett entgeistert.

»Der Sturm benötigt detaillierte Berichte, für die man direkt vor Ort sein muss, Kandidat. Und mit ›man‹ meint er Sie. Dafür müssen Sie sich in die unteren Ebenen des Iris-Distrikts begeben und Miss Bell im Auge behalten. Dann schicken Sie uns alle zwei Tage Ihre Berichte.«

»Ich muss in die Dregs?« Everards Stimme war nun so hoch, dass sie wahrscheinlich nur noch Hunde hören konnten, dachte sich Juniper. »Aber ... aber ich bin ein Amberflaw! Ich kann nicht! Ich sollte nicht! Weiß mein Vater davon? Hat Der Sturm Ihnen diesen Befehl erteilt? Sind Sie ganz sicher? Es ... es muss sich um einen Fehler handeln! Ich kann doch nicht ... mit *denen*?«

Ja, jetzt hatte Juniper tatsächlich Hunde in der Ferne bellen hören.

»Gut, dass ich ihn nicht vernichtet habe«, flüsterte Zunder. »Es ist viel befriedigender, ihm dabei zuzusehen, wie er sich windet ...«

»Die Befehle Des Sturms waren sehr deutlich, Kandidat Amberflaw«, bestätigte die Wache und ließ den Regenschirm zuschnappen. »Dienen Sie uns ehrenvoll und machen Sie den Orden des Glanzes stolz.«

Mit einem Kreischen drehte sich Everard zu den Mädchen um, die ihn mit ihrem allerfreundlichsten Lächeln willkommen hießen.

»Ist das nicht aufregend?« Juniper hatte keinesfalls vor, ihm Platz unter ihrem Schirm zu machen. »Zwischen uns stimmt die Chemie einfach, das merke ich jetzt schon!«

16

DER PLAN BEGINNT

Papa nahm Juniper sofort fest in den Arm, als sie aus der Glanz-Akademie trat. Es fühlte sich zwar an, als würde man von einem Bären zerquetscht, aber Juniper war genauso froh, ihn wiederzusehen.

»Ich bin ja so froh, dass du in Sicherheit bist«, murmelte Papa mit untypisch zitternder Stimme.

»Ich … bin … auch … froh … dich … wiederzusehen … Papa«, antwortete Juniper keuchend, »aber … ich kann gerade … nicht gut … atmen …«

Sofort ließ Papa sie wieder los.

»Och, ich wollte gerade mitmachen«, sagte Thea mit ausgebreiteten Armen. Zunder blieb in seinem Versteck und war garantiert angewidert von diesen Zuneigungsbekundungen.

»Tut mir leid«, sagte Papa und betrachtete die Leute auf dem Vorplatz der Akademie. »Das war falsch von mir. Du wurdest ja schließlich vom Besucher gesegnet. Ich … ich dachte … es ist dir vielleicht unangenehm, wenn ich dich vor all diesen Leuten hier umarme.«

»Was? Das ist mir doch völlig schnurz, du bist mein Papa!«, sagte Juniper.

Papa sah beschämt aus. »Wenn man bedenkt, was für eine wichtige Person du jetzt bist, sollte ich mich in der Öffentlichkeit mehr zurückhalten.«

Die Vorstellung, dass es Papa peinlich war und dass er seine Liebe zu ihr wegen irgendeines dämlichen Titels verbergen wollte, drehte Juniper den Magen um.

»Aber nicht mit mir«, sagte Juniper und hakte sich bei ihm und Thea ein. So gingen sie Arm in Arm los, gefolgt von einem gut versteckten, zackigen Schatten.

Sie nahmen die Skyline zurück zum Iris-Distrikt. Papa konnte den Blick gar nicht von Juniper abwenden, so erleichtert und zugleich verunsichert war er. Als wüsste er nicht mehr, wie er sich in ihrer Gegenwart verhalten sollte.

»Dann … stimmt es also«, flüsterte Papa und betrachtete die Symbole auf ihren Händen, als wären es Wunden. »Du wurdest von der Anderen Seite berührt. Du könntest also tatsächlich eine Arkanistin sein?«

Juniper wünschte, sie könne ihm erzählen, dass sich eigentlich nichts verändert hatte … aber sie bremste sich noch. Das war eine ziemlich große Lüge, selbst für ihre Verhältnisse. Sie wusste, dass er mehr als enttäuscht von ihr wäre.

Stattdessen lächelte sie nur und hoffte, ihm damit versichern zu können, dass sie immer noch die gleiche Tochter wie immer war.

Die Lüge musste ja nicht mehr lange halten. Sie würden Zunder seine Magie zurückgeben und hätten dann gemeinsam die Macht, ihr Leben zu verändern.

»Erst Elodie und jetzt du! Beide meiner Töchter sind so nah dran, Arkanistinnen zu werden?« Er pustete Luft aus den Wangen. »Eure Mama wäre so was von glücklich gewesen …«

»Jep«, murmelte Juniper und zog sich die Ärmel über die Hände, »sie wäre auf jeden Fall stolz gewesen …«

Zu Hause angekommen, fand Juniper Adies Apotheke genauso vor, wie sie erwartet hatte: Das Haus sah immer noch aus, als hätte jemand eine Stange magischen Dynamits darauf geschleudert. Die Symbole waren immer noch da. Sie leuchteten zwar nicht mehr, hatten sich aber ins Gebäude und die unmittelbare Umgebung eingebrannt. Einige Schaulustige beobachteten sie neugierig, als sie vorbeiging, und tuschelten dann miteinander. Junipers

Instinkt befahl ihr, sich klein zu machen, in Deckung zu gehen und unerkannt zu bleiben. Wenn man als Reliktjäger überleben wollte, musste man unauffällig sein. Wenn ihr Täuschungsmanöver allerdings funktionieren sollte, musste sie sich dementsprechend verhalten. Die Arkanisten liebten dramatische Auftritte, also hatte sie keine andere Wahl.

»Was geht, Bürger?«, rief sie laut und winkte ihnen zu. Einige winkten zurück, die meisten wandten aber den Blick ab, als solle ja niemand bemerken, dass sie Juniper anschauten.

Es fühlte sich trotzdem gut an, wieder zu Hause zu sein. Thea stürmte nach oben, um ihre Omama zu begrüßen und ihr alles zu erzählen. Juniper war einfach nur froh, dass sie endlich ihren Schlafanzug ausziehen durfte.

Everard kam einige Stunden später an und wurde von Juniper und Papa in Empfang genommen. Ein Konvoi von drei Wagen fuhr vor, zwei davon transportierten allein Everards Gepäck.

»Mann, der ist ja fast so schlimm wie du«, flüsterte Juniper Zunder zu, der seine Schattenform angenommen hatte.

»Ich bitte dich – selbst ich würde nur zwei Wagen verlangen.«

Everards Gesicht war bereits aschfahl vom Anblick der Dregs, doch als er seine Unterkunft sah, verabschiedete sich auch das letzte bisschen Farbe aus seinem Gesicht. »Oh! Wie … rustikal!«

Passenderweise lief in dem Moment eine Horde zotteliger Straßenkatzen vorbei, die hinter einer noch größeren Horde dreckiger Ratten her war.

»Ach, wie süß! Mir war auch überhaupt nicht klar, wie wenig Sonne ihr hier unten abbekommt …« Everard betrachtete die improvisierten Häuser, die sich zu beiden Seiten der Straße meterhoch auftürmten, und zuckte zurück, als hätte er Angst, sie könnten gleich auf ihn herabstürzen. Die Gebäude stapelten sich so hoch, dass er nicht einmal sehen konnte, wo sie aufhörten. Ein Gewirr aus Gebäuden über anderen Gebäuden, eine wilde Mischung aus Materialien, Formen und Farben. »Das erklärt auch, warum es hier keine Bäume gibt …«

»Wir haben hier einen hübschen Baum«, sagte Juniper und deutete auf ein gelbes, kränkliches Pflänzchen unter einem der großen Abflussrohre. »Der hat sogar Blätter und alles.«

»Wie konnte ich den nur übersehen?«, sagte Everard. »Nicht dass mich so was kümmern würde, versteht sich! Ich bin schließlich ein Kandidat, der beste meiner Klasse! In meinen Adern fließen Abenteuer und Herausforderungen, dafür lebe ich!« Er gab ein Lachen von sich, das – wie Juniper vermutete – wahrscheinlich mutig klingen sollte, sich aber eher wie ein abgewürgtes Gurgeln anhörte.

»Komm mit, Junge, ich zeige dir, wo du schläfst«, sagte Papa und griff sich einen Koffer, den sich einige Dregger schon ungefragt schnappen wollten.

»Vielen Dank, gnädiger Herr«, sagte Everard. »Ich nehme an, ich schlafe im Gästeflügel Ihres charmanten … ähem … Hauses?«

Juniper verzog das Gesicht. »Gästeflügel?«

»Was ist das?«, wollte Thea wissen.

»Ähm, reicht auch eine Couch?«, fragte Papa.

»Eine Couch!« Everards Stimme war deutlich nach oben gerutscht. »Ha! Na, das nenne ich mal ein Abenteuer!« Er lächelte schief, als hätte er gerade einen besonders fiesen Furz in die Nase bekommen.

Einer der Diener beugte sich zur Everard. »Denken Sie immer daran, was Ihr Vater gesagt hat, mein Herr«, murmelte er.

»Natürlich, ich werde ihn nicht enttäuschen. Das tue ich nie.« Everard schluckte. »Meine Hingabe für meinen Arkanisten, meinen Orden und den Namen Amberflaw wird ihn mit Stolz erfüllen.«

»Ausgezeichnet, mein Herr«, sagte der Diener und verbeugte sich.

Everard blickte der sich entfernenden Wagenkolonne nach und sah aus, als wäre der einzige Rückweg in die Uppers eine Leiter, die jemand gerade umgetreten und dann in Brand gesetzt hatte.

Papa und Juniper verbrachten den Rest des Nachmittags damit, genug Platz in ihren zwei Zimmern für Everards Gepäck zu finden.

»Guck dir mal die Größe von dem Ding hier an!«, keuchte Juniper, die gerade mit einem Spiegel kämpfte, der genau so groß war wie sie.

»Ganz schön klein, nicht wahr?« Everard blickte in den Spiegel und rückte sein Haar zurecht. »Das ist mein Reisespiegel, die größeren habe ich zu Hause gelassen.«

Juniper fiel die Kinnlade runter, als sie sah, wie Everard das fluffigste Kissen aller Zeiten aus einem Koffer zog. Papa drückte ihre Schulter. Er war von ihrem neuen Hausgast ungefähr genauso angetan gewesen wie Juniper, aber er gab sich alle Mühe, damit Everard sich willkommen fühlte. »Es ist wichtig, dass wir aufeinander aufpassen. Ganz egal, wo wir herkommen. Wir sind alle Arkspire, nicht wahr?«

Juniper war sich da nicht ganz so sicher. Es sah nämlich so aus, als würden einige Teile von Arkspire nur an sich selbst denken. Vielleicht sollten die Dregs einfach das Gleiche tun.

Juniper hatte viel zu tun. Zuallererst hatte sie ein mieses, kleines Schattenmonster, mit dem sie sich auseinandersetzen musste. Eine ihrer dringendsten Aufgaben war, diesen Boden-Typen zu finden. Je mehr sie über Zunder und seine Kräfte wusste, desto besser konnte sie mit ihm umgehen.

»Boden?«, wiederholte Madame Adie, nachdem Juniper den Namen einmal beiläufig erwähnt hatte. In der Tat hatte Madame Adie sehr viele Kontakte. »Nie gehört. Ist das ein Vor- oder ein Nachname?«

Juniper seufzte. »Ich hab echt keine Ahnung. Das ist bloß so ein Name, den ich mal aufgeschnappt habe. Er kann mir anscheinend Ratschläge zu meinen neuen Kräften geben.«

»Ach, tatsächlich?« Madame Adie runzelte das ganze Gesicht. »Noch ein Historiker des Arkanen? Komisch, dass ich noch nie was von ihm gehört habe …«

Das fing ja gut an. Aber Madame Adie war schließlich nicht die Einzige in den Dregs, die das Gras wachsen hörte.

»Wir sollten mal den Hasen fragen!«, schlug Thea vor, als Everard gerade nicht in Hörweite war.

»Stimmt! ›Die Weisheit der Straßen gibts beim Hasen!‹«, sagte Juniper.

»Ihr wollt einen Hasen um Hilfe bitten? Das ist sogar für euch zwei ein neuer Tiefpunkt«, murmelte Zunder.

»Er ist natürlich kein echter Hase«, erklärte Juniper.

»Obwohl das so was von cool wäre!«, fügte Thea hinzu.

»Er ist ein notorischer Nichtsnutz, ein gesetzloser Gauner, ein draufgängerischer Drecksack, und er hat eine echte Spürnase, wenn man jemanden in der Stadt sucht.«

»Das muss ja eine wahnsinnige Nase sein«, sagte Zunder.

»So groß ist die gar nicht, nur so mittel. Aber riesige Ohren hat er!«

Das einzige Problem war, dass sie nicht beim Hasen vorbeischauen konnten, solange Everard Juniper wie ein außergewöhnlich neugieriger Adler im Auge behielt. Noch schlimmer wurde es dadurch, dass er am liebsten woanders gewesen wäre und wie eine kleine, traurige Nacktschnecke schmollte. Trotzdem sah man ihn nie ohne seinen Notizblock und Stift, während er nur darauf wartete, dass sich Juniper einen Ausrutscher erlaubte. Wenn Juniper mit irgendwelchen zwielichtigen Gestalten in dunklen Gassen sprach, musste er das garantiert berichten, und sie konnte ihm wohl kaum erklären, dass sie einen geheimnisvollen Mann suchte, der vielleicht, wahrscheinlich, beinahe todsicher ein Verräter gewesen war und noch dazu vermutlich ein Freund des kleinen, rachsüchtigen Monsters, das sie mithilfe eines verbotenen Reliktes durch den Schleier geholt hatte. Das würde beim Sturm sicher nicht gut ankommen, wie man es auch drehte und wendete.

Sie hatten keine andere Wahl: Sie mussten ihren Ballast loswerden.

»Wo gehen wir noch mal hin?«, fragte Everard, der den Mädchen gerade durch eine dunkle, enge Gasse folgte und alle Passanten ansah, als würden sie ihn gleich ausrauben wollen.

»Wir besorgen nur ein paar Kleinigkeiten für Papa«, antwortete Juniper.

Sie wechselte einen schnellen Blick mit Thea, und beide kletterten eine Regenrinne hoch. Everard war gerade so beschäftigt damit gewesen, einen besonders bedrohlich wirkenden Mann zu beobachten, dass die Mädchen schon auf dem Dach einer Hütte waren, ehe er begriff, was geschah.

»He!«, rief er und sprang an der Holzwand hoch, um sie noch zu fassen zu bekommen. Dabei verfing er

sich in einem der absichtlich verursachten Risse in seiner Jacke, und das Geräusch zerreißenden Stoffes wurde nur von Everards hohem Kreischen überdeckt. Er ließ sich von der Wand fallen und klopfte seine Jacke ab, als könne er sie dadurch auf magische Weise flicken. Wütend sah er zu den Mädchen hinauf. »Ihr müsst lernen, wo ihr hingehört!«

»*Wie bitte?*«, antwortete Juniper.

Auch andere Anwohner drehten sich um und warfen Everard unfreundliche Blicke zu. Er rang die Hände. »Ich … ich meine, ihr gehört nicht auf die Hausdächer. Benutzt die Straße, wie normale Leute!« Er deutete auf den dreckigen Pfad, auf dem sie hergekommen waren, und stieß einen weiteren spitzen Schrei aus, als er sah, dass seine ehemals tadellos sauberen Stiefel mit Matsch bedeckt waren.

»In den Dregs gibts nicht so viele Straßen, wie du siehst«, erklärte Juniper. »Wir bewegen uns eben anders fort. Mach mit oder geh nach Hause. Das wäre dann in dieser Richtung!«

Damit rannten sie davon, während Everard ihnen noch hinterherrief: »Wartet, lasst mich nicht allein!«

Zunder erschien hämisch kichernd auf Junipers Schulter. »Das war eiskalt, selbst nach meinen Maßstäben …«

»Vergiss nicht, ich mache das alles nur für dich«, sagte Juniper.

»Für mich?«, fragte Zunder mit gespielter Überraschung. »Das wäre doch nicht nötig gewesen.«

Ohne Everard waren sie schnell dort, wo man den Hasen normalerweise finden konnte – bei einem kleinen, fensterlosen Gebäude, das wie eine Kuppel geformt war und aus angelaufenem Kupfer bestand.

Die Mädchen vergewisserten sich, dass die Luft rein war. Das war sie. Die Straße lag dunkel da und bot viele Verstecke, selbst nach Dregs-Maßstäben, da sie im Schatten eines überhängenden Häuserturms lag. Sie lehnten sich unauffällig neben der Metalltür an die Wand, und mit einer winzigen Bewegung hob Juniper den Arm und klopfte.

Kling-klang-klingedi-klang.

Das war das spezielle Klopfzeichen des Hasen.

Einen Moment herrschte Stille. Dann ging eine Klappe in der Tür auf, und zwei wässerige Augen schauten hinaus.

»Name?«, flüsterte der Hase hastig und angespannt.

»Ähm, Boden«, sagte Juniper.

»Ist das alles?«

»Mehr habe ich nicht.«

»Belohnung?«

In den Dregs war nichts umsonst.

»Wie wäre es mit einem Gefallen von der neuen Arkanistin aus den Dregs?«, versuchte es Juniper.

Die Klappe ging wieder zu.

»Nein, warte, warte!« Juniper schlug wieder gegen die Tür. »Wie wäre es mit einem Relikt?«

Die Klappe öffnete sich, und eine Hand kam heraus. Juniper legte das Relikt hinein, das sie aus ihrem eigenen Bestand mitgebracht hatte, eine Glasperle, die je nach Wetter die Farbe wechselte.

Es folgte eine kurze Pause.

»Wartet auf Neuigkeiten«, brummte die Stimme, und
die Klappe ging wieder zu.

Das war in der Sprache des Hasen so gut wie ein Hand-
schlag. Die Mädchen lächelten sich zu.

17

DIE GELEBTE LÜGE

Die größte Sorge bereiteten Juniper natürlich die bevorstehenden Prüfungen. Die Arkanisten hatten immer noch nicht angekündigt, welche Herausforderungen sie für Juniper vorbereiten würden, und ihre Anhörung in der Crux war nun schon fast eine Woche her. Es gab keine Artikel in den Zeitungen, keine Phonographendurchsagen, nichts. Das machte Juniper nervös.

Sie vermutete, dass die Arkanisten erst einmal abwarteten, ob sie einen Fehler machte. So könnten sie beweisen, dass sie eine Hochstaplerin war, bevor sie irgendwelche öffentlichen Ankündigungen machten. Man musste die Gerüchte um eine neue Arkanistin ja nicht unnötig befeuern – besonders dann nicht, wenn sich Juniper auch ganz ohne das Zutun der Arkanisten auf die Nase legte.

Wie praktisch, dass sie genau wusste, wie man eine Lüge aufrechterhielt. Trotzdem hätte sie gerne eine Ankündigung für die Prüfungen gehört und erfahren, wie sie aussehen könnten. Und es gab niemanden, der mehr über die Arkanisten wusste als die Arkanisten-Streberin höchstpersönlich: Elodie. Sie hatte jedes einzelne Buch und jede Geschichte gelesen und konnte einem alles über ihre Tricks und ihre Eigenheiten verraten. Wenn irgendjemand wusste, was möglicherweise auf Juniper zukam, dann Elodie.

Ein paar Tage zuvor hatte Juniper Elodie einen Brief geschrieben und sie um Hilfe gebeten. Sie hatte ihn zusammen mit Thea in der Zeichensprache verfasst, die sie sich als kleine Kinder ausgedacht hatten. Das war gewissermaßen der Geheimcode der Misfits. Oft kritzelten sie eine Nachricht auf Papier und falteten sie in Form einer Ratte, sodass sie sich gegenseitig über die Straßen und Dächer hinweg Nachrichten über potenzielle Ziele für einen Taschendiebstahl oder besonders aufmerksame Wachen schicken konnten.

Als Juniper Elodies Antwortbrief aufriss, war sie allerdings erschrocken, dass er in ganz normalen Wörtern geschrieben war. Richtige, echte Wörter, die jeder lesen konnte.

Liebe Juniper,

danke für deinen Brief. Es war schön, mal wieder von dir zu hören. Selbst wenn ich wüsste, wie die Prüfungen aussehen, könnte ich es dir nicht verraten, weil das Betrug wäre, und so etwas würdest du bestimmt nicht tun, oder? Wenn du mir die große Ehre erweisen und auf meinen Rat hören würdest, hätte ich eine Empfehlung für dich: Anstatt Berühmtheit zu spielen, solltest du lieber mehr Zeit mit Nachforschungen verbringen. Vielleicht lernst du dabei ja tatsächlich etwas Neues? Zum Beispiel, was es wirklich bedeutet, ein Arkanist zu sein, und warum es eine schreckliche Idee wäre, einfach nur so zu tun. Die Arkanisten sind gütig und vergeben den Menschen, daran solltest du immer denken. Ich bin sicher, du wirst das Richtige tun.

Deine Elodie

»Klingt fast so«, sagte Juniper sarkastisch und tippte sich ans Kinn, als sei sie in Gedanken versunken, »als würde mich Elodie irgendeiner Sache beschuldigen.«

»Diese plötzliche Rivalität unter Geschwistern um den Titel des Arkanisten hat sie bloß etwas auf dem falschen Fuß erwischt, das ist alles«, versicherte ihr Madame Adie.

Everard hatte genau zugehört, als sie Elodies Brief vorgelesen hatte, und sich dabei hastig Notizen gemacht, als hätte die Inspiration gerade zugeschlagen. Er hatte sich sehr gewissenhaft alles notiert und sich immer wahnsinnig gefreut, wenn Juniper irgendetwas Dummes gemacht hatte. Dann schrieb er alles noch eifriger auf. Ganz besonders, seit sie ihn einige Tage zuvor sitzen gelassen hatten.

»Nein, warte, schreib das nicht auf!«, sagte Juniper, die sich Sorgen machte, dass Elodies Brief viel zu deutlich durchscheinen ließ, dass etwas nicht mit rechten Dingen zuging.

Everard kritzelte noch schneller.

»Das sollst du auch nicht aufschreiben! Ich mache doch nur Witze. Damit muss man Den Sturm doch nicht langweilen.« Juniper schnappte ihm die Notizen weg.

»Hey, das sind vertrauliche Dokumente des Glanz-Ordens, die Leute wie du nicht zu Gesicht bekommen dürfen!« Everard holte sich die Notizen zurück. Mit einem fiesen Grinsen sagte er: »Außerdem kann ich dir versichern, dass da nur Sachen drinstehen, die Eure Ehren *ganz besonders* interessant finden werden.«

Juniper schnippte eine seiner Locken weg, und er schreckte zurück, als sei er tödlich getroffen worden.

»*Uuuuuuuuuuund* einatmen.« Thea massierte Juniper die Schultern, da sie die brodelnde Frustration ihrer Freundin spürte. Dabei trug Thea ihr selbst gemachtes Wachenkostüm, das sie neuerdings mit einer zerbrochenen Schutzbrille aus einem Müllcontainer und einer aufgestickten Ratte aufgehübscht hatte, die nicht mehr bloß aus Klebeband bestand.

»Der Sturm soll da hineinlesen, was er will«, sagte Madame Adie und rieb sich die Hände. »Ich denke, die

Menschenmengen, die du anziehst, sprechen eine lautere Sprache als Gerüchte und Hörensagen.« Sie deutete auf das Ladenfenster. Draußen vor der Apotheke war die ganze Straße voller schreiender Menschen, die Juniper aufforderten, sich persönlich zu zeigen.

Als wären die unbekannten Prüfungen und Everards ständiges Gekritzel noch nicht genug, kam nun auch noch die öffentliche Aufmerksamkeit hinzu. Die vergangene Woche war ziemlich seltsam gewesen. Wer hätte gedacht, dass man plötzlich im Mittelpunkt steht, wenn man die erste möglicherweise beinahe neue Arkanistin der letzten tausend Jahre war? Juniper konnte kaum mehr das Haus verlassen, ohne erkannt zu werden.

Es gab in der Stadt keine Plakate von ihr, keine Statuen oder Schreine zu ihren Ehren, und doch verbreiteten sich die Neuigkeiten schnell, vor allem unten in den Dregs. Seit dem Prozess in der Crux hatte es in Adies Apotheke kaum eine ruhige Minute gegeben, da die Leute unbedingt diese sogenannte »Arkanistin der Dregs« mit eigenen Augen sehen wollten. Zugegeben, die meisten von ihnen wollten eigentlich bloß Juniper beschuldigen, weil sie ihrer Meinung nach die Wiederkehr der Verräter eingeläutet hatte, weil sie eine Schande für die ganze Stadt war und weil sie alle ganz bestimmt ins Verderben führen würde. Aber immerhin glaubten die Leute noch an ihre magischen Kräfte, und das hieß, dass der Plan aufging, oder? Wenn Papa ausnahmsweise mal nicht bei der Arbeit war, folgte er Juniper auf Schritt und Tritt wie ein Bodyguard, obwohl sie deutlich gesagt hatte, dass sie allein zurechtkam. Das Letzte, was sie gebrauchen konnte, war noch jemand, der jede ihrer Bewegungen beobachtete.

»Die Arkanisten hätten dir wenigstens eine Wache als Begleitschutz mitschicken können«, hatte Papa beim Blick aus dem Fenster gegrummelt, als eine Gruppe gerade schreiend verkündete, wie wenig sie von Juniper und ihren Lügen hielt.

»Ähem, hallo?«, meldete sich Thea zu Wort und deutete auf ihre Wachuniform.

Natürlich gab es einige Leute, die sich komplett danebenbenahmen, aber es hatte auch seine Vorteile, wenn man über Nacht vom unerwünschten Straßenkind zur Berühmtheit wurde. Bunyuns Bäckerei hatte ihr mehr Sauerbeerentörtchen und Gurgelnussmuffins spendiert, als sie jemals essen konnte. Mr Lafayette vom unteren Markt hatte sie mit neuen Kleidungsstücken ausstaffiert, von denen eines sogar überhaupt keine Löcher hatte. Mrs Cleo von den Prächtigen Parfums in den Uppers hatte ihr sogar ein Stück Seife geschenkt. So etwas hatte Juniper noch nie besessen, und ihr Schatz lag nun stolz auf dem Kaminsims. Die Graffiti mit den Worten »Lügnerin«, »Betrug« und »Verräterin«, die überall in der Nachbarschaft aufgetaucht waren, erschienen gar nicht mehr so schlimm, wenn man solche Geschenke vor die Tür gelegt bekam.

Doch Papa machte sich zu Recht Sorgen. Die Menschenmenge vor der Apotheke wurde Tag für Tag größer, und sie alle wollten nur eines: sehen, wie Juniper Magie benutzte und damit bewies, dass sie wirklich das war, was sie behauptete. Das war tatsächlich ein *kleines* Problemchen.

Auch Zunders Kräfte schienen trotz aller Muhen nicht stärker zu werden. Seine Fähigkeit, die Symbole ein- und auszuschalten, würde die Massen vermutlich nicht wirklich beeindrucken. Die Leute wurden langsam unruhig. Ihre Stimmen lauter. Ihre Forderungen hartnäckiger.

Was, wenn die Apotheke angegriffen wurde? Juniper wollte ihre Familie und Freunde keinesfalls in Gefahr bringen. Auch sie selbst hatte, ehrlich gesagt, keine Lust auf Gefahr. Sie brauchte einen Plan, und zwar schnell.

Zum Glück war ihr schon etwas eingefallen, doch dafür würde sie Zunders Hilfe brauchen. Sie musste ihn mit zum Plumpsklo hinter der Apotheke nehmen, damit sie Everards neugierigen Blicken entkamen.

»Du bringst mich immer an

die schönsten Orte«, merkte Zunder an. »Aber ich hoffe, du hast nicht vor, das Ding zu benutzen, während ich hier drin bin ...« Er betrachtete die Toilette argwöhnisch.

»Ich habe einen Plan, und dabei brauche ich deine Hilfe.«

Zunder seufzte. »Warum überrascht mich das nicht? Kaum zu glauben, dass du *irgendwas* hingekriegt hast, bevor ich aufgetaucht bin.«

»Mit wem redest du da drin?«, ertönte Everards Stimme von draußen. Er hatte Juniper schon ein paarmal dabei erwischt, wie sie mit Zunder gesprochen hatte. Er hatte ihn zwar noch nie zu Gesicht bekommen, aber er schöpfte langsam Verdacht.

»Selbstgespräch«, antwortete Juniper. Statt der Wahrheit sollte er lieber berichten, dass sie einen Knall hatte. »Außerdem darf ich doch sehr bitten. Wie wärs mal mit ein bisschen Privatsphäre?« Sie lauschte, wie sich Everards Schritte zögerlich entfernten, dann wandte sie sich wieder Zunder zu. »Also, mein Plan.«

»Ich kann mich vor Aufregung kaum halten.«

»Ich habe mir die Frage gestellt: Was würden die Arkanisten tun? Sie würden den Menschen eine Show liefern, stimmts? Ich werde also morgen vor der Menschenmenge ein bisschen mit den Fingern wackeln und total mystisch dabei aussehen, und du ziehst deine Schattennummer ab, bleibst schön unsichtbar und bewegst Dinge umher.«

Zunder sah aus, als hätte er körperliche Schmerzen. »*Das* ist dein Plan?«

»Das wird den Leuten gefallen! Es wird aussehen, als könnte ich Gegenstände mit meinen *Gedanken* bewegen.« Juniper legte die Finger an die Schläfen, um ihren Worten Nachdruck zu verleihen. Zunder schien unbeeindruckt.

»Hast du vielleicht irgendwelche besseren Ideen?«

»Jede Menge, aber deine Idee muss reichen.«

»Vertrau mir«, sagte Juniper. »Was soll den schlimmstenfalls passieren?«

Zunder verengte die Augen zu Schlitzen und zuckte dann mit den Schultern. »Es ist *tatsächlich* schon ein Weilchen her, seit ich bei der letzten öffentlichen Enthauptung dabei war ...«

18

WIE MAN MAGIE VERWENDET

Als Juniper erwachte, fühlte sich ihr Magen an wie verknotet. Vor lauter Nervosität bekam sie kein Frühstück herunter, also ging sie gleich nach unten. Everard folgte ihr mit beschwingten Schritten. Er war anscheinend genau so aufgeregt wie alle anderen, endlich Junipers Kräfte zu sehen.

»Ich wünsche dir einen zauberhaften guten Morgen, Juniper!«, flötete Thea grinsend. Sie hatte ihr komplettes Wachenkostüm angelegt und umklammerte eine schmale Holzlatte, die sie zu ihrem »Gerechtigkeitsstock« erkoren hatte.

»Dein Publikum erwartet dich!« Madame Adie zeigte nach draußen. Wie immer war die Straße rappelvoll. »Zeig ihnen, aus welchem Holz du geschnitzt bist, und wenn du damit fertig bist, schick sie zu mir in den Laden!«

Während sich Juniper noch an ihren neu gewonnenen Ruhm gewöhnen musste, fühlte Madame Adie sich damit wohl wie ein Fisch im Wasser. Über der Markise der Apotheke prangte nun ein großes Banner mit der Aufschrift:

LIMITIERTE AUFLAGE: HEILTRÄNKE ZU EHREN DER SECHSTEN ARKANISTIN! KAUFEN SIE EINEN UND BEKOMMEN SIE EINEN ZWEITEN ZUM GLEICHEN PREIS DAZU!

Juniper atmete tief durch. *Ich bin eine Arkanistin. Ich bin eine Arkanistin*, sagte sie sich immer wieder vor und versuchte, in ihre Rolle zu schlüpfen. Sie straffte die Schultern, reckte das Kinn hoch und schritt mit besonders übertriebenen Armbewegungen nach draußen.

In der Menge herrschte nun erwartungsvolle Stille. Thea stand ihr schützend zur Seite. Everard war direkt hinter ihnen und versuchte, sie als Schutzschild vor der unberechenbaren Menge zu missbrauchen.

Als sich Juniper gerade geräuspert hatte und zu ihrer besten Arkanistenrede ansetzen wollte, wurde ihre Stimme von einem durchdringenden Quietschen übertönt. Das waren die Phonographen in den Straßen, die kreischend zum Leben erwachten. Zum Erstaunen aller erklang diesmal nicht die Stimme von Everards Vater, sondern die Der Verhüllten höchstpersönlich.

»Guten Morgen, Bewohner von Arkspire!« Ihre Stimme war so frostig und freudlos, dass sie die Luft in Eis zu verwandeln schien. Mit der Stimme des freundlichen, lächelnden Mädchens, dem Juniper Jahre zuvor begegnet war, hatte sie nichts mehr gemein.

»Wie die meisten von Ihnen sicherlich wissen«, fuhr Die Verhüllte fort, »gibt es Gerüchte über eine sechste Arkanistin in unserer Stadt, die sogenannte ›Arkanistin der Dregs‹. Sollte sich dies als wahr herausstellen, werden wir unsere neue Schwester mit offenen Armen empfangen und sie als neue Verbündete im Kampf gegen den Fluch der Verräter feiern. Die einzige Pflicht der Arkanisten besteht allerdings darin, die Bürger von Arkspire zu beschützen, und wir würden versagen, wenn wir die magischen Fähigkeiten und die Loyalität dieses Neulings nicht eingehend prüfen würden. Juniper Bell muss unter Beweis stellen, dass sie tatsächlich vom Besucher auserwählt wurde. Zu diesem Zweck wird jeder Arkanist eine Prüfung für sie vorbereiten, die nur ein wahrer Arkanist unserer glorreichen Stadt erfolgreich bestehen kann.«

Juniper schluckte und war sich der Blicke, die auf ihr ruhten, deutlich bewusst. Die Verhüllte hatte absolut perfektes

Timing. Sie fragte sich, wie sie von Junipers großem Augenblick gewusst haben konnte. Misstrauisch sah sie zu Everard, der die Antwort vermutlich kannte.

»Ich habe die Ehre, die erste Prüfung zu stellen«, fuhr die Verhüllte fort. »Sie wird in sechs Tagen im Mitternachts-Distrikt stattfinden. Juniper Bell, deine Prüfung verläuft wie folgt: Bei Sonnenuntergang am sechsten Tag musst du mit den Glocken auf dem Mitternachtsturm die folgende Melodie spielen, sodass sie alle hören.«

Eine schlichte, ergreifende Melodie erklang über die Lautsprecher.

Fünf Glockentöne.

Das war alles. Und doch fühlte sich die Sommerluft irgendwie kälter an.

Die Menge verharrte erwartungsvoll, aber die Phonographen waren verstummt. Statt der Glockentöne erklang jetzt ein immer lauter werdendes Durcheinander aus verwirrten, aufgeregten Stimmen.

»Das ist doch sonnenklar!«, bellte eine wütende Stimme. »Das Mädchen ist eine dreckige Verräterin! Sie ist unser Feind!« Die Stimme gehörte einem bulligen Mann mit einem großen Schnauzbart.

Viele in der Menge pflichteten ihm bei, unter ihnen auch Everard, wie Juniper bemerkte.

»Und alle von euch, die hierhergekommen sind, um sie zu sehen, als wäre sie eine echte Arkanistin – was für ein Witz!« Die Schnauzervisage spuckte auf den Boden und rückte die Mütze über den buschigen Augenbrauen zurecht. »Wie könnt ihr nachts überhaupt schlafen, wenn ihr dieser Hochstaplerin eure Aufmerksamkeit schenkt?«

Juniper versuchte, möglichst gelassen zu bleiben. Sie wollte auf keinen Fall eingeschüchtert wirken. Das wäre eine echte Arkanistin auch nicht gewesen. Wenn sie jetzt aus der Rolle fiel, würden diese Rotzfresser alles ruinieren.

»Hat irgendwer von euch überhaupt schon mal gesehen, wie sie Magie benutzt?«, murrte die Schnauzervisage. »Ihr seid alle Verräter an Der Beobachterin, wenn ihr dieser Lügnerin auch nur ein kleines bisschen eurer Zeit schenkt!«

»Meinst du etwa dieselbe Beobachterin, die uns und den gesamten Iris-Distrikt im Stich gelassen hat?«

Juniper konnte kaum glauben, dass sich jemand tatsächlich für sie einsetzte, und noch viel weniger, dass einige zustimmende Rufe folgten. Die Menge teilte sich in zwei Lager auf: Unterstützer und Schwarzmaler.

»Zumindest ist das Mädchen ein Neuanfang, die Chance auf etwas Besseres!«, warf ein anderer Mann ein.

»Pass auf, was du sagst, Verräter!«, brüllte die Schnauzervisage und stieß den anderen mit voller Wucht um.

»Beim Besucher aus dem Jenseits, nicht schon wieder!«, stöhnte Juniper, als sich eine Prügelei entwickelte.

Zunder kicherte in Junipers Ohr. »Aaah, der herrliche Klang der Fans, die dich anbeten. So eine schöne Melodie ...«

»Soll ich mich darum kümmern?«, fragte Thea und schlug sich mit dem Gerechtigkeitsstock in die Handfläche.

»Allesamt aufhören!«, schrie Juniper, doch die Menge ignorierte sie und wogte und tobte weiter wutentbrannt. »Ich habe Den Besucher nicht darum gebeten, mir diese Gaben zu verleihen«, versuchte es Juniper noch einmal über den Lärm hinweg. »Das ist einfach so passiert! Ich will Der Beobachterin gar nicht ihren Posten wegnehmen, und ich bin auf keinen Fall eine Verräterin! Aber ich verspreche euch, falls ich diese Prüfungen bestehe, werde ich dafür sorgen, dass das Leben in den Dregs ...«

Irgendetwas Weiches, Klebrig-saftiges traf Juniper am Kopf. Sie strich sich mit der Hand übers Gesicht und sah, wie ihr Schleim über die Finger tropfte. Am besten nicht zu viel darüber nachdenken, was das sein könnte.

»Oh Mann, jetzt kommt das Gemüse.« Thea stellte sich schützend vor Juniper.

Mit dem Stock schlug sie das schimmelige Gemüse aus der verärgerten Menge weg. Einige Geschosse explodierten, sobald sie mit dem Schläger in Kontakt kamen. Trotz Theas mutiger Bemühungen wurde der Regen aus Obst und Gemüse immer dichter. Die Kinder suchten hinter der Ecke des Ladens Zuflucht.

»Wo haben die überhaupt so viel verschimmeltes Essen her?«, fragte Juniper, die mit dem Rücken zur Wand stand. Eine besonders schwarze Tomate zerplatzte direkt neben ihrem Gesicht. »Das soll man doch aufessen, bevor es so aussieht!« Juniper hielt in den Schatten nach Zunder Ausschau und entdeckte seine geschmeidige, schlangenartige Gestalt mit den schwach glühenden Augen. Sie nickte ihm zu. Es war an der Zeit, ihren Plan in die Tat umzusetzen. Doch Zunder starrte nur seine Schattenklauen an und interessierte sich kein bisschen für das, was um ihn herum geschah.

Frustriert schlich sich Juniper zu ihm hinüber. »Zunder, es geht los!«, zischte sie ihm unauffällig zu. Everard war zum Glück abgelenkt, doch sie wollte lieber nichts riskieren.

»Ich sehe keinen Grund, warum ich da raus in diesen Müllsturm gehen sollte«, antwortete Zunder.

»Entweder ziehen wir die Leute jetzt auf unsere Seite, oder wir verlieren sie. Wenn sie unsere Geschichte nicht glauben, kriegst du nie deine Antworten!«

Ein brauner Klops landete mit einem deftigen Plopp auf dem Boden.

»Ich bleibe trotzdem lieber hier im Trockenen«, entgegnete Zunder und starrte wieder seine Klauen an.

Juniper gab gerade ein frustriertes Brummen von sich, als eine Melone direkt vor Zunders Füßen explodierte und ihn mit einem Regenschauer aus übel riechenden Stückchen bedeckte.

»IN ORDNUNG«, knurrte Zunder, dessen Augen jetzt hell aufleuchteten (was kurioserweise auch Junipers Symbole zum Leuchten brachte). »Wer hat das geworfen? Wen muss ich auslöschen?«

Er verschwand gerade noch rechtzeitig im Schatten, als Everard sich beim Klang seiner Stimme herumdrehte, und hinterließ nur einen schleimigen Fleck auf dem Boden.

Juniper folgte ihm ins Getümmel, wo sich Junipers Unterstützer nun völlig ungehemmt mit ihren Feinden prügelten.

»Hey, Schnurrhaar!«, schrie sie, so laut sie konnte. Der Mann mit dem Schnurrbart hielt gerade lange genug inne, um in ihre Richtung zu schauen. »Willst du Magie sehen? Dann guck mal, *hier*!« Juniper streckte dramatisch die Hand in die Luft.

Die Menschen hörten auf, sich gegenseitig zu verdreschen, und warteten ängstlich oder gespannt – je nachdem, auf wessen Seite sie standen – darauf, was Juniper als Nächstes tun würde. Juniper hielt nach der leichten Unebenheit im Schatten Ausschau, die Zunders Position verriet. Er war schwer zu erkennen, aber schließlich entdeckte sie ihn, da er durch eine zermatschte Tomate gelaufen war und nun eine schleimige Tomatensaftspur hinter sich herzog.

Er war nun nah genug an der Schnauzervisage dran. Juniper ballte die ausgestreckte Hand zur Faust. Genau in dem Moment sprang Zunder auf den Rücken der Schnauzer-visage und zog ihm die Mütze über die Augen. Überrascht versuchte der Mann, sie wieder nach oben zu schieben, doch Zunder sprang über seinen Kopf nach vorne, packte sich seinen Schnurrbart und ließ sich daran baumeln wie ein kleines Kind. Völlig unvorbereitet verlor der bullige Mann das Gleichgewicht, stolperte nach vorn und fiel direkt aufs Gesicht. Nun war es Zeit für das große Finale, das *pièce de résistance*.

Zunder zog an der Unterhose des dicken Mannes und versetzte ihm einen formvollendeten, gnadenlosen, völlig ungerührten Ritzenflitzer.

Die umstehenden Zuschauer starrten erst ungläubig und brachen dann in schallendes Gelächter aus. Zunder war nur ein kleiner, dunkler Fleck in einer ohnehin düsteren Umgebung, sodass es aussah, als wäre der Angriff allein Junipers Werk gewesen.

Ihre Unterstützer fingen an, ihren Namen zu skandieren, und reckten solidarisch ihre Fäuste in die Höhe. »Arkanistin der Dregs! Arkanistin der Dregs!«

Juniper dankte ihnen mit einer überschwänglichen Verbeugung.

Die Schnauzervisage rappelte sich hoch und konnte seine Unterhose nur mit Mühe wieder in eine Position befördern, die ihm keine Tränen in die Augen trieb. Seine Verbündeten wollten ihm helfen, doch er schlug ihre Hände weg. Er warf Juniper noch einen letzten, hasserfüllten Blick zu, bevor er watschelnd das Weite suchte.

Juniper konnte sich ein Grinsen nicht verkneifen und zwinkerte auch Zunder unauffällig zu.

»Hast du *das* aufgeschrieben?«, wollte Thea von Everard wissen. »Schreib auf jeden Fall auf, wie meisterhaft Juniper die Kräfte der Anderen Seite kontrolliert hat.«

»Oh ja, habe ich mir schon notiert«, sagte Everard. »Es ist ehrlich gesagt beschämend, wie verzweifelt die Leute hier unten sind, dass sie solche Taschenspielertricks glauben.«

Thea streckte ihm die Zunge raus. »Wenn die Leute hier unten so leichtgläubig sind, warum erklärst du mir dann nicht, wie Juni das gemacht hat, hä?«

Man konnte beinahe hören, wie sich die Zahnräder in Everards Kopf drehten, während er versuchte, eine Erklärung für das zu finden, was er gerade gesehen hatte. Es konnte nur ein Trick gewesen sein, er musste bloß dahinterkommen! Sosehr er es auch versuchte – Juniper hätte schwören können, dass da noch etwas anderes in seinem Blick lag.

Der erste Hauch eines Zweifels. Vielleicht, aber wirklich nur vielleicht, war sie tatsächlich diejenige, die sie vorgab zu sein.

19

EIN ZIEMLICH ERNSTES HOBBY

Madame Adie verscheuchte die letzten Unruhestifter mit ihrem Besen. Nach getaner Arbeit klatschte sie in die Hände und wandte sich an Everard. »Jetzt, wo ich damit fertig bin: Es waren einige Wachen da, die nach dir gesucht haben, Kind.«

»Nach … nach mir?« Everard wirkte überrascht. Er umklammerte den Notizblock wie einen Schutzschild und suchte den Himmel nach Anzeichen für einen erneuten Gemüseschauer ab. Die Straßenschlacht hatte ihn eindeutig mitgenommen.

Juniper verengte die Augen. Sie wusste, wie brutal das Training an der Akademie sein konnte. Für jemanden, der angeblich Klassenbester war, schien Everard ziemlich leicht zu verunsichern.

»Ich glaube, sie hatten eine Botschaft vom Sturm«, sagte Madame Adie. »Ich habe ihnen gesagt, sie sollen hinten auf dich warten.«

Everards Angst löste sich in Luft auf. »Dem Besucher sei Dank, Euer Ehren haben sich an mich erinnert!« Er hüpfte förmlich die Gasse entlang und verschwand hinter der Ecke.

»Nachdem das nun erledigt ist, könnte ich ein Wörtchen mit euch beiden sprechen?« Madame Adie schob die Mädchen wieder nach drinnen. Zu Junipers Überraschung führte Madame Adie sie in ihre privaten Räumlichkeiten, die sie sonst fast niemanden betreten ließ. Vor Aufregung fühlte sich Juniper ganz blubberig.

Dass Madame Adie die Tür hinter ihnen zuschloss, machte die Sache nicht besser. Ihr Zimmer war sogar noch vollgestopfter als der Rest des Ladens. Überall standen Arbeitsbänke mit verschiedensten

Geräten, tickenden Maschinen, Kesseln und Ampullen jeder erdenklichen Form und Größe herum, die im schummerigen Laternenlicht vor sich hin köchelten. Krüge mit seltsamen bunten Zutaten standen neben Mörsern voller zerdrückter, durchdringend riechender Ingredienzen. Auf allen Arbeitsbänken lagen Notizbücher mit hingekritzelten Notizen und Zeichnungen verstreut, auf die jemand achtlos Stifte fallen gelassen hatte.

»Uff, was für ein Morgen!«, stellte Madame Adie fest und ließ sich in einem Sessel nieder. »Gut, dass dein Papa nicht da war und das alles mitbekommen hat, sonst hätte er uns damit noch ewig in den Ohren gelegen.« Sie blickte Juniper durchdringend in die Augen, als würde sie darin etwas suchen. »Ich frage dich das nur ein einziges Mal, Juniper Bell, aber gibt es da etwas, das du mir gerne erzählen würdest? Ein kleines … Geheimnis, das du mir verheimlicht hast?«

Obwohl ihr der Schreck wie ein elektrischer Schock durch den Körper fuhr, setzte Juniper ihre beste Unschuldsmiene auf. Beim Besucher aus dem Jenseits, Madame Adie entging aber auch wirklich nichts. Sie sah Juniper tief in die Augen.

Da konnte sie noch so starren, Juniper würde nicht nachgeben.

Nein, auf keinen Fall.

Keine Chance.

Dieser Blick war allerdings *tatsächlich* sehr durchdringend. Als würde man von einem hungrigen Alligator angeglotzt. Juniper schluckte. Ihre Handflächen waren feucht. Sie drehte sich zu Thea, als wäre sie von Madame Adies

Frage komplett überrascht worden, doch Thea war gerade damit beschäftigt, eine Ampulle mit einer blubbernden, pinken Flüssigkeit zu untersuchen.

Juniper versuchte, cool zu bleiben. »Geheimnis? Madame A, Sie wissen doch ganz genau, dass ich keine Geheimnisse hab. Ich bin ein offenes Buch.«

Madame Adie seufzte. »Du kannst jetzt aus deinem Versteck rauskommen. Ich weiß, dass du hier bist. Ich habe genug darüber gelesen, wie man die Andere Seite erkennt.« Lange Zeit passierte nichts. Ungeduldig tappte sie mit dem Fuß auf den Boden. »Nun? Ich hab nicht den ganzen Tag Zeit.«

Die Schatten hinter Madame Adie wurden dichter und dunkler und begannen zu flackern, wie eine Flamme im Wind. Dann verschmolzen sie zu Zunders sehniger Gestalt mit den glühenden Augen, die sich nun bedrohlich in Madame Adies Hinterkopf bohrten.

»Es ist gefährlich, wenn man annimmt, dass man das Andere kennt, alte Hexe«, sagte er.

Madame Adie zuckte kurz zusammen, als sie sich zu ihm umdrehte. »Meine Güte, so was aber auch! Da bist du also, klar und deutlich wie … ein dunkles Schattending.« Beinahe ungläubig studierten ihre kleinen Augen jedes winzige Detail an Zunder, als könne sie es selbst kaum fassen.

»Ich kann das alles erklären! Es ist nicht so, wie Sie denken!«, versuchte es Juniper.

»Er ist bloß ein Produkt deiner Fantasie!« Thea machte mit den Fingern geheimnisvolle Wellenbewegungen in der Luft.

Doch Madame Adie hörte überhaupt nicht zu. »Bemerkenswert ...« Sie rückte ihre Brille zurecht, um Zunder genauer zu betrachten, und versetzte ihm einen kleinen Stups.

»Allerdings«, antwortete Zunder, stupste Madame Adie gegen die Stirn und schob sie von sich weg.

Da schien Madame Adie sich zu besinnen. »E... Entschuldigung! Es ist nur so, dass Wesen wie du seit Jahrhunderten nicht mehr hier gesichtet wurden, seit dem Krieg gegen die Verräter. Ich habe so viel über die Wesen der Anderen Seite gelesen, aber eines in echt zu erleben ...«

»Immerhin hast du Respekt vor Großartigkeit, wenn sie vor dir steht«, sagte Zunder, den Blick auf Juniper gerichtet.

Juniper seufzte. »Er ist aus der Spiegelscherbe gekommen.« Es hatte sich jetzt wohl ausgelogen.

»Ich hatte mich schon gewundert, wo die wohl geblieben ist. Dann war das also eine Art Portal?« Madame Adie sah absolut fasziniert aus. »Was hast du für Kräfte? Was kannst du?«

»Alles«, antwortete Zunder, während Juniper murmelte: »Nichts.«

»Er hat seine Erinnerungen und seine Kräfte verloren, einfach alles«, erklärte Juniper weiter. »Wir versuchen gerade herauszufinden, wie wir ihm seine Kräfte wiedergeben und unseren Bund auflösen können, damit alles wieder normal ist …«

»Nein!«, fuhr Madame Adie entsetzt dazwischen. »Das darfst du auf keinen Fall tun!« Sie schien die bloße Idee als Beleidigung zu empfinden. »Wenn du seine Kräfte freisetzt, ist das vielleicht deine einzige Chance, die Arkanistenprüfungen zu bestehen!«

Damit hatte Juniper nicht gerechnet. »Aber haben Sie denn keine Angst, dass er mit den Verrätern, na ja, Sie wissen schon, *befreundet* gewesen sein könnte? Er hat sogar gesagt, dass er sich an den Arkanisten rächen will!«

Zunder grinste sie bösartig an.

Madame Adie schien allerdings immer noch nicht besorgt. »Wenn etwas von der Anderen Seite übertritt, dient eine Person aus unserer Welt als Anker und kontrolliert den Bund.«

»Sie meinen also *mich*?«, fragte Juniper. »Ich darf bestimmen, wann er seine Kräfte zurückbekommt?«

»Auf dieselbe Weise haben die Verräter solche Kreaturen während des Kriegs befehligt«, erklärte Madame Adie.

Jetzt grinste Juniper Zunder bösartig an. Er sah verstört aus.

»Dann weißt du also, was für ein Wesen Zunder ist?«, fragte Thea.

»Nicht genau.« Madame Adie rückte sich erneut die Brille zurecht. »Es haben sich viele Kreaturen aus anderen Welten durch den Riss im Schleier gedrängt, den Der Besucher hinterlassen hat. Unheimlich mächtige Wesen, mit denen die Verräter manchmal einen Bund eingingen, um Chaos in der Welt zu stiften.«

Juniper atmete entsetzt ein. »Man kann also zusätzliche Kräfte bekommen, wenn man einen Bund mit diesen Wesen eingeht? Warum hab ich noch nie was davon gehört?«

»Ich könnte mir vorstellen, dass die Arkanisten nicht gerade scharf darauf sind, dass die Leute davon erfahren«, erklärte Madame Adie. »Sie könnten dann auf dumme Ideen kommen, und die Arkanisten hatten schon einmal einen Bürgerkrieg an der Backe.«

»Sie meinen damit Leute wie mich«, stellte Juniper fest.

»Du wirst Juni doch nicht verpetzen, oder?«, fragte Thea.

Die Vorstellung schien Madame Adie zu schockieren. »Natürlich nicht. Ich finde, das sind großartige Neuigkeiten! Ich habe keinen Zweifel, dass du die Stadt zum Besseren verändern würdest, Juniper. Du magst vielleicht keine Arkanistin sein, aber dafür denkst du an die kleinen Leute. Nur deine Kräfte sind etwas – wie sage ich das jetzt am besten? – *unterentwickelt.*«

»Ich bin ja noch am Anfang«, erklärte Juniper. »Ich hatte kein Training an der Akademie und weiß noch gar nicht, was für Kräfte ich überhaupt habe, und außerdem war ich müde und musste Pipi, als die ganze Sache angefangen hat und …«

Madame Adie hob eine Hand. »Das war nicht als Kritik gemeint, Schätzchen. Jetzt ergibt alles Sinn. Du hast keine Arkanistenkräfte, aber mit etwas Hilfe *könntest* du genauso mächtig werden wie sie …«

»Auf den Turm klettern und ein paar Glocken bimmeln klingt nicht allzu schwierig«, meinte Juniper.

»Könnte sogar Spaß machen«, fügte Thea hinzu.

Juniper war eindeutig erleichtert, dass sie nun wusste, wie die Prüfung aussehen würde. Sie hatte schon etwas richtig Schreckliches befürchtet, wie Fangenspielen mit einem Schatten oder dass sie an einen Blitz gefesselt und durch die ganze Stadt gejagt würde.

»Wir wissen beide, dass du nicht so naiv bist, Juni«, sagte Madame Adie. »Du kannst ganz sicher davon ausgehen, dass Die Verhüllte noch ein paar Überraschungen für dich bereithält.«

Juniper wusste, dass sie recht hatte. Sie hatte sich nur bloß für einen Moment freuen wollen, solange das Ganze nicht nach einem kompletten Desaster klang. »Sie hätten da nicht zufällig irgendeine Idee?«, fragte sie.

»Tatsächlich ist mir schon etwas eingefallen.« Madame Adies Augen leuchteten vor Aufregung. »Wie ihr wisst, nehme ich mein Hobby sehr ernst«, sie deutete auf ihre Alchemiegeräte ringsum, »damit es vielleicht einmal denjenigen von uns zunutze kommt, die Talent für Magie haben. Klingt ganz so, als wäre der Moment gekommen, was? Es wäre mir eine Freude, nein – eine *Ehre*, dir bei den Prüfungen behilflich zu sein. Ich könnte dir ein paar Tränke brauen, die für Uneingeweihte nach Magie aussehen! Zumindest, bis wir eine Lösung gefunden haben für den armen …« Madame Adie sah Zunder an und wollte seinen Namen wissen.

»Ihr dürft mich ›Allmächtiger‹ nennen«, sagte er. »Oder ›Eure Majestät‹, oder ›Eure hochherrschaftliche, erhabene Magnifizenz‹ …«

»Er heißt Zunder«, sagte Juniper. »Zunder, der Dämliche.«

»Bis du Zunder geholfen hast, seine Kräfte wiederzuerlangen. Und dann habt ihr beide *wirkliche* Macht, die
man nicht unterschätzen sollte.«

»Sie würden also einfach so das Gesetz brechen?«,
fragte Juniper, obwohl sie sich Madame Adies Unterstützung mehr als alles andere wünschte. »Wir könnten
den Rest unseres Lebens im Knast verbringen, wenn wir
auffliegen …«

»Oh, ich würde nur zu gerne sehen, wie diese arroganten Selbstdarsteller mal eine reingewürgt bekommen!«
Madame Adie rieb sich die Hände. »Das wäre mal ein Sieg
für die Dregs!«

Juniper grinste breit, und ihr Magen schlug Purzel-
bäume. Nach all den Jahren, die sie als Diebin und Kanalratte in Elodies Schatten verbracht hatte, konnte Juniper
mit Adies Wissen und Zunders Kräften endlich beweisen,
dass sie ein *Jemand* war!

Auf einmal rüttelte jemand an der Türklinke.

»Hey, warum ist die Tür abgeschlossen?«, ertönte Everards Stimme.

»Hallo? Seid ihr alle da drin? Darf ich auch rein-
kommen, bitte?« Es folgte eine kleine Pause, dann schlug
er wieder gegen die Tür. »Ich verlange, dass ihr mich
reinlasst!«

Madame Adie warf den Mädchen einen vielsagenden
Blick zu, und sie versteckten sich, während die alte Dame
die Tür aufschloss.

»Na endlich!«, sagte Everard und schaute suchend an Madame Adie vorbei. »Ich konnte die Wachen, von denen Sie geredet haben, nicht finden! Ich bin mir sicher, dass sich da jemand vertan hat, denn Sie würden ja *niemals* geheime Gespräche ohne mich führen. Sie wissen ja, dass Der Sturm über alles informiert wird, was Sie tun!«

»Du hast einen Job zu erfüllen, schon kapiert, Kindchen.« Madame Adie ergriff mit beiden Händen ihren Besen. »Aber wenn du noch einmal ungefragt in mein Zimmer kommst, zeige ich dir, wie wenig Der Sturm hier unten zu sagen hat. Ist das klar?«

Everard, der schon erlebt hatte, was sie mit dem Besen anstellen konnte, schluckte und nickte.

In dem Moment war sich Juniper ganz sicher: Mit Madame Adie auf ihrer Seite konnte nichts mehr sie aufhalten.

20

DER STURM

Am nächsten Tag war der Himmel über Arkspire so grau, dass man hätte meinen können, es wäre Abend. Aus dicken, schiefergrauen Wolken brach ein sintflutartiger Regen über die Stadt herein. Gewaltige Wasserfälle ergossen sich aus den Uppers in die Dregs und verwandelten die matschigen Straßen in Flüsse. Everard starrte nach draußen, während der Regen gegen die Wohnzimmerfenster hämmerte.

»Ganz schönes Unwetter, was?«, fragte Juniper, die ihn beobachtete. »Ich hoffe, Papa ist heile bei der Arbeit angekommen ...«

»Ich habe noch nie so eine Flut erlebt. Ist das hier unten immer so?« Everard konnte den Blick nicht vom Fenster abwenden.

»Jep«, bestätigte Juniper, zog zwei Schüsseln aus dem Schrank und platzierte sie unter zwei undichten Stellen, an denen es von der Decke tropfte. »Die Dregger bitten die

Orden ständig darum, mal etwas zu unternehmen, aber es passiert nie was.«

Everard saß still da. Seine Augenringe waren schwer wie der Regen. Es war Juniper nicht entgangen, dass er sich in den letzten paar Tagen nicht mehr so viele Notizen gemacht hatte. Stattdessen war er immerzu um Juniper herumgeschwirrt wie eine Fliege, die sie einfach nicht mehr loswurde. Trotzdem hatte Juniper nur wenig Mitleid mit ihm.

»Kannst du ... einigermaßen schlafen?«, fragte Juniper und kratzte sich am Hinterkopf. »Ich weiß, dass unsere Couch nicht gerade die weichste ist, und die Sprungfedern geben einem voll den Rest. Wenn du willst, kannst du heute Nachmittag mal ein Nickerchen in meinem Bett machen«, bot sie ihm an.

Everard hob die Hände. »Ich habe eine Pflicht zu erfüllen! Außerdem kann ich bei den ganzen Schleifgeräuschen eh kaum schlafen.« Wie zur Antwort ertönte ein tiefes Grummeln wie Donner von hoch oben. »Was ist das überhaupt?«

»Das sind die Hüttenberge, die unter dem Gewicht des Wassers ächzen. Das passiert bei jedem Sturm.«

»*Tatsächlich?*« Everard blinzelte. »Sind wir hier sicher?«

»Sind wir«, nickte Juniper und hielt kurz inne. »Glaube ich zumindest. Die Etage über unserer Straße ist aus solidem Eisen gemacht, die kommt so schnell nicht runter. Und wenn doch, sind wir schon zerquetscht, bevor wir überhaupt wissen, was los ist.«

Everard schnappte nach Luft. »Von dem Regen stürzen hier unten Gebäude ein?«

»Ständig«, antwortete Juniper. In dem Moment klopfte es an der Tür, und Thea kam hereingehüpft.

»Ich wünsche dir einen bezaubernden Regen, Juniper!«, sagte sie strahlend und hielt eine Liste mit Ideen in die Höhe, wie sie sich am besten für die bevorstehende Prüfung Der Verhüllten vorbereiten konnten. Sie hatten bis jetzt folgende Ideen:

Den Turm hochgehen.
Den Turm hochrennen.
 Den Turm hochklettern.
Everard den Turm hochjagen. Ich denke nicht. – Everard
Zunder den Turm hochjagen. NEIN. – Zunder
Eine Menschenpyramide bauen, um
zur Spitze des Turms zu gelangen.
Der Verhüllten ein Sandwich anbieten und
hoffen, dass sie die ganze Sache einfach
ausfallen lässt.

»Weißt du was, ich denke, das wird super«, sagte Juniper und betrachtete bewundernd ihr Werk.

Aus der Zimmerecke ertönte ein spöttisches Lachen. Alle drei Kinder sahen in die Richtung, doch nur Juniper und Thea wussten, dass es Zunder gewesen war.

»Diese Glocken werden so was von gebimmelt«, stimmte Thea zu.

»Everard, warst du schon mal beim Mitternachtsturm?«, fragte Juniper.

»Ich, ähem, ja, war ich.« Seine Augen wanderten nervös hin und her.

»Und? Was meinst du? Gibt es irgendwas, das ich wissen sollte?«

Er schnaubte. »Ich bin nicht hier, um meinen Expertenrat zu geben, aber wenn du es unbedingt wissen musst … das ist der Turm, den ich von allen am wenigsten mag.« Er wirkte, als wolle er nicht weiterreden. »Ich meine … die anderen Arkanisten wecken so viel Hoffnung. Der Sturm führt uns mit seinem Leuchtfeuer, Der Schöpfer stellt Dinge her, Die Beobachterin sorgt für unsere Sicherheit, Das Rätsel hält unendliche Möglichkeiten bereit, aber Die Verhüllte?« Everard schluckte.

»Sie ist für die Toten zuständig«, beendete Thea seine Ausführungen.

Everard wirkte nun regelrecht panisch. »Na… natürlich ist sie absolut brillant und herrlich, und ich will auch nichts Böses über sie sagen. Sie ist nur …«

»Saugruselig?«

»Genau! Vor allem ihre ganzen Motten. So geräuschlos, so still, wie sie die Toten ins Jenseits führen …« Ein kleiner Schauer überkam ihn. »Friert hier plötzlich noch jemand?«

»Könnte wärmer sein, oder?«, sagte Thea, die selbst ein wenig zitterte.

Auch Juniper konnte es spüren. Das ohnehin schon schwache Licht der Laterne wurde noch einmal schwächer und schien vor den wachsenden Schatten zu fliehen. Ihr Atem bildete kleine Wölkchen. Die Kinder sahen einander verunsichert an.

Plötzlich erklang von unten Lärm. Laute Stimmen und donnernde Schritte. Dann klopfte jemand wie wild an die Tür. Juniper öffnete sie und sah davor einen erschrockenen Fremden stehen. Sein triefnasses Haar klebte ihm an der glänzenden Kopfhaut, seine Nase war von der Kälte gerötet, und er blähte beim Atmen keuchend die Backen auf.

»Arkanistin!«, stieß er atemlos hervor. Madame Adie stand direkt hinter ihm und wirkte so nervös, wie Juniper sich fühlte. »Sie müssen schnell kommen! Schatten haben die Schutzlinien durchbrochen!«

Der Mann führte sie durch das gewundene Straßengewirr dorthin, wo die Schatten gesichtet worden waren. Alles in Juniper sträubte sich dagegen, aber hatte sie eine andere Wahl? Es war die Aufgabe der Arkanisten, die Menschen vor den Schatten zu beschützen, und sie war gewissermaßen eine Arkanistin.

»Du rennst komplett unbewaffnet auf einen unsichtbaren Feind zu«, raunte ihr Zunder ins Ohr, der sich als kaum merklicher Schattenfleck an ihrer Schulter festklammerte. »Was kann da schon schiefgehen?«

»Ich bin nicht komplett unbewaffnet«, widersprach Juniper und zog ein Stück Papier hervor, das sie aus einem Relikt-Raubzug für Notfälle aufbewahrt hatte. Zunder betrachtete es argwöhnisch. Sie deutete auf Thea, die ihren guten alten Gerechtigkeitsstock dabeihatte. Zunder wirkte nach wie vor wenig beeindruckt.

»Okay, du hast ja recht«, brummte Juniper, die genau wusste, dass sie keinen Plan für die Art von Situation parat hatte, die sie erwartete.

Nichts konnte einem Schatten Schaden zufügen. Nichts konnte sie überhaupt *berühren*. Die einzige Verteidigung, die den Menschen in Arkspire gegen diese Albtraumgestalten blieb, waren die Arkanisten, die sie zurück hinter den Schleier verbannen konnten. Doch trotz all ihrer Macht konnten sie nicht überall gleichzeitig sein. Daher hatten sie magische Schutzsymbole in der ganzen Stadt gezeichnet, die von den Schatten nicht überquert werden konnten. Aber auch die Symbole wurden älter und verblassten mit der Zeit. Eine der Hauptaufgaben der Arkanisten bestand darin, die Symbole immer wieder zu erneuern.

Dämliche Mist-Beobachterin!, fluchte Juniper vor sich hin, während sie durch die regenglatten Straßen rannte. »Du kannst die Symbole ausschalten, aber kannst du auch welche anschalten?«, fragte sie Zunder.

Der dachte kurz nach. »Ich denke schon, aber ich erinnere mich nicht, wie.«

»Hilfreich wie immer«, bemerkte Juniper.

»Stets bemüht.«

Sie stürmten an einigen Pechvögeln vorbei, die bei dem Wetter immer noch draußen waren. »Versteckt euch hinter den Schutzsymbolen beim östlichen Hüttenberg!«, rief Juniper. »Bringt euch in Sicherheit!«

»Haben die Häuser hier keine Symbole?«, fragte Everard.

»Nur die Leute, die es sich leisten können«, antwortete Thea, »also eigentlich keiner.«

Everard schien sich mit dem Gedanken schwerzutun, als könne er es kaum glauben. »Aber … aber das ist doch gefährlich!«

Von oben erklang Donnergrollen, und der Mann bremste vor dem Eingang zum Marktplatz abrupt ab. Oder dem, was vom Marktplatz noch übrig war. Jetzt stürzten Wassermassen von den oberen Etagen herunter, verwandelten den Platz in einen reißenden Strom und flossen weiter über die Kante der Plattform und auf alle Gebäude hinunter, die das Pech hatten, sich darunter zu befinden. Einige Holzhütten waren schon mitgerissen worden, ihre Überreste trieben im Wasser wie hölzerne Knochen. Das wenige, was die Menschen besaßen, stürzte nun über die Kante.

»D… da!« Der Mann deutete in eine Richtung und der Regen prallte von seinem dünnen Haar ab. »Die Schatten … Sie haben angegriffen und …« Die Kinder starrten auf die Szene, die vor ihnen lag, Regen lief ihnen über die Mütze, die Nase und das Kinn. Auf der gegenüberliegenden Seite des Platzes hatte sich eine Menschengruppe auf einem Hausdach zusammengedrängt, während die gierigen Fluten mit ihren erbeuteten Trümmerteilen bereits nach ihnen griffen.

»Sie sitzen fest!«, rief Juniper entsetzt.

Bei Junipers Anblick füllten sich ihre ängstlichen Gesichter wieder mit Hoffnung. Die Hoffnung, dass sie endlich

wieder eine Arkanistin in ihrem Distrikt hatten, die auch tatsächlich auftauchte und sie beschützte. Sie riefen etwas, aber das Tosen der Wassermassen übertönte ihre Stimmen.

Junipers Inneres fühlte sich schwer an, ihr Mund war ausgetrocknet. Es war so weit. Ihre Lügen hatten sie schließlich doch noch eingeholt. Die Menschen verließen sich darauf, dass Junipers Magie sie retten würde. Eine Magie, die sie nicht besaß.

»Du musst etwas unternehmen!«, drängte Everard sie.

»Ich weiß!«, antwortete Juniper. Sie spürte, wie Zunder sein Schwänzchen nervös um ihren Arm schlang.

»Setz deine Magie ein, um ihnen zu helfen!«, erklang eine Stimme. Juniper sah, woher sie kam: In den Gebäuden oberhalb des Platzes lehnten sich Menschen aus den Fenstern und beobachteten voller Entsetzen das Geschehen.

»Ich … ich kann nicht«, flüsterte Juniper. Sie versuchte, die schrecklichen Gedanken, die sich in ihrem Kopf breitmachten, beiseitezuschieben. Die Erinnerungen an das letzte Mal, als so etwas hier passiert war.

Wie der unerbittliche Regen auf die unbefestigten Straßen prasselte und auf die Blechdächer trommelte.

Die drängelnden, panischen Menschenmassen.

Die Stimme ihrer Mama, die ihr zurief, sie solle sich in Sicherheit bringen.

Die langen, suchenden Finger der Schatten, die sich um Mamas Arm wanden.

Junipers Atem ging schneller, und ihre Gliedmaßen wurden schwer wie Blei.

Sie zuckte zusammen, als Thea ihr eine Hand auf die Schulter legte. »Ich bin bei dir«, flüsterte sie und drückte sie leicht.

Schon verrückt, wie eine so kleine Geste wieder neuen Mut spenden konnte. Juniper nahm einen tiefen, zitternden Atemzug und trat vor. In den Fluten trieb ein winziges Floß, das unkontrollierbar hin und her geworfen wurde.

»Ich benutze das Floß, um so viele von ihnen wie möglich rüberzubringen«, erklärte Juniper. »Thea, Everard, ihr müsst fest an dem Seil ziehen, das an dem Floß befestigt ist, damit wir nicht alle über die Kante fallen …«

Thea salutierte zackig, Everard nickte nur nervös.

»Ich brauche euch hier unten!«, rief Juniper den Leuten an den Fenstern zu. »Sucht so viel Holz aus den Trümmern zusammen, wie ihr könnt! Wir müssen noch mehr Flöße bauen!«

»Aber die Schatten!«, rief eine Frau jammernd.

»Die sind schon wieder weg, und die Leute dort brauchen unsere Hilfe!«

Die Köpfe hinter den Fenstern verschwanden und stürmten nach draußen, wie sie ihnen befohlen hatte. Obwohl sie Angst hatten, wollten sie sich keinesfalls jemandem widersetzen, der möglicherweise eine Arkanistin war.

Es fühlte sich seltsam an, dass die Leute ihr gehorchten. Leute, die sie noch vor ein paar Tagen nicht mal mit dem Hintern angeguckt hätten. Darin lag die wahre Macht der Arkanisten: Respekt. Und natürlich ihre allmächtige, weltverändernde Magie.

»Ich kann nicht glauben, dass du mich in dieses Himmelfahrtskommando hineinziehst«, beschwerte sich Zunder, als Juniper das Floß ins rauschende Wasser stieß. Es war kein leichtes Unterfangen. Der Sog schnappte nach dem Floß und versuchte es mitzureißen, aber Thea und Everard hielten das Seil stramm.

Langsam bahnte sich Juniper ihren Weg über den überfluteten Platz und hörte die Stimmen der Festsitzenden nun immer deutlicher.

»Wasser«, glaubte sie zu hören. »Unter dem Wasser!«

Erst als sie an der Dachkante angekommen war, verstand sie die Worte.

»Die Schatten sind unter dem Wasser!«

Ein Schauer lief Juniper über den Rücken. Es kam ihr vor, als würde sich etwas an sie heranschleichen. Sie drehte sich hastig um, doch sie sah nur die Wassermassen, die zu dunkel und schmutzig waren, um den Grund zu erkennen. Eines stand aber fest: Der Wasserspiegel stieg immer höher und reichte schon fast über die Kante des Daches. Es würde nicht mehr lange dauern, dann wären diese Menschen komplett unter Wasser.

»Was ich nicht seh, tut mir nicht weh, was?«, sagte Juniper so fröhlich wie möglich. »Ich nehme so viele von euch mit, wie ich kann. Zusätzliche Hilfe ist schon unterwegs!« Sie deutete auf die gegenüberliegende Seite des Platzes, wo bereits eilig Holzlatten zu improvisierten Flößen zusammengebunden wurden.

Juniper versuchte, das Floß stabil zu halten, als die ersten

Passagiere aufstiegen. Zu ihrer Überraschung war auch die Schnauzervisage unter den Gestrandeten – der Mann, der sich einige Tage zuvor noch so entschieden gegen sie gewandt hatte. Schweigend half er den Leuten aufs Floß und konnte Juniper nicht in die Augen sehen.

»Gesegnet seist du, Arkanistin!«, sagte eine Mutter, die ihre Kinder fest im Arm hielt.

Juniper nickte ihr kurz zu und stieß sich dann vom Dach ab.

Da sah sie es. Aus der Tiefe des Wassers kamen Lichter auf sie zu. Zuerst waren sie noch schwach und in den reißenden Fluten kaum zu erkennen, doch dann wurden sie immer größer und heller.

Eines der Kinder schrie. Juniper wusste genau, wie ihnen zumute war.

Unnatürlich magere Körper erhoben sich aus dem Wasser wie Marionetten. Der Regen fiel einfach durch sie hindurch, als wären sie gar nicht da. Ihre dürren Klauen zuckten wie Spinnenbeine. Das Allerschlimmste war allerdings die Leere, wo eigentlich ihre Gesichter hätten sein sollen. Dort war nur eine undurchdringliche Dunkelheit, aus der ein Paar stechend weißer Augen die Lebenden voller Gier anstarrte.

Fünf Schatten schwebten nun über der Flut und blockierten den Rückweg des Floßes ans Land.

21

EIN LEUCHTFEUER IN DER DUNKELHEIT

Die Schatten schwebten still in der Luft. Dann griff einer von ihnen in hungriger Verzweiflung nach dem Floß. Mit einem Schrei taumelte Juniper nach hinten gegen die anderen Passagiere und zog mit zitternden Händen das Papier mit dem Schutzzauber hervor. Entsetzt stellte sie fest, dass der starke Regen das Papier aufgelöst hatte, sodass von dem magischen Symbol nichts mehr übrig war als ein durchweichter Klumpen.

»Worauf wartest du noch? Verbann sie!«, platzte ein alter Mann heraus.

»Ich … ich weiß nicht, wie«, krächzte Juniper, die langsam in Panik geriet.

»Zunder …«

»Ich kann die alten Schutzsymbole unter dem Wasser spüren«, flüsterte Zunder, der kaum mehr als ein Schatten

hinten auf ihrem Mantel war, und seine Augen flackerten kurz mit eisigem Feuer auf. »Aber sie sind zu beschädigt, um noch zu funktionieren.«

»Ähm … wir haben möglicherweise noch ein viel dringenderes Problem …«, sagte Juniper.

»Was machst du da?«, schrie die Mutter und hielt ihre weinenden Kinder eng an sich gedrückt. »Du lockst sie in unsere Richtung!«

Die Schatten bewegten sich langsam auf sie zu. Zunder war eine Art Schattenköder, der jeden einzelnen von ihnen anzog.

»Deine Magie«, rief Juniper ihm zu. »Deine Magie zieht sie an!«

Sofort fuhr Zunder seine Kräfte herunter.

»Nein, warte!«, rief Juniper. Die anderen Passagiere wunderten sich, da sie anscheinend Selbstgespräche führte. »Du kannst sie ablenken! Lock die Schatten von uns weg und lass mich die Leute hier in Sicherheit bringen!«

»Ich hab noch eine bessere Idee. Warum spielst *du* nicht einfach den Köder, und *ich* bringe uns in Sicherheit?«, blaffte Zunder sie an.

Die Schatten kamen immer näher und brachten eine eisige Kälte mit.

»Zunder, du kannst doch durch die Schatten hindurchgleiten. Und du bist schneller als sie!«

Zunder betrachtete die Schatten. Es war das erste Mal, dass Juniper ihn besorgt sah.

»Ach, okay«, gab er schließlich nach, »aber du schuldest mir was!«

»Jaja, los, geh schon!«

Zunder ließ die Augen aufflackern und brachte damit Junipers magische Symbole zum Kribbeln, dann sprang er von ihrer Schulter. Er verschmolz mit den Schatten auf der Wasseroberfläche und nutzte sie als Brücke, um wie eine furchterregende Wasserschlange über die Fluten zu gleiten. Überrascht beobachtete Juniper, wie die Schatten ihm tatsächlich folgten. Manchmal wirkten ihre Bewegungen etwas unbeholfen, doch dann machten sie wieder einen beängstigend schnellen Satz vorwärts. Es schien, als hätten sie das Floß komplett vergessen.

So etwas hatte Juniper noch nie gesehen, doch sie verlor keine Zeit und zog das Floß schnell hinüber auf die andere Seite des Platzes, wo Thea und Everard mit voller Kraft am Seil zogen.

»Die Schatten … wie hast du sie abgelenkt?«, keuchte Everard, als das Floß in Sicherheit war und die umstehenden Menschen den Passagieren von Bord halfen.

»Das ist eine Magie, von der du nix verstehst«; antwortete Juniper und schob das Floß wieder zurück ins Wasser. »Everard, konzentrier dich, wir müssen noch mehr Leute retten!«

»S… stimmt!« Er ergriff das Seil, und Juniper hangelte sich wieder zurück auf die andere Seite.

Für Uneingeweihte waren Zunders Augen kaum mehr als zwei tanzende Lichter im Starkregen, doch Juniper konnte mit etwas Anstrengung erkennen, wie er sich mit den Schatten eine wilde Verfolgungsjagd lieferte. Es schien alles bestens zu laufen, bis einer der Schatten mit grotesk langen Armen Zunders Schwanz ergriff, als der gerade in die Luft sprang. Der Schatten zog ihn zurück, schloss die geisterhaften Klauen irgendwie um Zunders substanzlosen Körper und hinderte ihn daran, sich herauszuwinden.

»Zunder!«, schrie Juniper.

»Juniper, mach, dass sie weggehen!«, flehte er und streckte die Hände nach ihr aus.

Die Berührung des Schattens hatte Zunder nicht umgebracht, wie sie es bei Menschen getan hätte, doch eine Art Energie aus der anderen Welt hielt ihn davon ab, sich auf seine Schattenart aus dem Griff zu befreien. Gegen alle Vernunft rannte Juniper, so schnell sie konnte, direkt auf sie zu. Der Schatten hob Zunder bis an sein unergründliches, leeres Gesicht, und seine Augen glühten heller denn je, als er ihn genauestens inspizierte.

»Das wirst du noch bereuen!«, knurrte Zunder. »Ich werde dich vernichten! Ich werde dein gesamtes Wesen auslöschen!«

Dann tat der Schatten etwas Unbegreifliches: Er ließ Zunder in die rauschenden Fluten fallen und hatte anscheinend jegliches Interesse an ihm verloren. Aber warum? War er nicht derjenige, den die Schatten suchten?

Es blieb keine Zeit zum Nachdenken. Junipers Herz machte einen Sprung, als sie sah, dass der Schatten seine Aufmerksamkeit wieder auf die Leute richtete, die noch auf dem Dach gefangen waren.

»Hier! Schau hierher!« Juniper versuchte, den Schatten auf sich aufmerksam zu machen, doch es hatte keinen Zweck.

Die Schatten hielten auf das Dach zu, und die Menschen darauf drückten sich gegen die Wand. Schnauzervisage tat sein Bestes, sich mit einem Stock gegen sie zu wehren, aber es sah nicht gut für ihn aus.

Juniper schloss die Augen fest und konnte nicht hinsehen.

Jemand schrie. Dann gab es ein lautes Krachen.

Als Juniper die Augen wieder öffnete, sah sie, wie ein Wagen der Requisition am Rande des

Platzes mit quietschenden Reifen zum Stehen kam. Unter der Leitung eines hochrangigen Magisters sprangen Wachen und Kandidaten vom Orden der Iris heraus. Juniper hätte fast vor Freude weinen können, als sie Elodie unter ihnen entdeckte.

Die Kandidaten und Wachen zogen glatt polierte Steine aus ihren Gürteltaschen, auf denen das Emblem Der Beobachterin zu sehen war. Mit schnellen, geübten Bewegungen warfen sie alle gleichzeitig ihre Steine, die auf dem Dach mit den gestrandeten Menschen landeten und einen losen Kreis um die Schatten bildeten. Eine Wand aus Licht brach aus den Steinen hervor, und Juniper musste sich die Augen zuhalten, als der Kreis gleißend hell aufloderte und schließlich verschwand.

Und dann waren die Schatten einfach so verschwunden, aus der Welt verbannt. Die Steine pulsierten glutrot, wie abkühlende Asche nach einem Feuer, und auf dem Platz hörte man nichts mehr außer dem trommelnden Regen.

»Denkt immer daran«, erklärte der Magister von seinem Wagen, »auch wenn ihr Die Beobachterin nicht sehen könnt, heißt es nicht, dass sie nicht da ist. Sie hat immer ein Auge auf euch.«

Als die gestrandeten Leute begriffen, dass die Gefahr vorüber war, flüsterten und murmelten sie erleichtert untereinander. Freunde und Familien umarmten sich, andere lachten nervös und konnten kaum glauben, dass sie noch einmal davongekommen waren.

»Man muss kein Genie sein, um zu sehen, dass diese Hochstaplerin euch nicht helfen konnte«, verkündete der Magister mit einem abfälligen Blick auf Juniper. »Allein die

Macht der Arkanisten und ihrer ehrenwerten Orden kann euch beschützen.«

Juniper fehlten die Worte. Sie konnte kaum verarbeiten, was gerade geschehen war. Sie wusste bloß, dass in ihr die Wut kochte wie Wasser in einem Kessel. Für wen hielt sich dieser Magister eigentlich? Er war schön hinter den Wachen in Sicherheit geblieben, während sie sich in Gefahr begeben hatten?

»Zumindest hat sie versucht, uns zu helfen!«, rief jemand. Zu Junipers Erstaunen war es die Schnauzervisage. »Wo waren *Sie*, als wir Sie gebraucht haben?«

»*Wir* haben euch alle gerade gerettet«, zischte der Magister.

»Aber nur ganz knapp!«, rief die Mutter, die von Juniper gerettet worden war. »Die Arkanistin der Dregs hat die eigentliche Arbeit gemacht, während Sie sich versteckt haben, damit ihre Haare ja nicht nass werden!«

Bei diesen Worten ließ Everard das Stück Holz sinken, das er als Regenschirm benutzt hatte.

Der Magister wirkte fassungslos angesichts dieser offenen Feindseligkeit. »Was … was *fällt euch ein*!« Die Wachen bildeten einen Schutzwall um ihn herum, die Waffen fest umklammert. »Solch eine Treulosigkeit!«, kreischte er. »Dieses Mädchen ist nicht eure Arkanistin. Das ist immer noch Die Beobachterin, und ihr tätet gut daran, das nicht zu vergessen!«

»Die Arkanistin der Dregs ist für uns aufgestanden, als niemand anderes dazu bereit war – und das, obwohl sie nicht einmal die Herrscherin unseres Distrikts ist!«, rief jemand, und die umstehenden Leute jubelten.

Die Wachen schwiegen und beobachteten Juniper, als könnten sie sich nicht entscheiden, ob sie Freund oder Feind war. Hinter ihren Schultern konnte Juniper Elodies Blick einfangen. Sie starrte Juniper an, doch diesmal wirkte sie nicht beschämt. Eher überrascht.

Ihr Magister dagegen sah Juniper an, als wäre sie eine ertrunkene Ratte, die sich am eigenen Schwanz aus dem Wasser gezogen hatte. »D… die Straßen …«, stammelte der Magister auf der Suche nach einer Erklärung. »Die waren … die Wassermaßen haben uns blockiert, und … wir … wir …«

Aus der Menge ertönten Buhrufe, und der Magister blinzelte ungläubig. Es schien ihm nicht zu gefallen, in welche Richtung sich die Situation entwickelte, also zog er sich in seinen Wagen zurück, während sich die Wachen der spottenden Menge entgegenstellten.

»Ja, so ist es richtig! Rennt bloß weg! Lasst uns hier allein, wie immer!«

Die Mutter, die Juniper gerettet hatte, umarmte sie fest, und die Buhrufe wurden immer lauter. »Danke!«, sagte sie atemlos. »Ich … ich kann dir gar nicht genug danken!«

»Ich hab doch gar nicht …«, setzte Juniper an.

Da legte ihr Schnauzervisage die Hand auf die Schulter. »Ich weiß ja nicht, was du da gemacht hast, als du so merkwürdig mit den Schatten geredet hast, aber du hast uns alle gerettet.«

»Die Arkanistin der Dregs lebe dreimal hoch!«, verkündete Thea.

»Hipp, hipp, hurra!«, schrie die Menge, jedes Mal ein bisschen lauter.

Es war alles so unwirklich. Juniper kam es vor, als gehöre sie in die Menge und sollte jemand anderem zujubeln, der es viel mehr verdient hatte.

Da begriff Juniper es mit einem Mal: Sie hatte den Leuten Hoffnung geschenkt. Einfach nur, weil sie bei ihnen gewesen war und ihr Bestes getan hatte. Nicht nur ihre eigene Familie brauchte Hilfe, sondern *jeder* in den Dregs. Die Menschen waren verzweifelt – man hatte sie viel zu lange ignoriert und in den Fluten und dem Verfall der unteren Stadtteile in ihrem Elend zurückgelassen. Wenn Juniper jetzt klug vorging, konnte sie ihnen vielleicht tatsächlich helfen. Wenn sie die Prüfungen bestand und die Stadt davon überzeugen konnte, dass sie eine Arkanistin war; wenn sie Zunder helfen konnte, seine Kräfte wiederzuerlangen, könnte sie die Menschen inspirieren, wie es sonst nur die Arkanisten taten, und ihr Leben zum Besseren verändern.

Juniper fühlte die Wärme der Hoffnung in sich aufsteigen, die stärker war als der kalte Regen und die klatschnassen Kleider, die ihr am Körper klebten.

»Undankbare kleine Straßenratten«, zischte Zunders Stimme in ihr Ohr. »Ich habe die ganze Drecksarbeit gemacht.«

»Und das werde ich dir nicht vergessen«, antwortete Juniper. »Versprochen!«

Die Wachen und die Kandidaten stiegen wieder in den Wagen, während die Menge auf die Seiten des Fahrzeugs einschlug und vor den Fenstern Grimassen zog. Elodie hielt in der Tür kurz inne und sah Juniper an, als wäre sie ein komplett anderer Mensch. Juniper hatte eigentlich erwartet, dass Elodie ihr übel nahm, wie sie einen Magister des Ordens bloßgestellt hatte, doch stattdessen schenkte sie ihr ein kleines Lächeln und ein anerkennendes Nicken.

Das war ein größeres Kompliment als all die Leute, die jubelnd ihren Namen riefen. Juniper platzte fast vor Glück.

Da ergriff jemand sie beim Handgelenk. Sie versuchte, sich zu befreien, aber der Griff war zu fest. Was hatte dieser Typ bloß für ein Problem? Sie drehte sich zu ihm um, damit sie ihm die Meinung geigen konnte, und erblickte einen Mann mit einer tief gezogenen Kapuze und einem über die Nase gezogenen Tuch. »Hey, was …«

»Neuigkeiten vom Hasen«, raunte er ihr mit gebrochener, rauer Stimme ins Ohr. »Er weiß, wo du diesen Boden findest.«

22

KRÄUTERTEE

Die Kunde von Junipers Tat verbreitete sich schnell. Der Angriff der Schatten war erst einen Tag her, und schon stand es in allen Zeitungen, war das Thema Nummer eins in den Manufakturen und ein guter Gesprächseinstieg in den Teestuben der Uppers.

Juniper schien die Stadt in zwei Lager gespalten zu haben. Einige hielten sie für eine Heldin und eine würdige Verbündete der Arkanisten, andere sahen in ihr eine Rebellin, die die Arkanisten schlecht dastehen lassen wollte. Doch auf welche Seite die Leute sich auch schlugen – sie nahmen sie langsam ernst.

Da traf es sich gut, dass Juniper jetzt wusste, wo sie Boden finden konnte. Je eher Zunder seine Kräfte wiederbekam, desto eher konnte Juniper sie sich zunutze machen.

Boden befand sich interessanterweise dort, wo sie als Allerletztes gesucht hätte.

Der Turm der Crux befand sich in der Mitte von Ark-spire, doch seine eigentliche Bedeutung lag darin, dass er den Ort markierte, an dem Der Besucher das erste Mal durch den Schleier in diese Welt getreten war. Es hieß, dass sich in den tiefsten Tiefen des Kraters, den er zurück-gelassen hatte, immer noch unkontrollierbare, seltsame magische Dinge abspielten. Dank der unzähligen Schutz-symbole war die Stadt vor der Magie sicher, doch den Kra-ter zu betreten, galt immer noch als ziemlich gefährlich, wenn nicht gar als glatter Selbstmord.

Das macht ihn zu einem guten Versteck, dachte Juniper und kratzte sich unter dem Kragen. Die Dieneruniform, die sie trug, trieb sie in den Wahnsinn.

Die Misfits kannten sich mit Verkleidungen aus. Sie hatten sich schon früher als Mitglieder verfeindeter Banden verkleidet, mit falschen, aufgemalten Gang-Tattoos und allem Pipapo. Für einen besonders hinterlistigen Diebstahl hatten sie sich sogar einmal als Kandidaten ausgegeben. Ein anderes Mal hatte sich Juniper einen falschen Schnurr-bart aufgeklebt, sich auf Theas Schultern gesetzt und den Boss einer Manufaktur gespielt. Es war nicht besonders gut gelaufen, und je weniger Worte man darüber verlor, desto besser. Von all diesen Tarnungen war allerdings die Diener-uniform die schlimmste. Die Weste war zu eng, der Kragen kratzte, und die Schuhe drückten gegen ihre Zehen.

»Ein paar Änderungen hier und da, dann kriege ich das schon hin«, sagte Thea, die bewundernd die Nähte be-gutachtete. Natürlich hatten sie zuerst Everard loswerden müssen. Er sollte Dem Sturm ja auf keinen Fall von *diesem* kleinen Abenteuer berichten.

»Die Zeitungen bringen einen Artikel über meinen Aufstieg zur Macht«, hatte sie ihm am Nachmittag vorgelogen, »und ich habe ihnen gesagt, dass ich es nie ohne meinen loyalen Mitstreiter Everard Amberflaw den Siebten geschafft hätte.«

Bei diesen Worten war er ganz bleich geworden. »Du hast *was* gesagt? Da würde ich mich eher in einem schlecht sitzenden Anzug sehen lassen, als *dir jemals* zu helfen! Wie konntest du nur …? Warum solltest du …? Und außerdem bin ich Everard Amberflaw der Vierte! Der *Vierte*! ARGH!« Er war direkt zu den Druckereien aufgebrochen, um dieses lächerliche Gerücht aus der Welt zu schaffen, bevor es sich verbreiten konnte.

Eine Schande, dass sie ihn so hatten reinlegen müssen. Everard hatte Dem Sturm gerade einen Bericht darüber geschickt, wie schockiert er über die schrecklichen Lebensbedingungen in den Dregs war und wie dringend die unteren Etagen Hilfe benötigten. Juniper hatte schon fast gedacht, sie könnte ihn doch noch lieb gewinnen. Vielleicht. Ein kleines bisschen. Eines Tages.

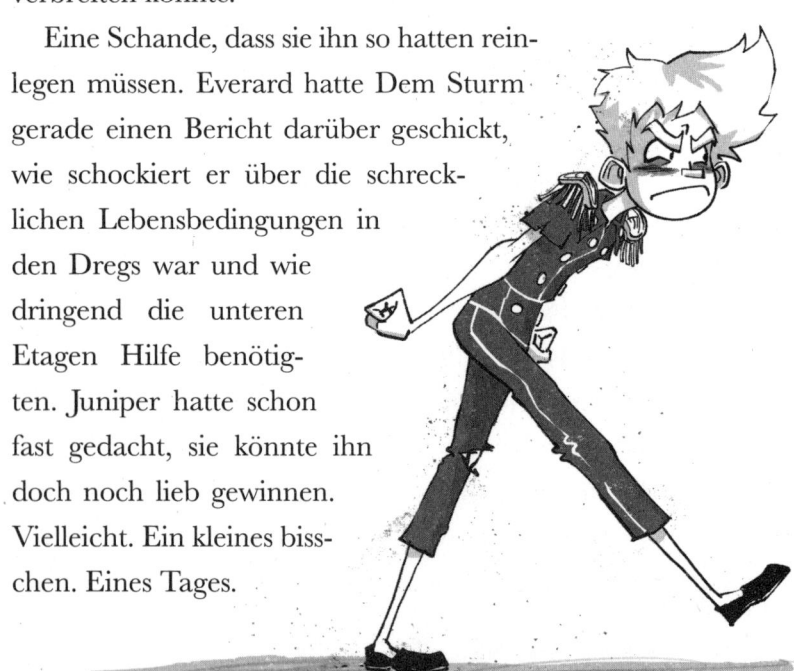

Jetzt lugte Juniper aber erst mal aus ihrem Versteck hinter einer Wand hervor und klopfte ungeduldig mit dem Fuß, während sie die Uhr am Wachquartier gegenüber im Auge behielt. Sie waren über Stacheldrahtzäune geklettert und hatten verschiedene Kontrollen passiert, um bis hierher zu gelangen, aber das Wachhaus am Kraterabschnitt des Iris-Distrikts war eine ganz andere Hausnummer. Es gab keine Fenster oder Luken, durch die man kriechen konnte, bloß eine bewachte Metalltür. An den Wänden darüber standen Wachen aufgereiht, die das offene Feld zwischen den Mädchen und dem Gebäude mit Suchlichtern abtasteten.

Obwohl sich Juniper schon einen Plan überlegt hatte (natürlich mit der Hilfe von Thea und einer überaus aufgeregten Madame Adie), kamen ihr nun Zweifel, als sie sah, wie schwer der Ort bewacht war. »Warum machen wir das noch mal? Das ist selbst für unsere Verhältnisse echt abgefahren.«

Zunder rührte sich auf ihrer Schulter. »Ihr tut das, weil ich es befehle! Ich muss Boden finden. Ich brauche Antworten. Aber falls ihr noch eine Motivation braucht: Wenn ich erst mal wieder ich selbst bin und meine Kräfte wiederhabe, werde ich euch beide fair behandeln, wenn ich die Welt mit meiner Rache überziehe.«

»Oh, wie lieb, Zunder«, sagte Juniper.

»Immerhin bist du gestern zurückgekommen, um mich zu retten, als diese aufgeblasenen Schatten mich in ihren Klauen hatten.« Zunder machte eine kleine Pause und hatte offensichtlich Mühe mit den nächsten Worten. »Du hast natürlich kläglich versagt. Und das Ganze war dämlich, schlecht durchdacht und einfach nur idiotisch. Aber es war auch … *fürsorglich*.« Er verzog das Gesicht, als wäre das Wort ihm unangenehm. »Und dafür verachte ich dich ein klein bisschen weniger. Nur ein bisschen.«

Juniper blinzelte ungläubig. Hatte sie da gerade ein Dankeschön von Zunder bekommen oder zumindest etwas Vergleichbares? »Na klar, du hättest doch das Gleiche für mich getan«, sagte sie.

»Nein. Nein, auf gar keinen Fall!«

Das freundliche Wortgefecht endete abrupt, als die Uhr mit einem tiefen Gong acht schlug. Angespannt beobachtete sie, wie zwei Wachen eine Gruppe von Dienern an ihrem Versteck vorbeiführten. Zeit für den Schichtwechsel.

Geschmeidig wie zwei Katzen huschten Juniper und Thea aus dem Schatten und stellten sich mit gesenktem Kopf wie die übrigen Diener hinten in der Reihe an. Einige, die ganz vorne gingen, waren ungefähr in Papas Alter, doch die meisten von ihnen waren Teenager, da fielen die Misfits nicht weiter auf. Das Mädchen vor Juniper drehte leicht den Kopf und betrachtete die Neuankömmlinge.

Sie sah Juniper mit einem Stirnrunzeln an. »Kenne ich dich irgendwoher? Du kommst mir bekannt vor.«

Junipers Puls ging schneller. Sie durfte nicht erkannt werden, nicht hier. »Glaube ich nicht. Ich hab mal oben in der Amberflaw-Villa im Glanz-Distrikt gearbeitet.«

Das Mädchen kicherte mitfühlend. »Dann musst du ja *wirklich* einen miesen Job

gemacht haben, dass sie dich auf diesen sterbenslangwei-
ligen Posten versetzt haben. Der Krater klingt zwar groß
und gefährlich, aber hier passiert *nie* irgendwas Spannen-
des, das kannst du mir glauben.«

Als sie sich vor dem Wachhaus aufreihten und warteten,
bis die übermüdeten Diener der Tagschicht das Gebäude
verlassen hatten, pochte Junipers Herz immer noch schnell.
Die Wachen behielten sie genau im Blick, als sie vorbei-
liefen, und bedeuteten dann der neuen Gruppe
einzutreten.

Juniper biss sich auf die Lippe. Was,
wenn den Wachen auffiel, dass sie
Juniper und Thea noch nie hier
unten gesehen hatten? Sie hatten
zwar eine Tarnung, aber
keine falschen Ausweis-
papiere.

Juniper trat vor zu den Wachen, deren Schutzbrillen in der Dunkelheit komplett leblos wirkten. Sie wurden durchgewunken, und Juniper atmete erleichtert auf.

Es hatte auch Vorteile, wenn man ein Niemand aus den Dregs war, dachte sie sich. Keiner bemerkte einen wirklich.

Die Diener begaben sich in die Quartiere und machten sich gleich an die Arbeit: Einige schnappten sich Besen, andere zogen sich Schürzen an und stellten Töpfe und Pfannen an einem großen Herd bereit.

»Okay, ihr wisst ja, wie es läuft«, sagte die älteste Dienerin. Da sie eine etwas schickere Uniform trug, nahm Juniper an, dass sie hier das Sagen hatte, und verbarg, so gut es ging, das Gesicht vor ihr. »Wir haben eine lange Nacht vor uns, also lasst uns unsere mutigen Wachen mit Speis und Trank versorgen.«

Die Dienerin, die Juniper beinahe erkannt hatte, stapelte fleißig Teetassen und eine Kanne auf ein Tablett.

»Ich nehm das schon!« Juniper lief zu ihr.

Zuerst sah die Dienerin überrascht aus und hielt ihr Tablett fast schon schützend fest. »Bist wohl richtig scharf drauf, dich zu beweisen, was?« Dann gab sie nach und reichte Juniper kichernd das Tablett. »Viel Spaß damit. Klingt, als könntest du jede Menge Hilfe gebrauchen.«

Das Quartier der Wachen war riesig, aber Juniper und Thea suchten einen ganz bestimmten Ort. Dabei handelte es sich um einen kleinen, spärlich eingerichteten Raum, doch sie waren schließlich nicht wegen der netten Atmosphäre hier, sondern wegen der Metalltür, die nach draußen zum Krater führte. Zwei Wachen ohne Masken hatten sich an einem Tisch vor einem Fenster hingelümmelt und langweilten sich trotz des spektakulären Ausblicks. Ein gähnender, zerklüfteter Krater gigantischen Ausmaßes lag vor ihnen, aus dem sich der Turm der Crux wie eine steinerne Zunge erhob. Juniper konnte sich nur mit Mühe einen erstaunten Laut verkneifen. So einen legendären Ort in echt zu sehen, war der Wahnsinn. Entlang des Kraterrandes lagen in gleichmäßigen Abständen weitere Wachhäuser verteilt, und Suchlichter spähten die Gegend nach Unregelmäßigkeiten ab. Aus der dunklen Tiefe stiegen metallene Plattformen, Treppen und Brückengänge empor wie das Skelett eines unfassbar großen Monsters.

Bei dem Anblick kamen Juniper wieder Zweifel. Wollten sie sich wirklich an diesen schwer bewachten Ort voller unberechenbarer Magie schleichen, um irgendeinen alten Kumpel von Zunder zu finden? War es möglich, dass da unten tatsächlich jemand wohnte?

Allerdings hatte Juniper keinen Grund, am Hasen zu zweifeln. Er galt als vertrauenswürdig und verdiente damit sogar seinen Lebensunterhalt. Trotzdem fühlte sich etwas nicht ganz richtig an und Juniper hatte gelernt, auf ihr Bauchgefühl zu hören.

Eine der Wachen wandte sich zu den Mädchen um. »Macht ihr Tee?«

Thea lächelte. »Deswegen sind wir hier! Wer möchte einen?«

»Dem Besucher sei Dank, ich bin schon am Verdursten!«

Die Mädchen brachten das Tablett zu einem Tischchen in der Ecke. Während Thea den Tee einschenkte, zückte Juniper eine kleine Ampulle mit Puder aus ihrer Tasche, die sie von Madame Adie bekommen hatte. Das war Mondkuss – das Zeug, das laut Madame Adie einen erwachsenen Menschen für ein paar Stunden in den Tiefschlaf versetzen konnte, wenn man nur daran roch. Thea hob den Deckel der Kanne und Juniper ließ blitzschnell das Puder darin verschwinden.

»Ich lasse die Kanne einfach hier«, verkündete Juniper, während Thea den dankbaren Wachen die Tassen reichte. »Dann bleibt der Tee für später warm.«

Eine Wache gab den beiden ein Okay-Zeichen mit der Hand, ohne dabei von ihrem Buch aufzusehen. Juniper stellte die Kanne auf einem metallenen Öfchen ab, das die schattige Eiseskälte aus dem Krater fernhielt. Madame Adie zufolge mussten sie nicht lange warten, bis der Mondkuss zu wirken begann.

Auf einmal ertönte Lärm im Korridor, und laute Stimmen kamen schnell näher.

Juniper und Thea wechselten noch einen besorgten Blick, da wurde schon die Tür aufgestoßen. Panik umklammerte Junipers Herz, als Everard hineingestürmt kam, gefolgt von der obersten Dienerin und einer anderen Wache, die ebenfalls nervös aussah.

»Aha!«, erklärte Everard triumphierend. »Ich *wusste* doch, dass ihr zwei nichts Gutes im Schilde führt!«

Eine der Wachen gab einen erschreckten Laut von sich und verschüttete fast den Tee.

»Heilige …«

»Es tut mir so leid, mein Herr«, entschuldigte sich die oberste Dienerin. »Ich habe versucht, ihn aufzuhalten, aber er ist ein Kandidat, und ich …«

»Wachen, verhaftet diese Mädchen!«, befahl Everard und lächelte Juniper höhnisch an. »Jetzt werden die Zeitungen *ganz sicher* eine Geschichte über dich bringen! So einen haltlosen Schwachsinn wie die Geschichte, die du mir erzählt hast, würden sie nie veröffentlichen! Ich *wusste*, dass ihr lügt, und bin euch heimlich gefolgt. Und das war auch gut so, denn jetzt kann ich endlich eure finsteren Machenschaften ein für alle Mal aufdecken, ihr miesen Verschwörer!«

Juniper war zugegebenermaßen beeindruckt, obwohl Everard gerade *alles* ruinierte.

»Kann mir vielleicht jemand erklären, was hier vor sich geht?«, fragte eine der Wachen.

»Ja, können wir«, antwortete Juniper schnell. »Wenn ihr alle reinkommt, können wir alles erklären.« Sie bat alle ins Zimmer und verbarg dabei, so gut es ging, ihr Gesicht. Thea stellte sich mit dem Rücken zur Tür und schloss sie unbemerkt ab. Auf der anderen Seite des Raums hoffte Juniper, die neben der Teekanne stand, dass niemand den Rauch bemerkte, der mittlerweile aus dem Ausguss stieg.

»Es stimmt«, sagte Juniper in dem Versuch, Zeit zu gewinnen. »Unser Plan war ebenso kompliziert wie sinnlos.«

Die oberste Dienerin schnupperte. »Brennt hier gerade was an?«

Alle drehten sich zur Teekanne um, die nun dicke, fette Rauchwolken von sich gab wie ein Schornstein. Juniper zog ein verstecktes Taschentuch aus ihrer Bluse und hielt es sich über die Nase. Sie erkannte den Geruch sofort wieder: Es war derselbe Lakritzgeruch, den sie schon oft in Madame Adies Labor gerochen hatte.

Die oberste Dienerin schwankte und fiel zu Boden.

»Was ist …«, sagte eine Wache und schnappte nach Luft. Sie griff nach ihrem Schlagstock am Gürtel und warf sich nach vorn, doch auch sie stürzte noch im Gehen auf den Boden. Dann fiel ihr Kollege vom Stuhl, und die dritte Wache landete auf ihm.

»Nein!«, schrie Everard, hielt die Luft an und stolperte auf Juniper zu. Doch er hatte schon zu viel von den Dämpfen eingeatmet. Seine Augenlider wurden bleischwer, seine Bewegungen träge, und er sah gerade noch, wie Juniper ihm zuwinkte, bevor auch er das Bewusstsein verlor.

Alle schliefen tief und fest. Die größere der beiden Wachen schnarchte sogar.

»Weißt du was?«, fragte Zunder, dem der Mondkuss offensichtlich nichts anhaben konnte. »Ich glaube langsam, ich habe diese Adie-Dame unterschätzt …«

23

AUF TAUCHGANG

Den Mädchen blieb ungefähr eine Stunde Zeit, bevor die Wirkung des Mondkusses nachließ, also beeilten sie sich und warfen sich schnell zwei Wachuniformen über, die an der Rückseite der Tür hingen.

Juniper stemmte die Hände in die Hüften und sah sich die beträchtliche Anzahl an Menschen an, die sie ausgeknockt hatten – deutlich mehr als erwartet. »Das macht die Sache komplizierter. Wie sollen wir einen Einbruch hinkriegen, solange Everard dabei ist? Wir können ihn nicht einfach zurücklassen.«

»Können wir nicht?«, fragte Zunder.

»Er wird allen erzählen, dass wir das waren!«, sagte Juniper.

»Soll ich ihn umbringen?«, bot Zunder an.

»Nein!«

»Nun, ihr könnt nicht behaupten, ich hätte es nicht versucht. Los, wir müssen Boden finden.«

»Es hilft wohl nichts«, sagte Thea, schlang sich Everards Arm um die Schulter und hievte ihn hoch. »Na, komm schon.«

»Everard, du Idiot, warum konntest du dich nicht einfach raushalten?«, murmelte Juniper und schnappte sich Everards anderen Arm.

»Ich muss schon sagen, ihr Mädchen beeindruckt mich«, sagte Zunder.

»Ach?«, meinte Thea.

»Ja, tatsächlich. Schon beeindruckend, wie ihr von einem Desaster ins nächste stolpert, ohne jemals ein Feuer zu löschen. Stattdessen zündet ihr nur immer neue an.«

»Hey, es läuft doch alles *ziiiemlich* genau nach Plan«, sagte Juniper, griff sich einen Schlüsselring vom Schreibtisch und probierte einen Schlüssel nach dem anderen aus. Als das Schloss endlich klickte, schob sie die Tür mit der Hüfte auf. »Was kann denn schlimmstenfalls passieren?«

»Wenn du das noch ein einziges Mal sagst, rufe ich höchstpersönlich die Wachen!«, drohte Zunder.

Die Gruppe bahnte sich langsam ihren Weg zum nächsten Lift. Everards Füße schleiften über die metallene Brücke, während der Wind über den riesigen Krater fegte und an ihren Mänteln zog. Den neugierigen Suchlichtern zu entkommen, war mit Everards schlaffem Körper im Schlepptau nicht gerade einfacher, aber sie kämpften sich voran. Juniper schob die Tür des Aufzugs auf, damit Thea Everard auf den Boden des Käfigs plumpsen lassen konnte.

Es gab nur zwei Knöpfe: hoch und runter.

»Es kann nur gut werden, wenn man sich tief in die Gedärme der Erde begibt, oder?«, sagte Juniper und drückte den Knopf nach unten.

Der Aufzug gab ein erschreckendes Quietschen von sich, das die Aufmerksamkeit der Wachen im nächstgelegenen Wachturm auf sich zog. Thea winkte ihnen zu. Zum Glück sahen die Wachuniformen der Mädchen aus dieser Entfernung überzeugend genug aus, und die Wachen winkten zögerlich zurück.

Der Lift rumpelte hinab in die immer dunkler werdenden Tiefen.

Verteidigungssymbole erschienen leuchtend an den Felswänden, als sie vorbeifuhren, doch Zunder deaktivierte sie mit einem Energiestrahl aus seinen Klauen. Juniper spürte wieder das vertraute Kribbeln in den Symbolen auf ihrer Haut, als wäre Zunders Magie irgendwie magnetisch.

Er verzog das Gesicht. »Uff, das war ein fieses Symbol. Autsch, das hätte wehgetan. Hätte aber lustig ausgesehen. Ihr habt Glück, dass ich da bin!«

»Was hätten die Symbole denn getan?«, fragte Thea, in deren Augen sich das magische Licht spiegelte.

»Ach, ihr wisst schon, das Übliche. Sie hätten euch komplett verschmort, euer Inneres nach außen gekehrt oder nur noch die groben Teile von euch übrig gelassen.«

»Hätten sie uns auch in Frösche verwandeln können?«

»Ich … habe bis jetzt noch kein Froschsymbol gesehen«, gab Zunder zu.

Thea seufzte. »Och, schade.«

Juniper starrte in die Tiefe und versuchte zu erkennen, was sie dort erwartete, doch sie sah nur kantige Felsen. Außer den Symbolen war ihnen noch keine merkwürdige Magie begegnet. Trotzdem trommelte sie nervös gegen die Käfigstangen und wurde langsam unruhig.

Nur ein Verräter würde sich an so einem dunklen, leblosen Ort verstecken. Bedeutete das also, dass sie sich gerade *freiwillig* zu einem echten Verräter begaben? Hatten die Verräter diese Sache vielleicht so eingefädelt, dass die Mädchen nun blind in die Falle tappten? Es hatte sich vor Kurzem noch nach einer guten Idee angehört. Sie brauchten Antworten, und hier würden sie sie bekommen. Aber es war eine Sache, sich etwas vorzustellen, und eine andere, es tatsächlich durchzuziehen.

»Uuuurgh«, erklang eine benommene Stimme. Everard rührte sich. Anscheinend hatte der Mondkuss an der frischen Luft einen schwächeren Effekt.

»Aufgewacht, Schlafmütze!«, sagte Thea.

»Was … passiert hier?« Er blinzelte die Mädchen an, dann machte er schwer atmend einen Satz nach hinten. »Was … wo bin ich? Habe ich nicht eben noch mutig dafür gesorgt, dass ihr eure gerechte Strafe bekommt?«

»Hey, Kumpel, krieg dich mal wieder ein.« Juniper kniete sich neben ihn, da sie befürchtete, sein besorgter Tonfall könnte die Aufmerksamkeit auf sie ziehen.

»Du hast meine Frage noch nicht beantwortet. Wo sind wir?«

»Weißt du, ich habe Angst, dass du ausflippst, wenn ich dir das sage, und dann gibt das hier eine große Szene …«, sagte Juniper.

»Warum sollte ich ausflippen? Wo sind wir?«

»Zuerst musst du versprechen, dass du cool bleibst, ja? Wir hängen jetzt zusammen in dieser Sache drin und …«

Everard packte sie bei den Schultern. »Als Kandidat des Ordens des Glanzes und Erbe des Hauses Amberflaw befehle ich dir, mir zu sagen, wo wir sind!«

»Wir sind im … ähm, irgendwie vielleicht …na ja … im Krater Des Besuchers. Ein winzig-mini-bisschen.«

»Im Krater?« Sein Gesicht verlor alle Farbe. Ohnmächtig sank er auf den Boden.

»Ist er tot?«, fragte Zunder hoffnungsvoll.

»Nein, er ist nur bewusstlos«, antwortete Juniper und prüfte seinen Puls. Sie schüttelte Everard. »Hey, Geldsack! Everard? Bist du noch da drin?« Sie pikte ihn vorsichtig in die Wange. Nichts. Dann verpasste sie ihm eine Backpfeife, und er schreckte auf.

»Er hat schon zu viel gesehen, wir dürfen ihn nicht gehen lassen!«, sagte Zunder mit hell glühenden Augen.

»Nein, Zunder, warte …«, setzte Juniper an, aber da war es schon zu spät.

Zunder sprang Everard an die Brust, umklammerte ihn mit den winzigen Geisterpfötchen am Hals und schüttelte ihn.

Everard wollte schreien, aber es kam nur ein ersticktes Röcheln heraus.

Juniper schlug auf Zunder ein, aber genauso gut hätte sie auf eine Rauchwolke eindreschen können. »Lass ihn einfach in Ruhe, okay? Du bist keine Hilfe!«

»Du bist zu nachsichtig!«, sagte Zunder und duckte sich unter Junipers Hand weg. »Er wird den Arkanisten alles petzen!«

»Was ist das für ein Ding?«, keuchte Everard und drückte sich gegen das Aufzuggitter. Seine Stimme klang panisch, als wolle er einen Schrei zurückhalten.

»Psssst! Everard, atme tief ein und hör mir zu, okay?«, flehte Juniper. »Die Wachen dürfen nicht wissen, dass wir hier sind …«

Everard gab einen gequälten Laut von sich und sah sich suchend um, als wäre ihm gerade wieder eingefallen, wo sie waren. »Warum machst du das? Bist du ein Verräter?«

»Nein!«, entgegnete Juniper. »Bin ich nicht, versprochen! Aber meine Kräfte … sind anders als die Magie der anderen Arkanisten!« Wie zur Erklärung deutete sie auf Zunder.

»Dieses *Ding* ist deine Magie?«

»Pah!«, machte Zunder.

»Hey, schön zuhören, Kumpel« Juniper schnipste mit den Fingern vor Everards Gesicht herum, da sie seine aufsteigende Panik bemerkte. »Ich verstehs ja auch nicht richtig. Dafür sind wir ja hier: um jemanden zu finden. Wir müssen nur ganz kurz mit ihm quatschen, und schon sind wir wieder weg. Dann verstehe ich meine Kräfte besser, kann sie effektiver kontrollieren, den Menschen beistehen und auch den Arkanisten helfen, Arkspire zu einem besseren Ort zu machen.« Damit hatte sie die Wahrheit ein klein wenig überstrapaziert, aber schließlich musste sie die Situation unter Kontrolle bringen. »Ich weiß, dass du mir nicht vertraust, aber es ist alles für einen guten Zweck, das verspreche ich dir.«

»Genau das würde ein böser Verräter sagen!«, konterte Everard.

Juniper schnaubte. »Findest du wirklich, ich sehe aus wie ein Verräter?«

Everards Augen wanderten von ihrem wutentbrannten Gesicht zu Zunders bedrohlich glühenden Augen. »Ja!«

»Dann müssen wir wohl getrennte Wege gehen«, sagte Juniper. »Aber wenn du hier unten erwischt wirst, kommst du genauso schnell in den Knast wie wir – nur damit dus weißt.«

Everard wollte noch etwas erwidern, doch dann fiel ihm die Kinnlade runter. Daran hatte er noch gar nicht gedacht. Verzweifelt rieb er sich mit den Händen das Gesicht. »Warum tust du mir das an? Du gibst wohl keine Ruhe, bis du meinen guten Ruf komplett in den Dreck gezogen hast, oder? Meine ganze harte Arbeit an der Akademie. Meine Loyalität und Hingabe!«

»Deinen Ruf kannst du ruhig behalten«, antwortete Juniper. »Ich will nur, dass du cool bleibst, dich unauffällig verhältst und tust, was wir dir sagen, kapiert? Also, sind wir jetzt ein Team, oder nicht?«

»*Wenn einer stolpert, fallen die dahinter auch bald*, wie meine Omama immer sagt«, fügte Thea hinzu.

Sowohl Zunder als auch Everard gaben verächtliche Töne von sich.

Juniper deutete das als Ja.

Das war auch gut so, weil der Aufzug in diesem Moment mit einem metallischen Geräusch zum Stehen kam.

Sie waren auf dem Grund des Kraters angekommen.
Vorsichtig ließen sie die Tür aufgleiten und rechneten
fast schon damit, kaleidoskopartige Farben und Felsen zu
sehen, die sich in Wolken verwandelten, Blitze, die vor
Energie knisterten und andere verrückte Magie. Stattdessen waren da nur Felsen. Viele, viele Felsen, einige merkwürdige Steinblöcke, die rund um die Grundmauern der
Crux angeordnet waren, und ein dünner Nebel, der sich
am Boden kringelte.

»Die Luft ist rein«, sagte Thea und schlich vorsichtig aus dem Lift. Die Stille hing über ihnen wie eine

schwere Sturmwolke, und die feuchte Luft zog ihnen bis in die Knochen und biss sie mit ihrer Eiseskälte.

»So viel zum Thema verrückte, unberechenbare Magie hier unten«, flüsterte Juniper. Ihre Stimme klang immer noch viel zu laut.

»Vielleicht ist die Magie trotzdem da und bringt uns alle um, wenn wir sie auslösen?«, quiekte Everard.

»Oder vielleicht ist es nur ein Gerücht, um die Leute fernzuhalten?«, meinte Zunder.

»Fernhalten wovon?«, fragte Juniper, die mittlerweile fast unerträgliche Zweifel hatte.

»Wartet!«, zischte Everard dringlich.

»Worauf?«, fragten die Mädchen.

Er zog einen kleinen Spiegel aus der Tasche, richtete sich die Frisur und ließ ihn wieder zuschnappen. »Okay, kann losgehen.«

Sie traten an einen der Steinblöcke heran. Er war etwas länger als ein Mensch und an der Oberseite mit Symbolen und Buchstaben graviert, die Juniper nicht verstand. Ganz oben befand sich ein zunehmender Mond.

»Der Stille«, las Everard besorgt über ihre Schulter hinweg. »Das sind Arkana-Glyphen.« Na klar, was denn sonst?

Die Arkana-Glyphen konnten nur die Arkanisten, Magister und Studenten der Akademie erlernen. Für alle anderen wurden sie als zu geheim und mächtig erachtet. Das hatte Elodie immer wieder gerne betont, seit sie die Glyphensprache lernte.

Sie gingen zum nächsten Stein, in den ein Skorpion eingraviert war. *»Der Ungesehene«*, sagte Everard. »Moment …« Er taumelte zurück, als er die Worte wiedererkannte, und sein Gesicht verzog sich zu einer ängstlichen Grimasse. »Bleibt weg von den Steinen! Der Stille, Der Ungesehene … das sind die Namen der Verräter. Wir stehen gerade vor …«, er schluckte, »ihren Sarkophagen!«

24

ERINNERUNGEN

Es waren viele. Juniper zählte mindestens zwanzig, und auf der anderen Seite des Turmes befanden sich noch viele mehr, die man nicht sehen konnte.

»Sie sind alle hier«, sagte sie mit einem eiskalten Gefühl in der Magengrube. »Alle fünfundneunzig, jede Wette.« Sie wanderte von Sarkophag zu Sarkophag und betrachtete die Wappen. Ein Falke, eine Hyäne, ein Hase.

Thea gab einen anerkennenden Pfiff von sich. »Wer hätte gedacht, dass sie alle hier mitten in der Stadt begraben sind?«

»Ich muss darauf bestehen, dass wir von hier verschwinden. Dass wir hier sind, bringt nichts Gutes!«, drängte Everard.

»Sobald wir mit dem Typen gesprochen haben, den wir suchen, gehen wir wieder, versprochen!«, sagte Juniper.

»Mit wem in aller Welt wollt ihr denn hier unten sprechen?«, fiepste Everard.

»Gute Frage«, antwortete Juniper. »Hast du eine Ahnung, wo sich dein Freund verstecken könnte, Zunder?« Allmählich kam ihr der Verdacht, dass sie die Antwort bereits kannte. Sie drehte sich zu ihm um, als keine Antwort kam, doch Zunder war nicht mehr da. Nur an seinen Augen, die fern in der Dunkelheit schimmerten, konnte sie erkennen, wo er sich befand. Er stand auf einem Steinsarkophag und starrte ihn mit bohrendem Blick an. Ausnahmsweise lag nichts Hinterhältiges in seinem Blick, kein finsteres Funkeln, kein bösartiges Lächeln. Seine Ohren hingen schlaff herunter, und auch sein Schwänzchen lag platt auf dem Boden. Er sah beinahe … traurig aus.

Respektvoll trat sie hinter ihn und betrachtete den Sarkophag. Darauf war ein Phönix eingraviert.

Der Seher«, las Everard vor.

»Er hatte die Macht, die Wahrheit in der Seele eines Menschen zu erkennen und all die Dinge, die ungesagt und ungeschrieben blieben, zu lesen«, sagte Zunder mit brechender Stimme. Er streckte die Hand aus und berührte den Sarkophag. »Sein wahrer Name war Boden. Zumindest für seine Freunde.«

Junipers Herz wurde schwer. Sie hatte schon befürchtet, dass die einzige Person, die alles erklären konnte, schon lange tot war, doch das machte die Tatsache nicht erträglicher.

»Helft mir, ihn zu öffnen«, sagte Zunder.

Everard atmete entsetzt ein. »Warum sollten wir so etwas tun?«

»Um sicherzugehen, dass er wirklich da drin ist?«, meinte Thea.

»Erstens lehrt uns der Orden der Mitternacht Respekt vor den Toten, damit sie nicht wütend aus dem Jenseits hinter dem Schleier wiederkehren. Und zweitens ist das ein Verräter! Wer weiß, was für unvorstellbar Böses noch nach all den Jahren an seinem Körper haftet! Es muss einen guten Grund geben, warum die Sarkophage hier unten sind. Die müssen bewacht werden bis zum Gehtnichtmehr. Es wäre komplett verantwortungslos – nein, *wahnsinnig* –, nur im *Entferntesten* daran zu denken …«

Everard wurde von dem Geräusch einer sich bewegenden Steinplatte unterbrochen. Die Mädchen hatten den schweren Deckel angehoben und schoben ihn weit genug zur Seite, um einen Blick ins Innere werfen zu können.

Es lag tatsächlich ein Toter darin. Ein schwarz gewordenes Skelett mit weit geöffnetem Mund, als hätte selbst der Tod ihm nicht seinen Sinn für Humor verderben können. Juniper nahm an, dass die Belustigung wohl nicht von dem großen Loch in seinem Schädel herrührte, das an den Rändern immer noch schwach magisch glühte.

Die Kinder schreckten vor dem gruseligen Anblick zurück. Everard wandte sich würgend ab.

»Die Arkanisten haben keine halben Sachen gemacht, als sie die Verräter geschlagen haben, was?«, flüsterte Juniper. Sie wusste ja, dass die Verräter böse waren, aber … *alter Schwede!* »Uns hat man immer erzählt, dass die Arkanisten den Verrätern ihre Kräfte weggenommen haben, aber nicht … nicht, dass …«

Juniper zitterte und versuchte, nicht daran zu denken, dass sie womöglich in den bevorstehenden Prüfungen das gleiche Schicksal ereilen könnte.

»Hier liegt Boden also begraben«, sagte Zunder. »Zumindest habe ich ihn gefunden. Und er war echt und nicht bloß das Produkt meiner kaputten Erinnerungen …« Er schloss die Augen und berührte mit einer Klaue den Schädel.

Juniper spürte ein Reißen, eine starke Anziehungskraft aus Zunders Richtung. Sie fühlte es tief in ihrem Inneren, als hätte jemand ein Lasso um ihre Seele geschlungen. Sie versuchte, sich zu widersetzen, da sie auf der anderen Seite etwas Schreckliches, Zerstörerisches wahrnahm, doch es hatte keinen Zweck. Zunders geballte Wut schrie mit überwältigender Macht in Junipers Gedanken auf sie ein. Ihr war, als würde sie durch eine Feuersbrunst taumeln, aus der es kein Entrinnen gab.

»DAS HABEN SIE MIT UNS GEMACHT!«, schrie Zunder.

Obwohl Zunders brennende Wut ihren Geist in Flammen setzte, gelang es Juniper, Zunders verstreute Gefühle in einen einzigen Gedanken zu bündeln. *Die Arkanisten.*

»Aber … warum?«, fragte Juniper mit zusammengebissenen Zähnen. »Was hast du gemacht, Zunder? Warum haben sie dich gefangen genommen?«

Zunder heulte nur in blinder Wut auf. Aber sie merkte, dass sie sich gerade auf bestem Wege befanden, seinen Erinnerungen auf die Sprünge zu helfen. Das konnte sie fühlen. Sie musste einfach noch ein bisschen tiefer graben.

»Was ist mit Boden? Was hat er getan?«

Bodens Name ließ Zunders glühende Wut erlöschen und ersetzte sie durch ein warmes Gefühl der Zuneigung. Für Juniper war dieses Gefühl, das in Wellen um ihr Herz wogte, nach Zunders Furcht einflößendem Ärger eine willkommene Abwechslung. Auch Zunder nahm es dankbar an, obwohl er diese Emotion kaum wiedererkannte. Alles, was er bisher gekannt hatte, war Selbstsucht, Chaos und Einsamkeit. Doch Boden hatte ihm etwas anderes gezeigt. Etwas, für das es sich zu kämpfen lohnte.

Zusammen hatten sie eine Möglichkeit gefunden, Zunder für immer ans Diesseits zu binden, sodass er nicht mehr durch den Schleier zurückgezogen wurde. Ihr Bund war stark. Stärker als alles, was Zunder bis dahin gekannt hatte, und doch so zerreißbar wie ein einzelner Faden. Die Arkanisten hatten sie auseinandergerissen, als sie eine Welt erschaffen hatten, in der keiner von ihnen beiden leben wollte.

Auf einmal fand sich Juniper ohne Vorwarnung in Zunders Erinnerung wieder. Zunder war gebrochen, besiegt und hinter Glas gefangen. Auf der anderen Seite der Spiegelscherbe stand eine Frau mit dunklen Augen und einem länglichen, blassen Gesicht. Um sie herum schienen alle Schatten stärker zu

werden und sich flackernd nach allen Seiten auszudehnen. Ihr Kopfschmuck bestand aus Blumen und Knochen. Es war Die Verhüllte, allerdings aus längst vergangenen Zeiten.

Sie hatte Zunder noch nicht entdeckt, doch sie suchte nach ihm.

»Du bist entweder sehr mutig oder sehr dumm, dass du dich einfach so in mein Versteck wagst«, ertönte eine Stimme. Die Verhüllte drehte sich um und sah einen jungen Mann hinter sich stehen, den Juniper aus den allerersten Erinnerungen wiedererkannte, die sie mit Zunder geteilt hatte. Boden.

Sein junges, freundliches Gesicht wirkte wütend, er hatte die Fäuste geballt und alle Muskeln angespannt, als mache er sich auf einen Angriff gefasst. Kurz glitt sein Blick über die Spiegelscherbe, in der Zunder gefangen war, doch er wollte nicht zu lange hinsehen und Der Verhüllten Zunders Gegenwart verraten.

»Begrüßt man so etwa eine alte Freundin?«, fragte Die Verhüllte. »Ganz besonders eine Freundin, die überall nach dir gesucht hat …«

Bodens Augen verengten sich. »Du bist nicht meine Freundin.«

Die Verhüllte gab ein missbilligendes Geräusch von sich. »Gab es nicht schon genug Blutvergießen, mein lieber Seher?« Ihre Stimme war hart, scharf und eisig wie der Tod.

»Nicht, solange ich deins noch nicht vergossen habe«, knurrte Boden.

»Hast du es noch nicht mitbekommen? Ich gehöre jetzt zu den Friedensstiftern. Ich habe mit vier von den anderen einen Waffenstillstand vereinbart.«

»Und *du* bist damit zufrieden?«, fragte Boden.

»Das muss ich wohl. Es ist ein geringer Preis für das Ende des Krieges.«

»Fünf Arkanisten gegen den Rest?«, Boden rang sich ein Lachen ab. »Ihr habt doch keine Chance. Der Krieg wird weitergehen und alle zerstören.«

Die Verhüllte lächelte, doch es lag keine Wärme darin. »Was das angeht: Mir ist das unschöne Gerücht zu Ohren gekommen, dass du immer noch im Besitz einer Scherbe des Spiegels bist?«

Bodens Gesicht wirkte auf einmal angespannt und verriet ihr alles, was sie wissen musste.

Zunder hatte nichts lieber gewollt, als seinem Freund dabei zu helfen, Die Verhüllte Glied für Glied auseinander-zureißen, doch er war gefangen und gebrochen.

»Wenn deine Kräfte dir wirklich die Wahrheit offenbaren, wundert es mich, dass sie dir noch nicht gesagt haben, was für ein Idiot du bist«, sagte Die Verhüllte. »Diese Kreatur ist eine Bedrohung, eine Gefahr. Sie wird alles kaputt machen, und das weißt du auch. Sie muss zu unser aller Wohl zerstört werden.«

Während sie sprach, leuchteten um sie herum Symbole auf. Sie griff sich klammernd an die eigene Kehle, röchelte und hustete. Vor Überraschung riss sie die Augen weit auf, denn sie war im Begriff zu ersticken. Aus ihrem offen stehenden Mund kamen dieselben Worte geflogen, die sie gerade erst ausgesprochen hatte, und legten sich wie eine Schlinge um ihren Hals.

Boden hatte zwar allein keine Chance gegen die Arkanistin, doch er hatte sein Zuhause mit raffinierten, mächtigen Schutzsymbolen versehen, die für Eindringlinge wie sie gedacht waren. Die Verhüllte brach zusammen und erstickte im wahrsten Sinne an ihren eigenen Worten.

»Das ändert … gar nichts«, keuchte sie. Irgendwie gelang es ihr, trotz des Hustens ein Lächeln zu behalten. »Die Beobachterin … hat alles gesehen …Sie weiß, wie es geht … wie man sich an jemand anderen bindet …«

»Nein …«, flüsterte Boden mit zitternden Händen und angstverzerrtem Gesicht.

»Es ist schon geschehen. Jeder von uns hat jemanden gefunden … dem wir unsere Kräfte … vererben können. Du hast Die Verhüllte nicht getötet. Unsere Namen … sind nun … *ewig* …« Dann gab Die Verhüllte einen letzten Seufzer von sich und verstummte.

Juniper kehrte langsam mit ihrem Bewusstsein wieder in den Krater zurück, doch vor ihren Augen drehte sich immer noch alles, und sie war noch halb von Zunders Gefühlen umnebelt. Rückwärts stolperte sie in Theas Arme.

»Juni, gehts dir gut? Ihr wart gerade komplett weggetreten!«

»Die Beobachterin hat den anderen Arkanisten beigebracht, wie man das Ritual des Erbens durchführt?«, fragte Juniper Zunder und versuchte, wieder klar im Kopf zu werden.

»Sie hat ein Wissen *gestohlen*, das sie nie hätte haben sollen«, knurrte Zunder.

»Auf die Weise haben die Arkanisten die Verräter besiegt«, schlussfolgerte Juniper. »Ihre Macht hat weitergelebt, während die Verräter niemanden hatten, dem sie ihre Kräfte vererben konnten …«

Zunders Gefühle verwandelten sich in einen Sturzbach der Trauer, der Juniper mitzureißen und zu verschlingen drohte. Sie schwamm gegen den Strom und versuchte, sich aus seinen Gedanken zu befreien. Mit aller Kraft gelang ihr die Rückkehr in die Realität. Sie rieb sich die Augen und stellte überrascht fest, dass sie geweint hatte und außer Atem war, als

wäre sie gerade eine Meile weit gerannt. Ihre Symbole und ihre Augen leuchteten hell, doch nun, da die Verbindung zu Zunder schwächer wurde, ließ auch das Glühen wieder nach.

Thea und Everard sahen völlig perplex zu.

»Dafür werden sie bezahlen!«, flüsterte Zunder Bodens Skelett zu. »Sie werden für das bezahlen, was sie uns angetan haben!«

Juniper versuchte, das Zittern in ihren Händen zu unterdrücken. Boden hatte Die Verhüllte umgebracht. Zum Glück hatte sie rechtzeitig ihre Kräfte weitergegeben, trotzdem hatte er sie *ermordet*.

»Du warst also an einen Verräter gebunden?«, fragte sie und hoffte, weniger ängstlich zu klingen, als sie sich fühlte.

Zunder drehte sich langsam zu ihr um, die Augen immer noch vor heller Wut erleuchtet. »Wenn dieses Wort überhaupt etwas bedeutet …« Er wandte sich wieder dem Sarkophag zu und konzentrierte sich. »Dass ich hier bin … bei Boden … das bringt … meine Erinnerungen zurück …« Er kniff die Augen zu, und um seine Klauen herum leuchteten Symbole auf. »Wir sind einen Pakt eingegangen, Boden und ich. Zusammen würden wir die Herrschaft der Arkanisten beenden. Wir wollten alles niederreißen, was sie aufgebaut hatten, und sie stürzen sehen.«

Bei diesen Worten schreckten die Kinder zurück. Selbst Thea sah schockiert aus.

Es lief Juniper eiskalt den Rücken herunter, sie fror und bekam eine Gänsehaut. Hatte Everard etwa die ganze Zeit recht gehabt? Hatte sie dem bösartigen Gefährten eines lange verstorbenen Verräters Unterschlupf gewährt?

Nein. An der Sache war noch mehr dran. Sie hatte Zunders Gefühle gespürt. Boden war voller Güte gewesen, mehr als die meisten anderen Menschen. Wie konnte er da gleichzeitig ein böser Verräter sein?

Ihr blieb keine Zeit, darüber nachzudenken.

Hinter ihnen ertönte ein Knacken. Erstaunt sahen die Kinder zu, wie sich an den Grundmauern der Crux auf einmal ein Riss auftat, der immer länger wurde, bis er ein Rechteck formte. Während die Form noch im Entstehen war, drang bereits ein Licht durch den Spalt.

Es war eine Tür. In einer soliden Mauer war gerade eine Tür aufgetaucht, die nun von jemandem geöffnet wurde.

»Versteckt euch!«, zischte Juniper und ging hinter Bodens Sarkophag in Deckung, als eine Gestalt aus der unmöglichen Tür heraustrat.

»Ah, die letzte Ruhestätte unserer erbitterten Feinde«, erklang eine vertraute Stimme. »Das zaubert mir immer wieder ein Lächeln ins Gesicht.«

Juniper wagte einen kurzen Blick. Als sie sah, wer dort stand, sprang ihr fast das Herz aus der Brust.

Das Rätsel. Und er war nicht allein. Die Verhüllte, Der Sturm und Der Schöpfer standen direkt dahinter.

25

UNERWARTETE GESELLSCHAFT

Als Everard sah, wer gekommen war, wollte er schon losschreien, doch die Mädchen warfen sich auf ihn und hielten ihm den Mund zu.

»Nicht!«, flehte Juniper.

Everard wehrte sich und protestierte beleidigt, während Zunder die Arkanisten mit hasserfüllt glühenden Augen ansah.

Juniper warf ihm einen warnenden Blick zu. Grummelnd presste sich Zunder flach gegen den Sarkophag. Juniper spähte über den Rand.

Glücklicherweise hatten die Arkanisten sie nicht gehört. Sie standen alle hinter Der Verhüllten, als wollten sie sie irgendwo hinführen. Das bleiche Gesicht Der Verhüllten sah noch genauso aus wie in Junipers Erinnerung von damals, als sie Elodie gerettet hatte, nur ihr braunes Haar war knochenweiß geworden. Sie wirkte wie jemand, der unbedingt etwas beweisen wollte. Ganz anders als die selbstbewusste, strenge Person, die Juniper in der Crux verurteilt hatte. Tatsächlich schien sie eher nervös.

»Warum habt ihr mich hierhergebracht?«, wollte sie wissen.

»Du meinst, außer wegen der einladenden Atmosphäre?«, sagte Das Rätsel.

»Manchmal muss man wieder daran erinnert werden, welche Hindernisse die Arkanisten überwinden mussten, um dorthin zu gelangen, wo sie heute sind.« Der Sturm deutete mit seinem leuchtenden Regenschirm auf die Sarkophage.

»Ich kenne die Geschichte der Verräter«, murmelte Die Verhüllte.

»Aber kennst du sie wirklich?«, fragte Der Sturm. Sein Lächeln und seine golden schimmernden Augen hatten etwas Besonderes an sich. Man fühlte sich sicher und wollte alles tun, um ihm zu gefallen. »Es gab eine Zeit, in der sich alle hundert Arkanisten gegenseitig bekämpft haben, um der Anführer zu werden. Das Einzige, was sie dadurch erreicht haben, war ihre eigene Zerstörung.«

Die Kinder sahen einander verwirrt an. Selbst Everard hörte auf sich zu winden. *Alle* Arkanisten hatten darum gekämpft, die Welt zu beherrschen? Ihnen war immer erzählt worden, dass es nur die Verräter gewesen wären ... und dass nur fünf Arkanisten für Gerechtigkeit und Frieden aufgestanden wären.

»Erst als unsere fünf Vorfahren sich für eine Waffenruhe verbündeten, konnten sie den Krieg beenden. Vereint sind wir stärker, besonders jetzt, da Die Beobachterin uns anscheinend den Rücken zugewandt hat. Wenn jeder für sich arbeitet … nun ja …« Der Sturm hielt seinen Schirm über den nächstgelegenen Sarkophag. Das Licht drang durch den Stein, als wäre er gar nicht da, und enthüllte den verstümmelten Leichnam darin. Das Skelett war zu einem teerartigen Klumpen verschmolzen, als wäre es großer Hitze ausgesetzt gewesen.

Die Verhüllte schluckte. »Ich bin auf eurer Seite. Natürlich bin ich das.«

»Ach ja?« Das Rätsel, das in der Luft schwebte, faltete die Hände hinter dem Kopf.

»Die Magister deines Ordens haben uns einige beunruhigende Nachrichten überbracht«, erklärte Der Sturm. »Anscheinend widersetzt du dich immer noch unseren Gaben.« Er sah sie mitfühlend an. »Das haben wir doch schon besprochen, Nyx. Wir müssen alle am selben Strang ziehen, sonst funktioniert es nicht.«

Das todesbleiche Gesicht Der Verhüllten wurde ein klein wenig rot. »Ich … ich möchte die Magie ja reinlassen«, sagte sie und wich seinem Blick aus, »aber es fühlt sich nicht richtig an. Je mehr ich sie reinlasse, desto mehr habe ich das Gefühl, mich selbst zu verlieren, als würde ich jemand anderes.«

»Das *wirst* du auch«, bestätigte Der Sturm. »Du wirst jemand Größeres. Jemand *Besseres*.«

»Aber was ist mit diesen Träumen, die ich hatte?«, fuhr Die Verhüllte fort. »Die habe ich ständig. Ich bin in den Träumen ich selbst und gleichzeitig auch wieder nicht … wie eine ausgeblichene Version von mir.«

»He, Kleine, das geht *allen* Erben am Anfang so«, sagte Das Rätsel, immer noch entspannt vor sich hin schwebend. »Für uns war es genauso! Das ist bloß dein sterblicher Körper, der auf Kräfte reagiert, die jenseits des menschlichen Verständnisses liegen.«

»Ich weiß, dass es bloß Träume sind, aber sie fühlen sich so … *echt* an«, beharrte Die Verhüllte.

»Sie werden mit der Zeit schwächer. Allerdings nur, wenn du die Magie hereinlässt und lernst, sie zu beherrschen«, sagte Der Schöpfer mit einer Stimme wie quietschende Zahnräder. Seine glühenden Augen waren im Schatten seiner breiten Hutkrempe und seines hohen Mantelkragens kaum zu sehen.

Die Verhüllte nickte, sah aber immer noch nicht überzeugt aus.

»Wir müssen dieser kleinen Betrügerin aus den Dregs zeigen, wo sie hingehört«, sagte Der Sturm. Juniper zuckte zusammen, als sie ihn so über sich sprechen hörte, und sein Lächeln ließ die Worte umso schockierender wirken. »Du stellst ihr die erste Prüfung und musst dafür sorgen, dass sie auf spektakuläre Weise vor aller Augen versagt. Nur dann werden die Leute erkennen, was für eine Lügnerin sie ist.«

Die Verhüllte blickte finster. »Ich kann sie besiegen.«

»Kannst du das wirklich? Was, wenn nur die allerkleinste Chance besteht, dass sie die Wahrheit sagt? Wir wissen

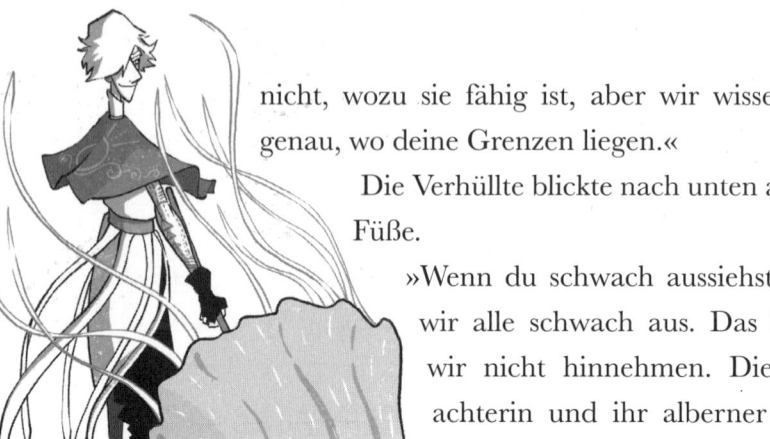

nicht, wozu sie fähig ist, aber wir wissen ganz genau, wo deine Grenzen liegen.«

Die Verhüllte blickte nach unten auf ihre Füße.

»Wenn du schwach aussiehst, sehen wir alle schwach aus. Das können wir nicht hinnehmen. Die Beobachterin und ihr alberner Orden der Iris haben unseren Ruf schon genug ruiniert.«

»Aber ich habe versucht, das Leben in meinem Distrikt besser zu machen«, erklärte Die Verhüllte. »Ich habe sogar ein neues Rationen-Spendenprogramm für die unteren Level gestartet. Ich …«

»Oh, ja, davon haben wir schon gehört«, unterbrach sie Der Sturm. Das Rätsel kicherte und schüttelte den maskierten Kopf, während Der Schöpfer metallische Geräusche von sich gab, die auf seltsame Weise wie Spott klangen. Die Verhüllte sah beschämt aus, als wäre es albern und kindisch, anderen Menschen helfen zu wollen.

»Die Leute blicken zu uns auf«, sagte Der Sturm. »Sie verehren uns. Völlig zu Recht. Aber weißt du auch, warum?« Er zeigte mit dem Schirm auf sie, wodurch sie in einer Art Rampenlicht stand.

»Weil wir mächtig sind? Weil … sie wie wir sein wollen?«

»Ganz genau! Sie wollen so sein wie wir. Sie haben es schwer im Leben. Sie haben nur wenig, brauchen aber viel. Doch die Vorstellung, dass ihre Kinder vielleicht einmal die nächsten Erben werden könnten und die ganze Familie dann in einer Luxusvilla in den Uppers wohnt – diese Vorstellung hält sie bei der Stange. Dafür strengen sie sich an, um so wie wir zu werden. Aber wenn du nun ihr Leben verbesserst, was passiert dann?«

Die Verhüllte rang nach Worten, also antwortete Der Sturm für sie. »Sie sind nicht mehr so verzweifelt. Sie träumen nicht mehr von etwas Besserem. Sie werden faul und weniger nützlich. Und wenn man dann die Leute dazu bringen will, etwas Bestimmtes zu tun, muss man Gewalt anwenden. Und bei Gewalt wirds immer hässlich.«

Das Rätsel kicherte. »Aber auch unterhaltsam.«

»Ich weiß ja nicht, wie ihr das seht, aber ich habe es am liebsten, wenn mich die Leute aus freien Stücken verehren«, sagte Der Sturm.

Juniper drehte sich der Magen um. Am meisten verstörte sie die Art und Weise, wie sie sprachen. So beiläufig, als wäre es ein kleines Spielchen der Arkanisten, das Leben der Menschen zu ruinieren. Als wären sie stolz darauf. Existierten die Dregs und das ganze Elend nur deswegen, weil die Arkanisten verehrt werden wollten? Welche kranken Monster wären zu so etwas fähig?

Everard wimmerte leise durch die Hände der Mädchen.

Die Verhüllte schien genauso geschockt wie Juniper. »Das ist nicht der Grund, warum ich eine Arkanistin geworden bin!«

Der Sturm lächelte. Dieses perfekte, freundliche Lächeln. Juniper fragte sich, wie sie es jemals als tröstlich hatte empfinden können. Jetzt kam ihr bei dem Anblick die Galle hoch. »Doch, natürlich!«, widersprach er.

Der Schöpfer griff sich Die Verhüllte mit beiden Händen und zwei Extrahänden, die unter seinem weiten Mantel hervorkamen. Sie waren aus verziertem Metall und hatten einzelne Glieder wie die Arme einer Marionette.

»Du wolltest Macht«, sagte Der Sturm zur sich wehrenden Verhüllten, als wäre sie ein kleines Kind. »Nun, jetzt hast du Macht. Aber vergiss niemals, womit wir es zu tun haben.«

Mit einer fließenden Handbewegung deaktivierte er einige der Schutzsymbole im Boden. In seiner anderen Hand glühte eine leuchtende Kugel.

Vor den Arkanisten erschien eine Gestalt mit einem lang gezogenen, dürren Körper und einem leeren Gesicht, die sich zu ihnen drehte, weil sie zur Magie hingezogen wurde. Ein Schatten.

Der Schöpfer schob Die Verhüllte auf die Gestalt zu. Voller Entsetzen wich sie zurück, schweißgebadet und panisch keuchend.

»Es braucht nur ein einziges schwaches Glied, und die Kette zerreißt.« Der Sturm sah zu, wie sich der Schatten gierig auf sie zubewegte und die langen Finger nach ihrem Gesicht ausstreckte.

»Du musst für uns stark sein. Du musst die Macht in dir akzeptieren, dich ihr überlassen und die Arkanistin werden, die deiner Bestimmung entspricht!«

Der Schatten berührte Die Verhüllte nun beinahe. Verzweifelt versuchte sie, sich loszureißen, doch Der Schöpfer hielt sie fest wie ein Schraubstock. Tränen liefen ihr übers Gesicht, als sie begriff, dass die Arkanisten sie wirklich hier und jetzt sterben lassen würden.

»Also, wie entscheidest du dich? Willst du das schwächste Glied der Kette sein? Oder willst du uns helfen, sie stärker zu machen?«, fragte Der Sturm.

»Ich werde helfen!«, schrie sie. »Ich helfe – versprochen!«
Der Sturm lächelte und hob eine Hand. Die Schutzsymbole flackerten wieder auf und umhüllten den Schatten
mit gleißendem Licht. »Das habe ich mir doch gedacht.
Lerne, deine Kräfte zu beherrschen, und töte dieses Bell-
Mädchen. Lass es wie einen Unfall aussehen – oder, besser
noch, wie ihre eigene Schuld.«

Juniper fühlte sich, als hätte man sie gerade in Eis getaucht,
als würde sie völlig taub, obwohl all ihre Sinne sie gerade an-
schrien. Diese Szene hatte sie so entsetzt, dass sie gar nicht ge-
merkt hatte, wie sich ihr Griff um Everard gelockert hatte. Er
hatte einen gequälten Schrei ausgestoßen und sich dann selbst
den Mund zugehalten, als er seinen Fehler bemerkt hatte.

Die Arkanisten drehten sich um. »Was war das?«

»Rein in den Sarkophag, los, los!«, flüsterte Juniper, der
das Herz bis zum Hals schlug.

Sie quetschten sich durch den kleinen Spalt, den sie
geöffnet hatten, und ließen sich zu Bodens leblosem,
vertrocknetem Skelett hinuntergleiten, als Der Schöpfer
mit beängstigender Geschwindigkeit auf sie zukam. Die
Kinder hielten den Atem an, als seine riesige Gestalt sich
auf der Suche nach der Lärmquelle über einen der nahe
gelegenen Sarkophage beugte.

Juniper spürte, wie Everard hinter ihr zitterte und Theas
Puls raste.

Der Schöpfer gab ein Grummeln von sich, das eher
mechanisch als menschlich klang. Seine Augen suchten die
Dunkelheit ab.

Da knackte auf einmal Bodens Hals, sein Schädel rollte zur Seite und starrte Juniper aus leeren, hohlen Augenhöhlen an. Nur mit Mühe konnte sie ihren Atem kontrollieren und versuchte, ihre Panik angesichts der ganzen misslichen Lage zu unterdrücken.

»Was gefunden?«, erklang die Stimme Des Sturms.

Der Schöpfer brodelte innerlich. »Nein.« Mit beängstigender Leichtigkeit schleuderte er einen steinernen Deckel von einem der Sarkophage, der laut auf dem Boden aufprallte. Er warf einen Blick hinein, wandte sich dann dem nächsten Sarkophag zu und riss auch diesen auf. Dann den nächsten. Währenddessen durchleuchtete Der Sturm mit seinem Schirm die übrigen Sarkophage.

Juniper presste die Fingernägel in die Handflächen. Es konnte sich nur noch um Sekunden handeln, bis sie entdeckt würden!

»Ich gehe hoch zum Kontrollturm«, sagte Das Rätsel, »und gebe den Befehl, den gesamten Krater abzuriegeln. Wenn hier unten jemand ist, dürfen wir ihn auf keinen Fall entkommen lassen.«

Ein Klicken wie von einem Schloss war zu hören, und es erschien eine weitere unmögliche Tür in der Steinwand. Dann erklang noch ein Geräusch in weiterer Ferne.

Es war das Scheppern des Aufzugs, der sich wieder nach oben bewegte. Der Schöpfer brüllte vor Wut und raste in Richtung des Lifts.

Juniper wusste, wie gefährlich es war, wenn man in einem Kampf in die Ecke gedrängt wurde. Sosehr sie sich auch fürchtete und sich am liebsten für immer versteckt hätte, wusste sie doch, dass sie sich in Bewegung setzen mussten.

Sie gab den anderen ein Zeichen, ihr zu folgen, kroch wieder aus dem Sarkophag und machte sich so klein wie möglich. Die Arkanisten hatten sich unterhalb des Aufzugs versammelt, den Die Verhüllte mit Bändern aus Schatten festhielt. Viel wichtiger war allerdings, dass die neue Tür, die das Rätsel geöffnet hatte, ganz nah und völlig unbewacht war.

»Los, los, los!«, flüsterte Juniper ihren verängstigten Freunden zu, die allerdings keine Extraeinladung brauchten.

Sie rannten durch die Tür ins Unbekannte. Juniper konnte noch einen letzten Blick auf die Arkanisten erhaschen und sah, wie etwas auf dem Boden auf sie zugekrochen kam. Erst jetzt bemerkte sie, dass Zunder verschwunden war, und begriff, dass er sich gerade zu ihr zurückschlängelte.

Er hatte den Aufzug nach oben geschickt und für die Ablenkung gesorgt.

Juniper wartete, bis er bei ihnen angekommen war, und trieb ihn zur Eile an.

Der Sturm erhob eine Hand zum Lift. Er schaute nicht einmal nach, wer sich darin befand, sei es nun eine Wache oder ein Diener. Lilafarbene und weiße Blitze schossen aus seinen Handflächen wie Tentakel, umhüllten den Aufzug mit brennender Elektrizität und zerstörten ihn so vollständig, dass nur noch ein wütender Feuerball aus geschmolzenem Metall davon übrig blieb.

Juniper und Zunder stürmten durch die Tür.

Im nächsten Moment fanden sie sich in einem Wachhaus oben am Kraterrand wieder, in einem großen Raum voller Wachen, die sie überrascht anstarrten. Juniper konnte kaum fassen, dass sie mit nur einem Schritt so eine große Entfernung zurückgelegt hatten.

Everard und Thea hielten unschlüssig inne. Die Wachen waren ebenso sprachlos.

»Wir werden angegriffen!«, schrie Juniper auf der verzweifelten Suche nach einer Ausrede. »Das Rätsel schickt uns, er braucht eure Hilfe!«

Einen Moment lang herrschte Stille, dann sahen die Wachen die Flammen des zerstörten Aufzugs durch den magischen Durchgang, griffen sich ihre Waffen und drängten sich an den Kindern vorbei, um den Arkanisten zur Seite zu stehen. Ohne Zeit zu verlieren, rannten die Kinder in die entgegengesetzte Richtung.

»Ordensangelegenheiten!«, quiekte Everard jedem zu, den sie trafen. »Ich bringe die beiden hier raus, aber die Arkanisten brauchen eure Hilfe!«

Die Kinder rannten, so schnell sie konnten, und entkamen schließlich aus dem Wachhaus. Sie wagten nicht einen einzigen Blick zurück.

26

NACHTSCHICHT

Der Weg zurück war, gelinde gesagt, angespannt gewesen. Die fliehenden Kinder hatten ständig befürchtet, dass die Arkanisten ihnen mit wutentbranntem Gesicht direkt auf den Fersen waren. Beim bloßen Anblick einer Wache zuckten sie zusammen, und die Passanten warfen ihnen erstaunte Blicke zu, als sie sich durch die Gassen schlichen und schlängelten.

Obwohl sie es ohne weitere Zwischenfälle schafften, nagte die Angst wieder an Junipers Innerstem, als sie einige Wachen vor Adies Apotheke stehen sah. Hatten sie etwa schon herausgefunden, wer den Krater betreten hatte?

»Was machen wir jetzt?«, fragte Everard verzweifelt. Die Geschehnisse des Abends hatten ihn so sehr mitgenommen, dass seine Frisur ausnahmsweise komplett durcheinandergeraten war – so oft hatte er sich angesichts der ganzen schrecklichen Nachrichten an den Kopf gefasst, als würde dieser gleich explodieren.

»Cool bleiben«, antwortete Juniper. »Wir kommen gerade von einem netten Abendspaziergang wieder, das ist alles.«

»Aber macht euch bereit zu rennen, falls die Wachen es sich anders überlegen …«, flüsterte Thea.

Die Wachen beobachteten sie genau, als sie näher kamen. Juniper nickte ihnen kurz zu und betrat mit rasendem Puls den Laden.

Zu ihrer Erleichterung sagten die Wachen kein Wort.

Thea winkte ihnen vergnügt zu, und Zunder huschte im Schatten hinein. Everard dagegen lief so steif, als hätte er hinten im Hosenbein einen Besenstiel stecken. Überrascht sah Juniper, dass Elodie drinnen auf sie wartete, daneben Papa und Madame Adie, die besorgt wirkten. Das erklärte also die Wachen.

»Juni, es ist spät! Wo warst du?«, verlangte Papa nach einer Erklärung.

Juniper stöhnte innerlich auf. Ihre gesamte Welt war gerade auf den Kopf gestellt und ordentlich durchgeschüttelt worden, da brauchte sie nicht auch noch eine Standpauke!

Papas Gesicht wurde wieder etwas freundlicher, als er sah, wie erledigt Juniper und ihre Freunde aussahen. »Alles in Ordnung? Was ist passiert?«

»Wir … wir …« Juniper fand nicht die richtigen Worte. Papas Anblick nach allem, was gerade geschehen war, überforderte sie fast. Sie wollte am liebsten in seine sicheren Arme rennen, ihm alles erzählen und sich dann verstecken, während er wie immer alles für sie klärte. Aber was sollte sie ihm erzählen? Dass alle Arkanisten, die man in der Stadt über Jahrhunderte verehrt hatte, eigentlich Lügner waren? Dass sie Monster waren, die kaltblütig Pläne ausheckten und den Armen etwas wegnahmen, während sie selbst im Überfluss lebten? Dass diese Helden, diese Legenden, denen die Menschen nacheiferten, sie töten lassen und die ganze Sache dann unter den Teppich kehren wollten?

Ihre Familie starrte sie an, und Besorgnis machte sich auf ihren Gesichtern breit. Selbst Madame Adie sah aufgewühlt aus.

»Ach, nichts«, brachte Juniper heraus. Thea und Everard warfen ihr einen fragenden Blick zu, doch sie riss nur warnend die Augen auf.

Verratet ihnen nichts!

»Wir haben bloß für die Prüfung geübt und komplett die Zeit vergessen, stimmts, Freunde?«

»Von der ganzen Bewegung bin ich noch total aufgewühlt!«, bestätigte Thea.

Everard stand einfach nur da, ungesund blass und mit offen stehendem Mund.

Juniper wollte ausnahmsweise nichts lieber, als ihnen die ganze Wahrheit zu erzählen, doch das war nicht möglich. Sie würden ihr niemals glauben. Die ganze Stadt liebte die Arkanisten, und jeder war mit den Geschichten ihrer Heldentaten aufgewachsen. Ihr Wort war Gesetz.

Und selbst wenn sie ihr Glauben schenkten, könnte sie das in Gefahr bringen. Die Arkanisten hatten Juniper bisher lediglich geduldet, weil sie sie nicht als Gefahr betrachtet hatten. Natürlich wollten sie Juniper früher oder später umbringen und es wie einen Unfall aussehen lassen. Aber wenn sie erfuhren, dass Juniper ihr Geheimnis kannte, würden sie ihre Familie bestimmt gleich mit auslöschen, Zeugen hin oder her.

»Noch zweimal schlafen bis zur Prüfung, da muss man gut vorbereitet sein, oder?« Juniper zwang sich zu einem Grinsen. Papa und Elodie lächelten zurück und freuten sich, dass sie anscheinend hart auf ein ehrenwertes Ziel hinarbeitete, obwohl ihnen der Zweifel noch deutlich ins Gesicht geschrieben stand.

»Ich bin eigentlich nur gekommen, um dir Glück zu wünschen«, sagte Elodie kleinlaut. »Ich weiß, dass es zwischen uns in letzter Zeit etwas *komisch* gelaufen ist, aber als ich gesehen habe, wie du den Leuten in der Flut geholfen hast …« Elodie rieb sich den Arm wie ein nasses Handtuch beim Auswringen und vermied es tunlichst, Juniper anzusehen. »Na ja, das war ganz schön selbstlos von dir.«

Sie streckte Juniper die andere Hand entgegen, in der sie etwas festhielt. Juniper nahm es entgegen. Es war die Halskette, die Elodie immer trug. Eine Lederschnur mit einer Glücksmünze, die Mama ihr geschenkt hatte, als sie sich an der Akademie beworben hatte.

Juniper bekam ein flatterndes Gefühl. Sie musste ein Schluchzen unterdrücken. Lächelnd legte sie sich die Kette um den Hals.

»Sie hat mir Glück gebracht, vielleicht bringt sie dir ja auch welches«, sagte Elodie. »Es … es tut mir leid, dass ich so gemein zu dir war. Ich hatte unrecht. Möglicherweise hast du doch das Zeug, eine Arkanistin zu werden.« Sie warf sich Juniper um den Hals. »Ich bin stolz auf dich, Juni.«

Juniper spürte, wie ihr beißende Tränen in die Augen stiegen und drohten, über ihre Wangen in Elodies Haar zu kullern. Papa lächelte übers ganze Gesicht beim Anblick der Schwestern, die sich wieder benahmen wie früher, wie Jelliper, das unzertrennliche Duo, das sie einmal gewesen waren. Nach vielen Jahren, in denen sie sich wie eine Versagerin gefühlt hatte, die nichts als Ärger machte, sah Juniper es deutlich in ihren Blicken und hörte es in ihren Stimmen: Sie waren tatsächlich stolz auf sie. Gerade deswegen schmerzte es sie so sehr.

Sie waren stolz auf eine Lüge, die gerade zunehmend außer Kontrolle geriet. Wie eine Lawine stürzte sie auf die scharfen Felsen im Tal zu, und mittendrin befand sich Juniper.

Sie schluckte. »El?«

Elodie strahlte sie an. Sie war der Akademie beigetreten, um das Leben in den Dregs besser zu machen, und arbeitete dabei unwissentlich mit denjenigen Menschen zusammen, die für das Elend verantwortlich waren. Da machte es auch keinen Unterschied, ob die Arkanisten sagten, Die Beobachterin hätte sich von ihnen abgewandt. Juniper wusste nicht mehr, wo oben und unten war, aber eines war ihr klar: Die Akademie war nicht das, wofür Elodie sie hielt.

»El, ich … ich denke, du solltest die Akademie verlassen.«

Zunächst lächelte Elodie noch weiter, als hätte sie Juniper falsch verstanden oder als hielte sie es für einen Witz. Dann zog sie die Augenbrauen zusammen, und ihr Lächeln wich Verwirrung. »Wie bitte?«

»Ich … ich habe einfach ein ungutes Gefühl bei der ganzen Sache.« Juniper konnte sich nicht mehr rechtzeitig eine Ausrede einfallen lassen, in ihrem Kopf herrschte pures Chaos. »Ich habe das Ganze jetzt aus der Nähe gesehen. Die Akademie ist nicht so toll, wie alle sagen. Es ist richtig hart. Die Leute behandeln dich anders. Ich weiß ja nicht, ob du schon …«

»Ich *glaubs* ja nicht!« Elodie stieß Juniper von sich. »Wie blöd ich doch war! Ich hätte es mir ja denken können. Es geht immer nur um dich, oder? Jetzt, wo du eine Arkanistin wirst, meinst du, dass ich einfach aufgeben soll? Dass du dabei besser bist als ich, wie bei *allem*, was du tust, und ich meine Träume auch gleich aufgeben kann? Ist es das?«

Juniper war nicht klar gewesen, dass Elodie sie so sah. »Nein! So ist das gar nicht gemeint. Ich …«

»Ich habe alles gegeben, um eine Kandidatin zu werden, Juni. *Alles!*«

»Das weiß ich doch!«

»Dann hoffe ich, dass die Prüfung gut für dich läuft, Juniper. Ich hoffe, du hast Erfolg und bekommst all die Aufmerksamkeit, auf die du so scharf bist. Und mach dir keine Sorgen, dass ich dir die Show stehlen könnte. Dregger werden eh nie ausgewählt, Arkanisten zu werden, hast du das nicht selbst gesagt?« Ohne ein weiteres Wort stürmte Elodie aus der Apotheke.

Eine unangenehme Stille hing über dem Raum.

»Deine Schwester macht einen netten Eindruck«, sagte Everard.

Papa seufzte. »War das wirklich nötig, Juniper?«, fragte er. »Ich weiß, dass es eine tolle Sache für dich ist, Juni, und ich bin wahnsinnig stolz auf dich. Aber, weißt du, die Akademie ist alles, was Elodie hat.«

»Papa … ich wollte nicht …«

Er wandte sich ab und schüttelte enttäuscht den Kopf. »Es ist irgendwie nie deine Schuld. Du hast übrigens das Abendessen verpasst, das Elodie für dich gekocht hat. Wir haben dir was übrig gelassen, aber jetzt ist es kalt.«

Juniper sah ihm nach, als er nach oben ging, unschlüssig, was sie sagen sollte. Schuldgefühle rumorten in ihrem Bauch, und ihr war schlecht. Sie hatte nicht wie eine Angeberin klingen wollen. Sie wollte doch bloß ihre Schwester beschützen!

Thea kam angerannt, umarmte Juniper und hob sie dabei fast von den Füßen.

»Wir müssen die Arkanisten aufhalten«, sagte Juniper. »Wir können sie damit nicht durchkommen lassen. Ich weiß nicht, wie, aber wir müssen es versuchen!«

»Genau das sage ich schon, seit wir uns das erste Mal begegnet sind«, merkte Zunder düster an.

»Ganz eurer Meinung«, stimmte Madame Adie zu. »Allerdings wäre es sehr hilfreich, wenn mir jemand mal erklären könnte, was hier eigentlich vor sich geht.«

Sie erzählten ihr alles, was passiert war, und ließen kein noch so schreckliches Detail aus.

Erst sah sie skeptisch aus, dann schockiert und schließlich richtig zornig. »Ich glaube dir auf jeden Fall, Schätzchen«, sagte sie. »Mir waren die Arkanisten noch nie ganz geheuer. Und ich werde *auf keinen Fall* zulassen, dass diese eitlen, selbstverliebten Betrüger dich fertigmachen.«

Juniper lächelte dankbar und kämpfte mit den Tränen.

»Außerdem hast du ja noch mich«, ergänzte Zunder. »Aber nur, weil ich unbedingt meine Rache will. Sonst hätte ich dich schon längst verlassen.«

Juniper nickte und drehte sich zu Everard um. Sie hoffte, dass er genauso schockiert über die neuen Informationen war wie sie und nicht gleich damit zu den Arkanisten rennen würde. Er starrte einfach nur mit großen, wässerigen Augen zurück, und sein Mund öffnete und schloss sich wie ein Fischmaul. Dann schüttelte er den Kopf und verschwand kommentarlos durch die Vordertür.

Juniper konnte ihm nicht einmal einen Vorwurf machen. Sie wusste, dass sie kaum eine Chance hatten. Sie waren nur einige wenige und noch dazu Kanalratten, Dregger, *Niemande*. Und sie wollten sich tatsächlich mit den mächtigsten Menschen dieser Welt anlegen. In solchen Momenten wünschte sie sich, das Unmögliche wäre nicht ganz so … nun ja … *unmöglich*.

Es war noch ein Tag bis zur ersten Prüfung, und nun bestand kein Zweifel mehr, dass Juniper nicht nur geprüft, sondern getötet werden sollte. Die Phonographen auf den Straßen spielten immer wieder das düstere Glockengeläut des Mitternachtsturms. Jedes Mal klang es für Juniper mehr nach einer Totenglocke, dieselben fünf Schläge, die die Zeit bis zu ihrem sicheren Verderben herunterzählten.

Juniper ohrfeigte sich selbst. »Jetzt reiß dich mal zusammen, Mädel! Die Arkanisten haben noch nicht gewonnen.« Die Misfits hatten ihren Lebensunterhalt damit verdient, höherstehende Menschen reinzulegen, und dasselbe würden sie auch dieses Mal tun.

»Wir müssen immer noch einen Weg finden, mir meine Magie zurückzugeben«, sagte Zunder. »Wenn wir überhaupt eine Chance haben wollen, diese selbstgefälligen

Stinktiere zu stürzen, dann müssen wir mich zuerst zu altem Glanz zurückführen.«

»Zuerst muss ich die Prüfung überleben«, antwortete Juniper. »Es sei denn, deine Magie liegt hier irgendwo im Laden rum?«

Zunder gab keine Antwort, doch seine Augen suchten unauffällig Adies private Räumlichkeiten ab.

»Also ich habe dich noch nicht verloren gegeben«, sagte Madame Adie kichernd, während sie emsig verschiedene alchemistische Gegenstände zusammensuchte.

Die Laternen in Adies Alchemielabor hatten Tag und Nacht gebrannt, und aus den Fenstern waren verschiedene bunte, intensive Dämpfe geströmt, die wahlweise nach Zimt, verbranntem Toast, Katzenurin oder regennassem Metall gerochen hatten. Sie hatte noch einige seltenere Zutaten benötigt, die ihr Juniper aber problemlos noch am selben Morgen hatte besorgen können, zumal einige Händler in den Uppers sie einfach völlig unbeaufsichtigt in den Regalen liegen gelassen hatten. Madame Adie schuftete wie eine Besessene: Tränke brodelten, Puder wurden zerstampft und verschiedene Mixturen gebraut. Außerdem hatten sie bloß drei Feuer löschen müssen!

Stolz wie Oskar breitete Madame Adie die Ergebnisse ihrer Arbeit auf einem Experimentiertisch aus. Juniper nahm sich den ersten Gegenstand, der zylindrisch und etwa doppelt so groß wie ihr Zeigefinger war.

»Wir wissen ja alle, dass Die Verhüllte auf Schatten steht, nicht wahr?«, fragte Madame Adie. »Dann zieh mal den Deckel von dem Ding ab.«

Juniper gehorchte, und ein gleißend heller Lichtstrahl, der ihnen fast die Sicht nahm, schoss wie eine Fontäne aus dem Zylinder.

»Boah!«, schrie Juniper und grinste. Das Licht war immer noch da; es schien mehrere Minuten anzuhalten!

»Wie schön das glitzert!« Thea tanzte im Funkenregen.

»Ich denke, wir sorgen für ein wenig Chancengleichheit, wenn wir Licht ins Dunkel bringen?« Madame Adie zog vielsagend die Augenbrauen hoch.

Der nächste Gegenstand erinnerte ein wenig an eine Trinkflasche ohne Korken mit einem extralangen Hals. Zwei Ampullen waren mit Röhrchen an der Flasche angebracht. Eine Ampulle enthielt eine klare Flüssigkeit, die andere eine leuchtend grüne.

»Na los, drück mal drauf!«, forderte Madame Adie sie auf.

»Und zeig dabei nach oben, ja?«

Der Behälter war gummiartig und flexibel und ließ sich mit dem Daumen eindrücken. Thea lehnte sich für einen genaueren Blick nach vorn, aber Madame Adie zog sie gerade noch rechtzeitig zurück, als eine strahlend grüne Feuerwolke mit einem Dröhnen herausgeschossen kam.

Juniper schnappte nach Luft. »*Coooooooool!* Ich kann mir keine Situation vorstellen, in dem ein Flammenspucker nicht nützlich wäre!«

»Wenn man auf die Gummifläche drückt, werden die Chemikalien gemischt. Das ist ziemlich nützlich, wenn einem mal nichts anderes übrig bleibt, als einfach alles *abzufackeln*«, erklärte Madame Adie mit einem leicht irrwitzigen Ausdruck in den Augen.

»Auch praktisch für Marshmallows«, fügte Thea hinzu.

Der letzte Gegenstand war eine Glaskugel von der Größe einer Pflaume. Es sah aus, als würde darin grün leuchtender Nebel umherschwirren, der sich im Labortisch spiegelte.

Madame Adie grinste. »Das ist mein Favorit, muss ich zugeben.«

»Muss man das Ding werfen?«, fragte Juniper und holte
schon mit dem Arm aus.

»Ich würde dir nicht empfehlen, das hier drinnen zu
machen«, warnte sie Madame Adie. »Ich habe nur einen
davon gemacht, und das kleinste bisschen von dem Gas
da drin könnte meinen ganzen Kleiderschrank in Brand
setzten. Ich nenne es meine Bumm-Kugel. Der Name ver-
rät dir bestimmt, was es tut.« Madame Adie lachte so irre,
dass Juniper die Kugel mit äußerster Vorsicht zurück auf
den Tisch legte.

»Mir tut Die Verhüllte fast schon leid.« Langsam glaubte Juniper selbst, dass sie vielleicht, aber nur vielleicht, eine winzige Chance hatten …

Sie wandte sich zu Thea. »Sieht ganz so aus, als könnte ich ein neues Outfit gebrauchen, damit ich den ganzen Kram hier mitschleppen kann. Und als meine Leibwache wollte ich dich fragen, ob du mir die Ehre erweisen würdest?«

Theas Augen leuchteten auf. »Springen Mäuse gerne Seil? Und ob! Oh. Mein. BESUCHER! Du musst in den Klamotten auf jeden Fall flexibel und beweglich sein.« Thea zählte alle Punkte an ihren Fingern ab. »Es muss eine Milliarde Taschen haben, in die du Omama Adies Sachen stopfen kannst. Das Outfit muss eine Spezialanfertigung sein, um damit Arkanisten fertigzumachen. Aber am allerwichtigsten ist …«, Theas Augen strahlten vor Aufregung, »dass du darin *hammermäßig* aussiehst!«

Junipers letzte Planungssitzung wurde vom Flüstern der Scheren und dem Sirren von Theas Nähmaschine begleitet. Die unebenen, knarzenden Holzdielen des Wohnzimmers waren komplett mit unzähligen Seiten voller skizzierter Pläne, Ablenkungsmanövern und Tricksereien bedeckt. Es stimmte, dass Die Verhüllte tatsächlich Junipers unerfahrenste Gegnerin unter den Arkanisten war, doch sie konnte trotzdem Magie anwenden. Juniper wusste ganz genau, dass sie dagegen keine Chance hatte.

Solange sie *fair* blieb. Allerdings gehörte *Fairness* nicht unbedingt zu Junipers Tugenden.

Thea tanzte aufgeregt auf der Stelle. »Uuuuuh, das sieht nach jeder Menge Schabernack aus!«

Juniper grinste. »Schabernack, Hokuspokus und Firlefanz!« Sie hatten sich für den ältesten Trick der Misfits entschieden, den *He, du! Guck mal hier!*

»Manchmal sind die Klassiker einfach die Besten«, sagte Juniper.

»Und was mache ich?«, wollte Zunder wissen.

»Du bleibst bei mir«, antwortete Juniper.

»Und dann? Soll ich einfach nur hübsch aussehen?«

»Zumindest bis wir eine Möglichkeit gefunden haben, wie du dich nützlich machen kannst.«

Zunder verengte die Augen. »Oh, da mach dir mal keine Gedanken. Was du darüber gesagt hast, dass die Arkanisten anderen Leuten ihre Kräfte wegnehmen … Das hat mich auf eine Idee gebracht …«

Juniper runzelte die Stirn. Warum musste alles, was Zunder sagte, so ominös klingen?

Als spät nachts endlich alles bereit war, traten die Mädchen und Zunder einen Schritt zurück und bewunderten ihr Werk. Sie waren den Plan durchgegangen. Die Kostüme waren fertig. Junipers »Magie« war zusammengebraut. Sie hatten getan, was sie konnten.

27

AUSSENSEITER

Wenn sie schon sterben müsste, dachte sich Juniper, dann wenigstens im Distrikt der Toten. Sie hoffte, dass Die Verhüllte zumindest so freundlich wäre, ihre Seele ins Jenseits zu führen, aber darauf verlassen wollte sie sich lieber nicht.

Der Mitternachts-Distrikt machte seinem Namen alle Ehre. Selbst an schönen Tagen war es hier düster, und auch wenn die Sonne schien, bekamen die Straßen nur selten etwas davon ab. Das lag an einem Zauber, den eine vorherige Verhüllte vor vielen Jahrhunderten über den Distrikt gelegt hatte. Es hatte irgendwas damit zu tun, der Toten in Ehren zu gedenken, hieß es.

Juniper versuchte, ihre Nervosität herunterzuschlucken, während sie neben Papa im Wagen saß, der sie abgeholt hatte, und über die kilometerlange Prachtstraße auf den Mitternachtsturm zurollte. Bleiche Gebäude, die aussahen wie aus Knochen geschnitzt, ragten dem silbernen Mond entgegen. Sie gaben ein unheimliches Licht ab, das sich im bewegungslosen Wasser der Kanäle zwischen den Häusern spiegelte. Einsame Laternen durchbrachen hie und da den Nebel über dem Wasser und zeigten an, wo sich die Bargen der schweigenden Fährmänner befanden. In jedem Fenster leuchteten Kerzen, deren Flammen neben den schwarzen Blumen, die an den Wänden emporkletterten wie hungrige Untiere, besonders bedrohlich wirkten.

Bei ihrem ersten Besuch mit Mama und Elodie all die Jahre zuvor hatte sie den Distrikt noch hübsch gefunden, erinnerte sich Juniper. Jetzt kam es ihr vor, als würde sie über das Skelett eines längst verstorbenen Riesen wandern.

Sie checkte noch einmal ihre Ausrüstung – zum ungefähr siebzehnten Mal. Thea hatte sich mit dem Outfit selbst übertroffen.

Es war der *Hammer*. Es bestand aus einem langen Mantel mit einer Kapuze, die Juniper hochziehen konnte, um total mysteriös und arkanistenmäßig auszusehen. Der blaue Mantel war beinahe schwarz, hatte ein türkises Innenfutter und auf dem Rücken eine aufgestickte Ratte. Die Hose und Stiefel waren so gearbeitet, dass sich Juniper darin schnell bewegen konnte. Die Lichtfontänen, die Madame Adie ihr gemacht hatte, hingen an einem Gurt über Junipers Brust, die Flammenspucker waren an ihren Unterarmschützern befestigt, und die Bumm-Kugeln hatte sie sich vorsichtig an den Gürtel gebunden.

Juniper fühlte sich wie eine Actionheldin. Wie eine Arkanistin.

Der Mitternachtsturm ragte über ihnen empor wie ein Tempel für die Toten, mit scharfen Kanten und rippenförmigen Vorsprüngen. Auf den weißen Wänden zeichneten sich hohe, blutrote Fenster ab, die auf den Glockenturm auf dem Gipfel deuteten. Es sah unglaublich hoch aus. Man erzählte sich, der Mitternachtsturm sei ein Portal ins Jenseits, und Juniper verstand, warum.

»*Überrascht* es dich, dass die Arkanisten in Wirklichkeit bösartige Tyrannen sind?«, flüsterte Zunder und sah nach oben auf den bedrohlich wirkenden Turm.

Juniper schluckte heftig. »Was? Findest du den großen, unheimlichen Turm, der aussieht wie ein Portal zur Unterwelt, etwa nicht einladend?«

»Keine Angst«, murmelte Papa, der dachte, sie hätte mit ihm geredet. Er sah ungefähr so ängstlich aus, wie Juniper sich fühlte. »Du schaffst das.«

Ein großer Platz vor dem Turm war zu einem Zuschauerbereich umgebaut worden. Es war so voll, dass der Wagen weit vor den Mauern des Turmes zum Stehen kommen musste. Menschen aus der gesamten Stadt drängten sich um die Tribüne, auf der die Magister des Ordens der Mitternacht Platz genommen hatten (natürlich beschützt von einer kleinen Armee aus Wachen), um das historische Ereignis ganz aus der Nähe zu sehen: die Prüfung der ersten sogenannten Arkanistin seit Jahrhunderten. Der Sturm, Der Schöpfer und Das Rätsel saßen bereits auf ihren reich dekorierten Thronen gegenüber einer großen Glaskuppel, direkt vor dem Haupteingang des Turms.

Juniper erblickte Madame Adie am Eingang zum Platz. Sie wurde von einigen Wachen weggeschoben, die gerade den kleinen Stand abbauten, den sie mitgebracht hatte. Sie hatte kleine Abbilder von Juniper als Erinnerungsstücke verkauft und extrem seltene Gesundheitsdränke, die angeblich von Juniper selbst gebraut worden waren (und bei denen es sich in Wirklichkeit um Eistee handelte). Als sie sah, wie Juniper aus dem Wagen stieg, winkte sie aufgeregt.

Juniper nickte zurück. Sie wünschte, Thea wäre auch da gewesen, aber die befand sich natürlich schon in Position. Die Operation *He, du! Guck mal hier!* konnte beginnen.

Die Menschenmenge teilte sich vor Juniper, als sie den Platz betrat, und ein Raunen ging wie eine Welle durch die Masse. Papa ergriff ihre Hand, und Juniper war dankbar dafür. Einige Leute sahen sie an, als wäre sie eine berühmte Superschurkin, zeigten auf sie und tuschelten, als sie vorbeiging. Wütende Rufe und Flüche wurden auf sie losgelassen, und einige Plakate ragten in die Höhe, auf denen ziemlich unangenehme Meinungen über Junipers Charakter zu lesen waren. Auf einigen davon waren Eulen abgebildet. Das waren die treuen Anhänger Der Beobachterin, die überzeugt waren, dass Juniper den Iris-Distrikt von seiner rechtmäßigen Herrscherin stehlen wollte. Sie hatte aber auch einige Unterstützer. Diese waren natürlich deutlich in der Unterzahl, und die meisten von ihnen wollten ihre Unterstützung nicht unter den Augen der Arkanisten zum Ausdruck bringen, doch sie waren da. Sie betrachteten Juniper mit hoffnungsvollem Blick; einige schlugen sich sogar solidarisch mit der Faust gegen die Brust.

Juniper zwang sich zu einem Lächeln, als sie sich den Arkanisten näherte. Damit wollte sie ihnen zeigen, dass sie keine Angst vor ihnen hatte, obwohl das nicht stimmte. Es war ein herausforderndes Lächeln, doch sie fürchtete die Auseinandersetzung mit den Arkanisten mehr als alles andere. Das Gesicht Des Schöpfers wurde von seiner breiten Hutkrempe verdeckt. Das Rätsel trug wie immer seine Maske. Der Sturm schenkte ihr sein warmes, strahlendes Lächeln, von dem Juniper ganz anders wurde.

»Miss Bell, wie schön, Sie wiederzusehen«, sagte er.

Papa verbeugte sich so tief, dass er schon fast auf den Knien kroch.

»Alles klar, Eure Ehren?« Juniper verneigte sich und versuchte, die Galle herunterzuschlucken, die ihr in den Rachen stieg.

»Ich denke, ich spreche für uns alle, wenn ich sage, dass wir uns freuen, Ihre Fähigkeiten zu sehen«, sagte Das Rätsel.

Juniper zwinkerte ihnen zu. »Dann machen Sie sich mal auf eine Show gefasst!«

Auf einmal veränderte sich das Licht. Alle Straßenlaternen und Kerzen flackerten tödlich rot, und die Schatten wurden länger und finsterer.

Der Lärm der Menge verwandelte sich in erwartungsvolles Gemurmel. Es war nun so still, dass man die verstörende Musik hören konnte, die durch die Luft zu ihnen flog und lauter wurde, je näher sie kam. Es war eine Art Chor in Begleitung einer großen Trommel, die wie ein

Herzschlag durch die Straßen des Mitternachts-Distrikts dröhnte. Ein Regiment Wachen vom Orden der Mitternacht marschierte über die Brücke auf den Turm zu. Die Menge machte ihnen Platz, und die Wachen stellten sich in Reihen auf dem rappelvollen Platz auf. Ihnen folgten Dutzende Magister in weißen Roben, die Kerzen trugen, als wären es heilige Relikte. Hinter ihnen fuhr ein großer Wagen ohne Dach, obwohl der Begriff »Wagen« dem Gefährt kaum gerecht wurde. Es war vielmehr ein Altar, der sich bewegte. Ein stufiger Schrein für die Dunkelheit, bedeckt mit blutrot flackernden Kerzen und schattenschwarzen Blüten. Davor stand der Chor, der eben noch gesungen hatte, in weiße Roben gehüllt und mit Münzen im Haar.

Oben auf dem Wagen saß auf einem knochenförmigen Thron Die Verhüllte. Sie trug ein schwarzes Kleid, das nur so vor Verzierungen strotzte und sich wand und kräuselte wie die Schatten, die sie kontrollieren konnte. Über der Schulter hatte sie ein Tuch mit feinen Stickereien von Blumen, Motten und Ranken drapiert, die sich um Totenschädel und Knochen wanden. Juwelen hingen um ihren Hals, an ihren Ohren und vom aufwendigen, spinnenartigen Kopfschmuck herab, der ebenfalls mit den schwarzen Blumen verziert war. Sie sah aus wie ein atemberaubender Albtraum. Juniper wusste nicht, ob sie Angst oder Eifersucht empfinden sollte.

Am seltsamsten waren allerdings die Schatten, die sie umgaben. Tausende von ihnen flatterten und flirrten umher

wie Motten. Einer davon saß auf dem ausgestreckten Zeigefinger Der Verhüllten, die Flügel schwarz wie die Nacht.

Juniper umklammerte Elodies Glücksmünze und hoffte,
dass Mama auch auf sie aufpasste.

Ihre Gegnerin erhob sich von ihrem Thron, und die
Motten stoben wie eine aufgewirbelte Schattenwolke auseinander. Sie verwandelten sich in eine Brücke aus Dunkelheit, auf der Die Verhüllte in ihrem Kleid hinabstieg, das

hinter ihr wie Nebelschwaden schwebte. Wie auf einen unausgesprochenen Befehl hin verbeugten sich alle Zuschauer gleichzeitig.

»Meinst du wirklich, wir haben eine Chance?«, fragte Juniper Zunder flüsternd. Sie waren die Einzigen, die noch aufrecht standen.

»Wenn du die Führung übernimmst?«, antwortete Zunder verächtlich. »Dann ist es eher eine Frage der Zeit, bis uns Die Verhüllte an der Wand zermatscht. Obwohl ich mir eigentlich sicher war, dass du schon viel früher einen schrecklichen Tod sterben würdest. Du überraschst mich immer wieder.«

Juniper lächelte. Das war der wohl größte Vertrauensbeweis, den man von Zunder erwarten konnte. »Weißt du was? Ich denke, wir sind alles in allem ein gutes Team.«

Zunders Schattenkringel flackerten bei diesen Worten. Er sagte nichts und suchte vermutlich gerade nach einer passenden Beleidigung, mit der er wie üblich auf derartige Nettigkeiten antwortete. »Ich hätte mit jemand viel Schlimmerem einen Bund schließen können, nehme ich an.« Er blickte nach unten, als schäme er sich.

Juniper beschloss, diesen Moment voll auszukosten, sagte nichts weiter und grinste ihn bloß an.

Zunder kniff die Augen zusammen. Erst jetzt, als sie ihm direkt in die Augen sah, bemerkte sie, wie sehr sie doch aus einer anderen Welt stammten. Diese Farben, dieses Leuchten. Sie wusste nicht, ob sie beruhigend oder Furcht einflößend waren.

»Die Arkanisten werden für das bezahlen, was sie getan haben. Dafür sorge ich schon.«

So, wie er das sagte, hatte Juniper keinen Zweifel.

Nach einem bedeutungsvollen Blickwechsel mit den anderen Arkanisten stellte sich Die Verhüllte mit ebenso unheimlichen wie eleganten Bewegungen neben Juniper, umflattert von ihren Schattenmotten. Die Menge drängte nach vorne, um die beste Aussicht zu haben. Juniper verbarg die Hände hinter dem Rücken, damit niemand das Zittern sehen konnte.

»Willkommen, stolze Bürger von Arkspire«, sagte der Sprecher auf dem Podium in ein Mikrofon, »an diesem historischen Tag!« Er trug einen vornehmen Anzug, hatte voluminöses, blondes Haar und ein rebellisches, kantiges Gesicht. Juniper erkannte seine Stimme sofort wieder. Es war der Phonographensprecher höchstpersönlich, Everards Papa! »Dies ist ein bedeutender Anlass! Dieses Mädchen, Miss Juniper Bell aus dem Iris-Distrikt, behauptet, vom Besucher höchstselbst gesegnet worden zu sein!«

Die Menge lachte höhnisch.

»Kann sie diese gewagten Behauptungen beweisen? Oder ist Miss Bell einfach eine Lügnerin, eine Gesandte der hinterlistigen Verräter, die – wie einige befürchten – noch immer vor den Toren unserer herrlichen Stadt lauern und nur auf einen Moment der Unaufmerksamkeit warten?«

Bei der bloßen Vorstellung schnappte die Menge nach Luft. Buhrufe und Spott flogen Juniper entgegen, und die Atmosphäre war schnell vergiftet. Mr Amberflaw hielt sich zurück und ließ die Menge gewähren. Die Beleidigungen wurden immer lauter, und die Buhrufe hallten wie Donnergrollen. Der Lärm war ohrenbetäubend, die Beleidigungen scharf wie Klingen. Juniper hielt nach ihren wenigen Unterstützern Ausschau, doch die waren viel zu eingeschüchtert, um für sie Partei zu ergreifen. Was waren schon Dregger wie sie in den Augen der Arkanisten und ihrer Orden?

Der Sturm hatte sich wieder auf seinen Thron gesetzt und strahlte übers ganze Gesicht.

Noch nie hatte sich Juniper so unbedeutend und überfordert von den Prüfungen gefühlt, die vor ihr lagen. Wie sollte sie jemals so viele Leute auf ihre Seite bringen, die alle dank einer Gehirnwäsche die Lügen der Arkanisten glaubten?

Doch dann hörte sie es. Eine einzelne Stimme, die inmitten der wütenden Rufe kaum zu hören war: »*Ju-ni-per! Ju-ni-per!*«

War das nur Einbildung? Es klang so, als würde jemand ihren Namen rufen. Sie sah in die spöttischen Gesichter der Menschen und erkannte, woher die Rufe kamen.

Sie konnte es kaum glauben. Es war Everard.

»*Ju-ni-per! Ju-ni-per! Ju-ni-per!*« Er war der Einzige, doch er stieß mit jedem Ruf die Faust in die Luft und machte sich komplett zum Idioten. Doch dann stimmte erstaunlicherweise noch jemand mit ein und dann noch einer.

»*Ju-ni-per! Ju-ni-per!*«

Es war, als wäre ein Damm gebrochen. Everard hatte Junipers Unterstützern das Selbstbewusstsein gegeben, ihre Stimmen zu erheben. Je mehr Menschen riefen, desto mehr stimmten mit ein. Es waren allesamt Dregger, vor allem aus dem Iris-Distrikt, und sie alle skandierten ihren Namen.

»JU-NI-PER! JU-NI-PER! JU-NI-PER!«

»Die Arkanistin der Dregs!«, schrie eine besonders schrille Stimme.

Junipers Herz war auf einmal so übervoll, als könnte es jeden Moment platzen. Ausgelassen lachend, antwortete sie Everard mit Schüssen aus der Fingerpistole.

Nicht dass sie das besonders witzig gefunden hätte, sie war einfach nur so überwältigt vor Dankbarkeit für

Everard, Thea, Madame Adie, Papa, und ja, auch Zunder, die sie bei dieser Prüfung nicht alleinließen.

Das erste Mal, seit sie ihn persönlich getroffen hatte, lächelte Der Sturm nicht mehr. Stattdessen warf er Amberflaw einen mörderischen Blick zu.

»Ruhe! Ruhe, bitte!«, rief Amberflaw einige Male ins Mikrofon. »Ähem. Um sich zu beweisen, muss Miss Bell fünf Prüfungen bestehen. Erst dann wissen wir, ob sie tatsächlich diejenige ist, für die sie sich ausgibt. Die erste Prüfung wird ihr von Der Ehrenwerten Verhüllten gestellt! Miss Bell muss auf die Spitze des Mitternachtsturms klettern und die Melodie spielen, die wir mittlerweile alle so gut kennen ...«

Mehr Gelächter erschallte. Die Leute hatten verständlicherweise die Schnauze voll von dieser Melodie, die sie jeden Morgen zu hören bekamen.

»Aber welche Überraschungen hält Die Verhüllte bereit? Es gibt nur einen Weg, das herauszufinden. Lasst die Prüfung beginnen!«

Der Schöpfer warf etwas in die Luft. Es war ein kleiner, mechanischer Vogel, der auf bronzenen Flügeln über das Publikum glitt. In der großen Glaskuppel in der Mitte des Platzes erwachte flackernd ein Bild zum Leben. Es zeigte den Platz und die Menge aus großer Höhe. Donnernder Applaus ertönte. Für Juniper fühlte es sich an, als käme er aus Millionen Meilen Entfernung. Sie hatte kaum ein Wort mitbekommen, so konzentriert war sie auf Die Verhüllte gewesen, die einfach nur zurückgestarrt hatte, reglos wie die Toten, für die sie stand. Juniper brauchte einen

Moment, um zu begreifen, dass die Glaskuppel zeigte, was der mechanische Vogel sah. Polternd öffneten sich die großen Türen am Turm.

»Mir nach!«, forderte Die Verhüllte Juniper auf.

Papa wollte noch etwas sagen, aber ihm blieb die Stimme weg. Da legte er Juniper eine Hand auf die Schulter und bat sie mit einem flehentlichen Blick, nicht zu gehen.

»Wenn die Welt dir eine leere Tasche gibt, dann ist es deine Aufgabe, sie zu füllen«, sagte Juniper, die ihre Gefühle kaum noch runterschlucken konnte. Das hatte Mama immer gesagt. »Ich bin gleich wieder da. Muss nur schnell eine leere Tasche füllen.«

Papa lachte. Oder war das ein Schluchzen gewesen? Schwer zu sagen.

Sie lächelten einander bedeutungsvoll an, und Juniper salutierte ihm zum Spaß. Dann folgte sie Der Verhüllten in die Tiefen des Mitternachtsturms.

28

DER
MITTERNACHTSTURM

Junipers Augen mussten sich erst an die Dunkelheit gewöhnen. Das höhlenartige, kreisförmige Gewölbe erstreckte sich in solche Höhen, dass sie den Kopf ganz zurücklegen musste, um die Spitze und die steinerne Treppe zu erkennen, die an der Wand entlangführte. Statt der parfümierten Luft und der extravaganten Möbel, die sie erwartet hatte, roch dieser Ort muffig und war komplett leer bis auf Hunderte Blumen und Kerzen, in runden Mustern ausgelegt, die an magische Symbole erinnerten.

Abgesehen von den lang gezogenen, roten Fenstern, die wie Blut von den Wänden zu tropfen schienen, waren sämtliche Wände mit Steingravuren überzogen. Moment mal. Waren das *wirklich* Gravuren?

Das Blut gefror Juniper in den Adern, als sie die Formen deutlicher erkennen konnte. Das waren keine Gravuren. Es waren Knochen.

Tausende und Abertausende von Knochen, zu viele, um sie zu zählen, waren bis ganz nach oben in die Wände eingelassen. Viele davon waren vollständige Skelette, andere waren einzelne Knochen, die in schönen, wenngleich makabren Mustern angeordnet waren. Juniper erschauerte.

Die Verhüllte baute sich vor ihr auf. Jetzt, da sie so nah beieinanderstanden, fiel Juniper auf, dass die Arkanistin ungefähr genauso gerne hier war wie Juniper selbst.

»Du musst das nicht tun«, sagte Juniper leise, damit der mechanische Vogel, der über ihnen kreiste, sie nicht hören konnte.

Die Verhüllte zögerte, aber nur einen kurzen Augenblick. »Es tut mir leid«, flüsterte sie und warf die Hände nach vorn.

Die Schatten im Turm erzitterten. Sie strömten zu ihren geöffneten Handflächen, als wären diese schreckliche Brunnen aus Dunkelheit.

Sie lässt die Magie herein, wie die Arkanisten es ihr befohlen haben. Sie zogen das also wirklich durch. Vielleicht ging es ja allen Arkanisten so: Sie alle hatten am Anfang gute Absichten, bis sie dann von den anderen Arkanisten in einem endlosen Kreislauf verdorben wurden. Bei dem Gedanken, dass Elodie dasselbe geschehen könnte, drehte sich Juniper der Magen um.

Es war, als würde der Turm einen Seufzer von sich geben, als ein Flüstern von oben von der Treppe hallte.

Die Verhüllte drehte sich ruckartig um und beugte sich vornüber. Dann erlangte sie die Fassung wieder und richtete sich auf.

Juniper begriff sofort, dass sich gerade etwas verändert hatte. Etwas an der Art, wie Die Verhüllte stand, wie sie sich bewegte.

»Du hast keine Ahnung, was ich alles tun musste, um so weit zu kommen«, zischte sie mit eiskalter Stimme, und ein geisterhaftes Flüstern folgt ihren Worten wie ein Echo. »Du hast rein gar nichts getan, um deine Position zu verdienen. *Nichts!*« Das letzte Wort schrie sie so laut heraus, dass Juniper vor ihrer Boshaftigkeit zurückschreckte. »Du bist ein Niemand. Ich werde nicht zulassen, dass du den Namen Der Verhüllten beschmutzt. Ein Name, der die Jahrhunderte überdauert hat, der Macht in sich trägt und Furcht hervorruft.« Die Schatten, die Die Verhüllte umkreist hatten, verwandelten sich explosionsartig in eine Wolke aus Motten, die zu Tausenden um sie herumschwirrten wie ein Wirbelsturm. »Renn, kleiner Niemand, und verschwinde wieder in der Bedeutungslosigkeit, aus der du gekommen bist.«

Es wurden immer mehr Motten, die im Schwarm eine Kerze nach der anderen auslöschten.

»Es geht los …«, sagte Zunder und umklammerte mit dem Schwanz fest Junipers Arm.

Die Prüfung hatte begonnen. Und Juniper rannte, was das Zeug hielt.

Sie stürmte durch die umherschwirrenden Motten auf die gewundene Treppe zu; ihre Schritte klackerten auf dem harten Stein.

»Auf offenem Feld bin ich tot. Auf offenem Feld bin ich tot«, sagte sie sich immer wieder.

»Wie wärs mit einem etwas motivierenderen Song?«, schlug Zunder vor.

Sie nahm immer drei Stufen auf einmal und konnte sich dank der geschwungenen Treppe richtig in die Kurve legen. Die Knochen flogen nur so an ihr vorbei. Hinter ihr flatterte der mechanische Vogel und verfolgte jede ihrer Bewegungen. Draußen jubelte das Publikum.

»Schön, dass die alle so einen Spaß haben«, keuchte Juniper.

»Wer würde denn nicht gerne sehen, wie ein Mensch von Motten in Stücke gerissen wird?«, merkte Zunder an.

Zu Junipers Überraschung folgte ihr Die Verhüllte nicht. Sie stand einfach nur unten da und sah Juniper zu, wie sie rannte. Die Dunkelheit umhüllte sie wie stetig steigendes Wasser. Vielleicht war es doch viel einfacher, als Juniper gedacht hatte?

Diesen Gedanken bereute sie sofort.

Der Mottenschwarm wurde erstaunlicherweise immer größer und löschte alles Licht aus, das er berührte.

»Das kann nichts Gutes bedeuten, oder?«, fragte Zunder.

Juniper wurde noch schneller, während sich die Treppe in einer scheinbar endlosen Spirale in die Höhe wand. Ihre Lungen schrien nach Luft, ihre Beine brannten, doch sie rannte weiter.

»Schneller, du musst schneller sein!«, drängte Zunder sie, als die aufsteigenden Motten schon fast auf ihrer Höhe waren.

»Warum rennst *du* nicht einfach, und *ich* setze mich auf *deine* Schulter?«, ächzte Juniper mit rasendem Puls.

Doch es nützte alles nichts. Mit heftigen Flügelschlägen erhob sich der Schwarm in der Mitte des Turms wie ein Tornado. Juniper schrie auf, als die Motten über sie hereinbrachen, und versuchte, ihr Gesicht vor den kratzenden, flatternden Flügeln der unzähligen Insekten zu verbergen. Da bemerkte sie, dass sie überhaupt nichts gespürt hatte. Die Motten waren einfach wie ein eisiger Wind an ihr vorbeigezogen, ohne papierartige Flügel oder suchende Fühler. Sie hätte sich genauso gut vor einem Schatten verstecken können.

Alles wurde still. Im Turm herrschte wieder Ruhe. Nicht einmal die mechanischen Flügel des Vogels waren mehr zu hören.

Juniper öffnete die Augen. Zumindest dachte sie das, doch sie konnte rein *gar nichts* sehen.

Sie blinzelte noch einmal zur Sicherheit. Eine Art von Dunkelheit umgab sie, in der sie nicht das kleinste bisschen Licht, geschweige denn ihre Hand vor Augen sehen konnte.

»Zunder?« Ihre Stimme klang in der leeren Schwärze, der undurchdringlichen Stille, fast schon unangemessen laut.

»Ich bin hier«, antwortete er.

Juniper war froh, seine Stimme zu hören und nicht allein zu sein. »Kannst du was sehen?«

»Nicht durch diese magische Dunkelheit.«

Also war sie nicht einfach erblindet. Immerhin etwas.

Sie wagte einen Schritt. Ihr Fuß klackerte auf dem Steinboden. Und noch ein Schritt. *Klack.*

Mit einer Hand tastete sie im dunklen Nichts nach dem Geländer herum, bis sie schließlich das kühle Metall spürte. Dann hangelte sie sich daran nach oben. Ein Schritt. Noch ein Schritt. Und noch einer. Das würde sicher ewig dauern.

Irgendetwas gab hinter ihr einen Ton von sich. Sie drehte sich um, sah aber nichts als erdrückende Finsternis. Sie horchte aufmerksam, alle Sinne in Alarmbereitschaft.

Nichts. Hatte sie es sich etwa eingebildet?

Als sie gerade wieder losging, hörte sie ein anderes Geräusch. Ein leises Rascheln, wie trockene Blätter im Wind.

»Hast du das gehört?«, fragte sie im Flüsterton, der sich immer noch laut wie ein Schrei anfühlte.

»Nein«, antwortete Zunder. »Oder doch. Vielleicht. Ich glaube, ich werde hier drinnen verrückt.«

Schlich sich Die Verhüllte heimlich an sie heran? Die Dunkelheit schien eine Schwere zu haben, die von Sekunde zu Sekunde zunahm und Juniper niederdrückte. Es fühlte sich an, als würden die Wände immer näher kommen, und

Juniper befürchtete langsam, sie würde nie wieder Tageslicht sehen.

Ihr Atem ging schnell und stoßweise. Konnte sie sich überhaupt noch daran erinnern, wie Licht aussah? Moment mal, Adies Lichtfontänen! Fast schon verzweifelt suchte sie nach einer davon, zog sie aus ihrem Brustgurt und riss den Deckel ab, als würde ihr Leben davon abhängen. Vielleicht tat es das sogar.

Das Licht ließ sie fast erblinden, doch Juniper hätte es den ganzen Tag lang anstarren können. Die Funken sprühten hinaus ins Nichts und erleuchteten nur einen winzigen Bereich um sie herum. Hier und dort flatterten einige Schattenflügel, während die Dunkelheit sich hartnäckig zur Wehr setzte.

Juniper hielt die Leuchtfontäne hoch und machte einen Satz, als sie die unzähligen Totenschädel sah, die sie von den Wänden her angafften. Die leeren Augenhöhlen schienen das Licht zu verschlingen, und die Münder sahen aus, als würden sie amüsiert grinsen, während Juniper verzweifelt gegen die Finsternis ankämpfte. Sie bewegte die Fackel in alle Richtungen, konnte die Quelle des Raschelns aber nicht entdecken.

»Lass uns weitergehen«, drängte Zunder, als die Fackel langsam erstarb.

Nun hatte die Dunkelheit sie wieder verschluckt. Da Juniper nicht alle Fackeln auf einmal aufbrauchen wollte, ertastete sie eine Treppenstufe nach der anderen in der Schwärze. Sie hörte bloß ihren eigenen Atem und

ihren pochenden Herzschlag.

Direkt neben ihr raschelte etwas, und sie zuckte zusammen. Sie fühlte einen Luftzug, als hätte sich irgendetwas bewegt. Sie erstarrte und suchte zu erahnen, was es sein könnte.

Alles war still. Selbst die Menge draußen schien verschwunden zu sein.

Sie machte noch einen Schritt. Da war wieder dieses Geräusch, wie Zweige, die unter ihren Füßen zerbrachen, begleitet von dem Gefühl einer nahen Bewegung.

Sie zog noch eine Fackel heraus.

Diesmal sah sie, woher das Geräusch kam.

Die Skelette streckten die Arme nach ihr aus. Durch die Knochen verliefen Schattenstreifen, die an

ver-

Blutgefäße erinnerten. Sie schnappten und griffen nach ihr, die Münder weit zu einem stillen Schrei aufgerissen. Juniper hingegen schrie umso lauter bei diesem unnatürlichen Anblick.

Sie schwang die Fackel wie ein Schwert, und die Skelette wichen vor dem Licht zurück. Zum Glück konnten sie sich anscheinend nicht von der Wand lösen, doch Juniper lief trotzdem schneller, dicht gefolgt vom mechanischen Vogel. Sie raste die Stufen hoch und duckte sich immer wieder unter den greifenden Händen weg.

»Das hätten wir wirklich kommen sehen müssen«, murmelte Zunder.

Knochen klapperten und Schädel rasselten gegeneinander, als Juniper vorbeirannte und mit der Fackel alle Skelette vertrieb, die ihr zu nahe kamen. Die Toten zuckten im Licht zusammen, als hätten sie Schmerzen. Der ganze Turm schien nun zum Leben erwacht zu sein, und überall lagen knochentrockenes Knacken und geräuschlose Stimmen in der Luft. Juniper wollte so verzweifelt die Turmspitze erreichen und diesem Albtraum entfliehen, dass sie erst zu spät bemerkte, dass ihre Fackel ausgegangen war.

Die Dunkelheit schlug um sich wie ein Tier und raubte Juniper die Sicht. Sie blieb mit dem Fuß an einer Stufe hängen, ihre Beine verknoteten sich, und sie knallte mit solch einer Wucht auf die Steintreppe, dass ihr die Luft wegblieb. Sie wollte aufstehen, doch die Skeletthände hatten sie schon zu fassen bekommen und zogen sie zur Wand. Sie trat um sich und wehrte sich, aber vergeblich.

Knochige Finger hielten sie mit übernatürlicher Stärke fest.

»Lasst sie los, ihr Möchtegern-Xylophone!«, erklang Zunders Stimme inmitten der knirschenden Knochen und wandernden Schatten.

»*Es ist zwecklooos*«, wisperten die Stimmen. Hunderte von ihnen, alle gleichzeitig. »*Es ist zwecklooos, es zu versuchen. Für dich ist alles vorbei. Du hast bei der Prüfung versssaaagt.*« Die Stimmen schienen zugleich fern und ganz nah bei Juniper zu sein. Sogar in ihrem Kopf, wo sie sich in ihren Gedanken versteckten. Voller Grausen wurde ihr klar, dass es die Stimmen der Toten waren, die von Der Verhüllten zurück durch den Schleier gebracht worden waren und sich nun Juniper holen wollten.

»*Komm mit unsssssss*«, sangen sie gemeinsam. »*Werde ein Teil von unsssss.*«

Juniper wehrte sich nach Kräften, doch sie schien nur noch tiefer in der Knochenwand zu versinken. »Nein!«, brüllte sie. »Ihr könnt mich nicht haben!«

»Juniper, wo bist du?«, rief Zunder. Es klang, als wäre er in weiter Ferne.

Sie versuchte, ihn zu rufen, doch knochentrockene Hände hielten ihr den Mund zu.

»*Du kannst nicht gewinnen. Du bist keine Arkanisssstin. Du hast keine Magie.*«

Juniper spürte, wie sie immer weiter in die Dunkelheit hinabglitt.

»*Du bist eine Kanalratte. Ein Niemand …*«

Sie biss die Zähne zusammen und weigerte sich, aufzugeben. *Da habt ihr recht, ich bin keine Arkanistin. Dem Besucher sei Dank!* Ein hellgrüner Lichtstrahl explodierte an ihrem Handgelenk und brachte die Toten dazu, sie loszulassen. Es war ihr gelungen, ihre Hand durch das Knochengewirr zu schieben und die Flammenspucker an ihren Armschützern zu erreichen. Sie sprang von der Wand weg und schnappte nach Luft, als wäre sie gerade aus der Tiefsee aufgetaucht.

»Da bist du ja!«, rief Zunder und sprang ihr auf die Schulter. »Ich hatte schon befürchtet, ich müsste mal wieder alles selbst machen.«

»Für Ruhm und Ehre ist es jetzt noch zu früh.« Juniper schoss zur Sicherheit noch einen Feuerstrahl ab. Die Skelette tanzten in den Flammen, und das gespenstisch grüne Licht erhellte gerade genug vom Treppenhaus, dass Juniper ihr eigenes Spiegelbild in einem der hohen Fenster erkennen konnte.

»Ich mach dir ja nur ungern den Moment kaputt, aber mit diesen ganzen grapschenden Leichen kommen wir nie oben an, auch nicht mit deinen schicken Tricksereien.«

Da hatte er recht. Es waren einfach zu viele Stufen und zu viele Skelette. Auch die Schattenmotten waren noch da und versuchten wie wild, die Flammen zu ersticken.

Juniper blickte wieder zum Fenster. »Es wird wohl Zeit, mich wie die Kanalratte zu benehmen, die ich bin.«

»Wovon redest du da-aaaaaaah!«

Zunder konnte nicht mal seinen Satz beenden, da sprintete Juniper schon nach vorne und rutschte seitlich

auf dem Boden unter den greifenden Armen durch. Mit einem Stiefel zerbrach sie das Glas unten am Fenster. Immer wieder trat sie zu, bis das Loch so groß war, dass sie hindurchschlüpfen konnte.

Sie schwang sich nach draußen und krallte sich im peitschenden Wind mit einer Hand am Fenstersims fest. Ihr war, als könne sie endlich wieder frei atmen, und selbst der düstere Mitternachtsdistrikt kam ihr nach der endlosen Leere im Turm auf einmal fröhlich und hell vor.

»Was *machst* du da?«, schrie Zunder.

»Improvisieren!«

Die Verhüllte hatte von ihr erwartet, dass sie die Stufen im Inneren des Turmes hochlief, weil sie genau wusste, dass es unmöglich war. Aber Juniper hatte nicht vor, sich an die Regeln zu halten.

Ein Schwall Schattenmotten strömte hinter ihr durchs Fenster und versuchte, sie zu umringen. Juniper öffnete den Verschluss ihres Brustgurtes.

»Zunder, mach die Fackeln an!«, schrie sie, weil es ihr mit einer Hand nicht gelang.

»Bist du wahnsinnig geworden?«, fragte er, folgte aber ihren Anweisungen. Jede Fackel versprühte einen Strom hellweißer Funken. Sofort wurden die Motten angelockt, die das Licht auslöschen wollten.

»Macht die Flatter!«, schrie Juniper und warf den Funken sprühenden Gurt aus schwindelerregender Höhe vom Turm. Wie ein einziger Schatten flogen ihm die Motten sofort hinterher in die Straßen, die weit, weit unter ihnen lagen.

29

UNSERE NAMEN
SIND EWIG

»Macht die Flatter‹?«, wiederholte Zunder. Das war zugegebenermaßen nicht gerade Junipers bester Spruch gewesen.

»Hey, ich habe gerade jede Menge Zeug am Laufen!«, sagte sie und machte sich bereit, den Turm an der Außenseite zu erklimmen.

Sie waren hoch oben. *So richtig* hoch oben.

Weit unter ihnen erkannte Juniper den Platz und hörte das Murmeln der dort versammelten Menge, die Juniper durch die Augen des mechanischen Vogels zusah. Doch der Platz befand sich in den Uppers. Der Turm reichte eigentlich noch viel weiter hinunter, bis in die Mitternachts-Dregs, die in der Tiefe wie ein winziger, undeutlicher Fleck aussahen.

Juniper zog sich auf einen Vorsprung neben dem Fenster hoch und presste sich gegen die glatte Wand. Sie sah nach oben, wo sie glücklicherweise Vorsprünge, Überhänge und kleine Balkone entdeckte, die sie zum Klettern benutzen konnte. Wenn dieser mechanische Vogel sie nur endlich in Ruhe lassen würde.

»Ich hab die Faxen dicke von diesem Ding.« Zunders Augen blitzten. Mit einem Mal erloschen die glühenden Symbole auf den Flügeln des Vogels, und mit einem kläglichen Piepsen fiel er zu Boden wie ein Stein.

»Bis zum *Nesten* Mal!«, sagte Juniper mit einem breiten Grinsen.

Zunder starrte sie mit einem Todesblick an. »Ich könnte dich gleich mit vom Turm werfen.«

»War immer noch besser als ›Macht die Flatter‹, das musst du zugeben.«

»Niemals.«

»Dann hältst du wohl besser den *Schnabel*.«

Mit einem durchdringenden Blick verwandelte sich Zunder in einen Schatten und glitt den Turm vor ihr hoch. Juniper folgte ihm kichernd.

Nach einer der wohl härtesten Klettertouren ihres Lebens zog sich Juniper über die Dachkante auf einen geziegelten Dachvorsprung und kroch unter die hohen Bogengänge am Fuß des Glockenturms.

Völlig erschöpft sackte sie auf dem Boden zusammen. Ihre Finger brannten wie Feuer, und ihre Schultern fühlten sich an, als hätte jemand mit einem Schläger darauf eingedroschen.

Ungeduldig tippte Zunder mit seinen Klauen. »Schlafen kannst du, wenn du tot bist. Das könnte übrigens schon ganz bald sein. Es dauert sicher nicht mehr lange, bis unsere Schattenfreundin sich dazugesellt, und dann müssen wir bereit sein.«

»Sprach das Wesen, das an den Schatten hochgleiten kann«, ächzte Juniper und rappelte sich mühsam wieder hoch. Sie befand sich auf der hohen Treppe zum Dachstuhl des Turms, in dem die Bronzeglocken hingen, die sie läuten sollte.

Wie aufs Stichwort verdunkelten sich auf einmal die Schatten im Glockenturm. Juniper tat einige Schritte rückwärts, als die Schatten wie ein tosender Wasserstrom

auf dem Boden des Treppenhauses zusammenliefen. Aus diesem Mahlstrom erhob sich Die Verhüllte, der die Dunkelheit in kleinen Rinnsalen vom Körper rann.

»Keine faulen Tricks mehr«, flüsterte sie wutentbrannt. »Ich bringe es jetzt selbst zu Ende.«

Sie schwebte auf den tosenden Schatten vorwärts, ihr langes Kleid rauschte hinter ihr her. Die Luft zwischen ihnen schlug Wellen und wurde kalt wie ein Grab.

»Juni…«, warnte sie Zunder.

Juniper fuhr herum und ließ sich gerade noch rechtzeitig über den Boden schlittern, als eine Schattenexplosion dicht an ihrem Kopf vorbeirauschte.

Die Druckwelle erfasste Zunder und schleuderte ihn über die Kante des Turms. Alles geschah so schnell, dass er nicht einmal mehr einen Laut von sich geben konnte.

»Zunder!«, schrie Juniper und stürmte auf die Kante zu. Sie konnte ihn nirgendwo entdecken. Ihr blieb auch keine Zeit zum Suchen, denn Die Verhüllte war schon direkt hinter ihr.

Die Arkanistin ließ eine Klinge aus Dunkelheit auf sie niedersausen, der Juniper gerade noch rechtzeitig mit einer Rolle ausweichen konnte. Die Klinge durchschnitt den Stein, als wäre er Lehm. Juniper rappelte sich wieder hoch und flitze um eine Ecke, hinter der allerdings schon Die Verhüllte stand und ihr den Weg abschnitt. Sie erhob die Hand, und schwarzer Dampf entströmte ihren Fingern. Juniper ging wieder im Treppenhaus in Deckung, rannte von einem Bogen zum nächsten und sprintete die Treppe hoch. Doch wo sie auch hinrannte, war Die Verhüllte schon da, weil sie die Schatten als Abkürzung benutzte.

»Wenn du mich so gern hast, hättest du einfach fragen können, ob wir mal zusammen abhängen wollen!«, rief Juniper.

Eine Ranke aus Dunkelheit schlang sich um ihr Bein und brachte sie zu Fall. Ein heftiger Schmerz durchfuhr sie, als sie auf den Steinboden prallte, und sie schmeckte Blut. Die Ranke zog sie zur Verhüllten, die schon ihre Schattenklinge bereithielt.

Auf einmal …

BONG.

Die erste Glocke hallte über den Distrikt.

BONG.

Dann die zweite.

»Was?«, zischte Die Verhüllte verwirrt.

Juniper konnte sich trotz der gefährlichen Situation ein Lächeln nicht verkneifen. Die Operation *He, du. Guck mal hier!* hatte funktioniert.

Thea hatte die Spitze erreicht, wie geplant. Es war Junipers Aufgabe gewesen, die Aufmerksamkeit komplett auf sich zu lenken, damit Thea unbemerkt an der Rückseite des Turmes hochklettern konnte. Da oben stand sie nun, in den gleichen Kleidern wie Juniper, und läutete theatralisch die Glocken, sodass es jeder sehen konnte. Von unten wirkte es dann, als würde Juniper die Prüfung erfolgreich meistern. Juniper hatte bloß Die Verhüllte ablenken und Thea den Rücken freihalten müssen.

BONG.

Das dritte Läuten. Nur noch zwei, und sie hatten gewonnen.

»NEIN!«, kreischte Die Verhüllte und verschwand in einem kleinen See aus Dunkelheit.

»*Thea!*«, schrie Juniper.

BONG. Der vorletzte Glockenschlag.

Juniper rannte die Stufen hoch, so schnell sie konnte. Ihre Erschöpfung war auf einmal wie weggeblasen.

Der letzte Glockenschlag ließ auf sich warten.

Als Juniper oben ankam, sah sie Die Verhüllte unter den großen Bronzeglocken stehen. Sie hatte sich über Thea gebeugt, die von kriechenden Schattenranken am Boden festgehalten wurde.

»Lass sie in Ruhe!«, schrie Juniper und schleuderte die Bumm-Kugel auf ihre Gegnerin.

Die Verhüllte zuckte nicht einmal zusammen. Der Schwarm Schattenmotten durchquerte einfach den Glockenturm, schnappte sich die Kugel noch im Flug und brachte sie außer Reichweite.

»Ohne deine Tricksereien und Lügen bist du nichts«, sagte Die Verhüllte.

»Das musst du gerade sagen!«, krächzte Juniper mit trockener Kehle. »Die Arkanisten haben Arkspire auf Lügen errichtet!«

Die Augen Der Verhüllten blitzten auf, als würde ein Teil von ihr Junipers Worten widerstrebend Glauben schenken.

»Nyx!« Flehentlich rief Juniper den richtigen Namen der Arkanistin, die dabei zusammenzuckte. »Du willst das doch eigentlich gar nicht tun. Du … du musst nicht machen, was sie dir befehlen!«

Junipers Kehle war unheimlich ausgetrocknet. Sie bekam kaum noch einen Ton heraus. Als sie sich räusperte, schien es nur noch schlimmer zu werden.

»Juni?«, fragte Thea besorgt.

Juniper konnte nicht mehr atmen. Verzweifelt fasste sie sich an die Kehle und rang nach Luft, aber es fühlte sich an, als würde ihr Hals von einem unnachgiebigen Würgegriff zusammengedrückt. Panisch sah sie nach unten. Es dauerte einen Moment, bis sie begriff, was sie da sah. Ihr Schatten, ihr eigener Schatten, hatte sich von ihr gelöst. Er umfasste mit unnatürlich langen Fingern ihren Hals und drückte kalt und erbarmungslos zu.

Juniper sank röchelnd auf die Knie und versuchte verzweifelt, die

Finger von ihrer Kehle zu lösen, doch sie bekam die Schatten nicht zu fassen.

»JUNI!«, schrie Thea bei dem Versuch, sich aus ihrem eigenen Schatten zu befreien, der sie zu Boden drückte.

»Du bist besser … als sie, Nyx«, brachte Juniper mühsam heraus. »Du … hast mich … und meine Schwester … gerettet.«
Der Blick Der Verhüllten wurde weicher. Unsicher glitten ihre Augen hin und her. Der Würgegriff lockerte sich, wenn auch nur minimal.

»Du kämpfst … für deinen Distrikt …«, fuhr Juniper fort. Ihre Worte waren kaum mehr als ein Keuchen. »Du möchtest … den Menschen helfen …«

»Gib einfach auf!«, flehte Die Verhüllte. »Wenn du nicht aufgibst, wird sie mich zwingen, dich umzubringen!«

»*Wer?*«, stieß Juniper würgend hervor.

»Die … die aus meinen Träumen!« Die Verhüllte erschauerte und fasste sich an den Kopf, als würde er in zwei Teile gerissen. »Diejenige, die mir meine Identität stiehlt! Aber es glaubt mir einfach keiner! Niemand!« Sie stolperte mit gefletschten Zähnen umher. »Sie lässt mich einfach nicht in Ruhe! Ich kann sie nicht loswerden! Ich … ich will dich nicht töten … Ich bin keine Mörderin!«

Auf einmal veränderte sich ihre Stimme, wurde schärfer, und das schreckliche, geisterhafte Flüstern schwang wieder mit. »Aber ich *muss*! Sonst bin ich schuld, dass wir schwach aussehen. Du lässt *mich* schwach aussehen!«

»Ich … ich bin nicht schwach!«, jammerte die verängstige Stimme Der Verhüllten. »Ich habe alles getan, um so weit zu kommen! Alles, was die Orden von mir verlangt haben, all die harte Arbeit und die Opfer …«

»Und nun gehört die Macht endlich dir«, zischte ihre harte Stimme. »Das wirst du doch nicht einfach so wegwerfen.«

Juniper konnte nur entsetzt zusehen. Was war hier *los*?

Es schien, als würde Die Verhüllte mit sich selbst kämpfen. Zwei Menschen, die sich stritten und dabei im selben Körper wohnten.

»Hör auf zu kämpfen. Hör auf, dich zu wehren«, sagte die grausame Stimme unerbittlich.

Die Augen Der Verhüllten wurden erst groß und hoffnungslos, dann komplett schwarz, und ihre Pupillen verschwanden im Nichts.

»Ich bin Die Verhüllte. Du bist Die Verhüllte. *Unser Name ist ewig!*«

Unsere Namen sind nun ewig.

Diesen Satz hatte Juniper schon einmal gehört. Es war Die Verhüllte in Zunders Erinnerungen gewesen, die von Boden getötet worden war. Sie hatte den Satz benutzt, als sie über das Erbe gesprochen hatte.

Juniper wurde ganz anders zumute, als sie ein schrecklicher Verdacht beschlich. Seit dieses ganze Chaos begonnen hatte, war Die Verhüllte, oder Nyx Neverbright, wie sie früher geheißen hatte, ihr immer wie zwei verschiedene Personen vorgekommen: Eine war jung und hoffnungsvoll, aber auch unsicher und immer bemüht, sich zu beweisen. Die andere war kalt und selbstbewusst, als wüsste sie genau, was sie tat. Nyx hatte sich bei den Arkanisten über ihre seltsamen Träume beschwert und darüber, dass sie sich gar nicht mehr wie sie selbst fühlte, als würde sie aus ihrem eigenen Körper verdrängt. Die Arkanisten hatten ihr versichert, dass das ein normaler Nebeneffekt war, wenn man die Magie erbte, und dass alle Erben dasselbe durchmachten. Doch das war nur die halbe Wahrheit gewesen.

»Du … du bist auch da drin, oder?«, sagte Juniper mit erstickter Stimme. »Die erste Verhüllte?«

Die Verhüllte lächelte grausam. »Nyx kämpft tapfer, aber auch sie wird verblassen. Am Ende tun sie das alle – es ist so unvermeidbar wie der Tod.«

Das war der wahre Grund, warum damals fünf Arkanisten die fünfundneunzig anderen besiegen konnten, die vom Besucher magische Kräfte erhalten hatten. Sie hatten eine Möglichkeit entdeckt, ewig zu leben.

Juniper schnappte nach Luft. »Das Erbritual …«

Das Grinsen Der Verhüllten wurde breiter. »Trotz unserer unvorstellbaren Macht hat Der Besucher unseren Körpern in einem Akt der Grausamkeit erlaubt, zu altern und zu vergehen wie alle anderen jämmerlichen Sterblichen. Doch wir sind nicht sterblich. Wir stehen über dem Tod. Die Kinder von Arkspire sind die perfekten Gefäße für unsere Lebenskraft, wie ein Floß auf dem Ozean der Zeit.«

»Aber … was passiert mit den Kindern?«

Nyx' kalter, lebloser Blick verriet es Juniper. In Junipers Kehle brannte die Galle. Ihr Magen hatte sich in Wasser verwandelt. Ihre Hände zitterten vor Entsetzen und Ekel.

Die Seelen der Kinder wurden ausgelöscht und ihre Körper von uralten, verachtenswerten Seelen gestohlen. Nyx hatte nicht bloß die Kräfte Der Verhüllten geerbt, sie hatte Die Verhüllte selbst geerbt. Die erste Verhüllte, der ihre Magie vom Besucher geschenkt worden war und die im schrecklichen, weltzerstörerischen Krieg der Arkanisten mitgeholfen hatte, ihre eigenen Brüder umzubringen. Sie beide rangen in ihrem Körper um die Kontrolle, und Nyx war dabei zu verlieren, wie alle Erben vor ihr.

»M... Monster...«, krächzte Juniper, und ihr wurde schwarz vor Augen, als der Griff um ihre Kehle immer fester wurde.

»Monster?« Die Verhüllte kicherte. »Weißt du, was ich in all den Jahrhunderten auf dieser Welt gelernt habe? Dass es kein Gut und kein Böse gibt. Es gibt nur diejenigen mit Macht und diejenigen ohne.«

»Dann nehme ich dir deine gleich mal weg«, knurrte eine Stimme.

Aus der sich windenden Dunkelheit, die Die Verhüllte umgab, erhob sich ein einzelner Schatten, der sich von den anderen unterschied. Er schlug nach ihr. Die Verhüllte kreischte, als der Schatten sich in ihre Schultern krallte und ihr an den Hals sprang.

Es war Zunder, und er war gekommen, um Rache zu nehmen.

30

DAS KARTENHAUS

Die Verhüllte griff nach Zunder und versuchte verzweifelt, ihn von sich wegzuziehen, doch er glitt ihr immer wieder zwischen den Fingern hindurch wie eine Schlange. Er riss sein Maul weit auf, und hinter seinen Reißzähnen glühte ein helles Licht, das wie ein Blitz in die Kehle Der Verhüllten fuhr. Sie stieß einen gellenden Schrei aus.

Der Anblick war fast unerträglich, und doch konnte Juniper nicht wegsehen.

Die Schattenmotten zerfielen, bis nichts mehr von ihnen übrig blieb, und die Dunkelheit rund um den Glockenturm verzog sich. Der Würgegriff um Junipers Kehle lockerte sich, sodass sie nun wieder ihre Lungen mit kostbarer Luft füllen konnte, und auch ihr Schatten war wieder dort, wo er hingehörte. Thea war ebenfalls wieder frei. Zugleich fasziniert und erschrocken sahen sie zu, wie Zunders Magie eine Schattensträhne aus dem Mund Der Verhüllten sog, die wie eine gefangene Motte hin und her flatterte. Zunder nahm den Schatten in sich auf, rund um seinen Körper knisterten schwarz-lila Blitze, und seine Schattengestalt verwandelte sich in eine solide Form. Doch gerade als es interessant wurde, unterbrach eine Explosion das Geschehen.

Der Knall war ohrenbetäubend. Der Glockenturm schwankte so bedrohlich von einer Seite zur anderen, dass alle zu Boden fielen. Grüne Flammen schossen in die Höhe und seitlich über den Turm hinweg. Ein allmächtiges Dröhnen ertönte, wie von Felsen, die aneinanderrieben. Das Mauerwerk bekam Risse und zersprang in Stücke. Juniper wollte sich noch in Sicherheit bringen, doch der Boden unter ihr hatte schon eine gefährliche Schieflage erreicht. Der Turm war dabei einzustürzen!

Das hölzerne Gerüst, an dem die Glocken hingen, zerbarst mit einem Krachen. Mit ohrenzerreißendem Getöse stürzten drei der Glocken durch den Boden des Turms, gefolgt von einer Lawine aus Stein. Dann stürzten Zunder und Die Verhüllte hinterher. Juniper und Thea kauerten sich auf der Kante einer zerstörten Mauer zusammen, da der Fußboden nur noch ein Trümmerhaufen am Fuß des Turmes war.

»Die Bumm-Kugel!«, rief Juniper und sah, wie sich die grünen Flammen unten durch die Ruinen fraßen. Die Schattenmotten hatten sie wohl fallen gelassen, als Zunder sie ausgelöscht hatte, und die Kugel war am Fundament des Glockenturmes explodiert. »Erinnere mich bei Gelegenheit daran, es mir mit Adie *niemals* zu verscherzen ...«

Erstaunlicherweise hing eine Glocke noch immer von einem zerbrochenen Balken herab. Es war die größte Glocke mit dem tiefsten Ton. Der letzte Ton, den Juniper noch spielen musste, um die Prüfung zu bestehen.

»Ich komme nicht dran!«, sagte sie und streckte den Arm so weit aus, wie sie konnte, ohne dabei das Gleichgewicht zu verlieren.

»Man sollte meinen, dass es irgendwo in dem Trümmerhaufen einen Stein zum Werfen gäbe«, sagte Thea, aber unpraktischerweise hockten sie auf einer Mauer, die nur so breit war wie ein einziger Ziegelstein. »Ich schätze, wir wohnen ab jetzt hier oben.«

Das Glockengerüst gab ein ominöses Knacken von sich, und die Glocke neigte sich ganz leicht zur Seite, als lege sie es darauf an herunterzufallen.

Die Mädchen warfen sich einen Blick zu.

Ohne ein weiteres Wort ließen sie sich von ihrer Mauer gleiten, hielten sich mit den Händen an der Kante fest und stemmten sich mit den Füßen gegen das Mauerwerk. Thea lehnte sich nach hinten und streckte eine Hand für Juniper aus, die sich zum Sprung bereit machte. Sie atmete tief ein.

»Warte!«, rief Thea und betrachtete die gefährlich schwere Glocke. »Bist du sicher, dass das eine gute Idee ist?«

»Dreißig Prozent sicher«, bestätigte Juniper.

Thea überlegte kurz. »Das reicht mir.«

Juniper sprang in die Luft, trat die Glocke mit beiden Füßen und benutzte sie als Sprungbrett zurück zu Theas ausgestreckter Hand. Die Glocke gab ein lautes, tiefes Dong von sich, das ehrlich gesagt nicht besonders beeindruckend war.

»Meinst du, das haben die da unten gehört?«, fragte Thea, die sichtlich Mühe hatte, Juniper festzuhalten.

In dem Moment zerbarst das Gerüst. Die riesige Bronzeglocke stürzte hinab und flog mit einem gewaltigen Scheppern gegen das Mauerwerk. Das war genau der Ton, der Juniper noch gefehlt hatte. Allerdings war es die Mauer gewesen, an der sich die Mädchen festklammerten, und die heftige Erschütterung schleuderte sie den Schacht des zerstörten Glockenturms hinab. Sie prallten gegen eine schräg stehende Wand und fielen an der Glocke vorbei, die sich gewaltsam ihren Weg durch die spärlichen Überreste des Turms bahnte. Dann stürzten sie über den trümmerbedeckten Fußboden. Beide federten ihren Sturz mit einer Rolle ab, trotzdem durchfuhr ein heftiger Schmerz Junipers Körper. Sie ließ sich auf die Seite fallen und sah nur noch die gewaltige Glocke auf sich zufliegen.

Sie schloss die Augen und umklammerte fest Mamas Münze. *Zumindest habe ich die Prüfung bestanden, Mama*, dachte sie noch, bevor die Welt um sie herum erzitterte.

Sie öffnete langsam die Augen. In ihren Ohren dröhnte es, und die Welt war ein einziges, gedämpftes Chaos.

Der Lärm war absolut markerschütternd gewesen, trotzdem war Juniper irgendwie am Leben geblieben. Das nahm sie jedenfalls an.

Sie wusste vielleicht nicht besonders viel, aber eines war ihr klar: Man überlebte nicht einfach so, wenn man von einer gigantischen Glocke zerquetscht wurde. Überall waren Staub, Steintrümmer, zerborstenes Holz, Glasscherben. Die grünen Flammen tobten immer noch um sie herum. Trotzdem schien sie komplett unversehrt geblieben zu sein. Der Untergrund, auf dem sie lag, war fast völlig frei von Trümmern, und es hatte sich eine Art kleiner Schutzkreis um sie und Thea herum gebildet. Ein summendes Kraftfeld umhüllte die Mädchen, und die Glocke, die sie ganz sicher umgebracht hätte, schwebte direkt darüber. Sie wurde lediglich von einem Schutzschild aus Schattenranken aufgehalten.

»Ich weiß … das ist ganz schön beeindruckend und so«, tönte Zunders Stimme, »aber würdet ihr euch bitte … da wegbewegen … bevor ich euch einfach von der Glocke zerquetschen lasse?« Er hatte die Arme ausgestreckt, und die Anstrengung stand ihm ins Gesicht geschrieben, so sehr konzentrierte er sich auf die Schatten, die er heraufbeschworen hatte, um sie zu retten. Er war nun selbst kein Schatten mehr, sondern aus Fleisch und Blut wie Juniper und Thea. Sein Fell war schwarz-weiß, der lange Schwanz gestreift und die Ohren lang und spitz. Er sah ein bisschen aus wie eine Mischung aus Opossum und Fledermaus. Oder doch eher wie eine Katze? Seine Augen leuchteten immer noch türkisfarben und irgendwie hinterhältig.

Juniper schnappte nach Luft. »Zunder! Du … du …«

»Rettest gerade wieder allen das Leben, wie immer. Wenn ihr jetzt so freundlich wärt … *Bewegt eure Hintern!*«

Die Mädchen krochen zur Seite, wo die fallende Glocke sie nicht mehr erwischen würde. Zunder löste den Schattenschild auf, und die Glocke fiel völlig ungefährlich mit einem letzten Scheppern zu Boden.

Dann folgte ein Ächzen. Es war Die Verhüllte, die wie ein jämmerlicher Ghul dem Staub entstieg. Es sah so aus, als hätte sie mit ihrem eigenen arkanen Schutzschild bloß sich selbst in Sicherheit gebracht. Sie versuchte aufzustehen, fiel

aber keuchend und hustend zurück auf die Knie. Im Staub auf ihrem Gesicht zeichneten sich feine Linien ab. Sie weinte. Oder waren es Zornestränen? Mit einer Mischung aus Entsetzen und Hass starrte sie Zunder an.

»Was … was *bist* du?«, fauchte sie.

Noch bevor sie eine Antwort erhielt, sank sie bewusstlos zu Boden.

Endlich konnte Juniper durchatmen. Sie war sich nicht ganz sicher, aber durch das laute Klingeln in ihren Ohren hindurch glaubte sie, noch ein anderes Geräusch zu hören: Jubel.

Stolpernd richtete sie sich auf und taumelte an den rauchenden Ruinen vorbei an den Rand des Turms. Sie hatte es sich nicht eingebildet, die Menschenmenge jubelte tatsächlich.

Thea grinste und hielt sich versteckt. »Sie jubeln für dich.«

»Für uns«, sagte Juniper.

Thea schüttelte den Kopf. »Das muss für dich sein.«

Juniper gab einen Laut von sich, der halb Lachen und halb Seufzen war. Sie konnte es fast nicht glauben.

Jubel war so ein schönes Geräusch. Das *beste* Geräusch. Auf jeden Fall tausendmal besser als die üblichen Buh- und Spottrufe.

31

EIN NEUER ORDEN

»Ich kann ja kaum atmen, wenn ihr euch alle so um mich drängelt!«, meckerte Die Verhüllte und schob die Wachen zur Seite, als hätte sie nicht eben noch ihre Hilfe gebraucht, um vom Turm hinunterzukommen. Nervös und entschuldigend verneigten sie sich. Die Verhüllte hinkte vorwärts und befahl mit einer kleinen Geste ihrer Hand den riesigen Eingangstüren zum Turm, sich rumpelnd zu öffnen.

Juniper war ihr schweigend durch die jubelnde Menschenmenge gefolgt.

»Genieße deinen Ruhm, solange du noch kannst«, zischte Die Verhüllte ihr leise zu. »Ich finde schon noch deine kleine Freundin, und dann beweise ich allen, dass du betrogen hast.«

»Welche Freundin?«, fragte Juniper, die sich sicher war, dass Thea auch ohne ihre Hilfe an den Wachen vorbei den Turm hinunterklettern und sich in Sicherheit bringen würde. »Diese Glocken haben Ihren Kopf wohl mehr durchgeschüttelt als meinen, Euer Ehren. Ich war ganz allein da. Na ja, ich und mein kleines Haustier …«

Juniper lächelte die grimmige Verhüllte an und trat hinaus auf den Platz. Zunder folgte ihr und zwinkerte Der Verhüllten im Vorbeigehen zu.

Junipers Unterstützer waren außer sich vor Freude. Selbst einige ihrer Gegner ließen sich von der Aufregung anstecken, obwohl sich das bei ihnen eher in einem höflichen Klatschen oder Nichtstun äußerte. Einige betrachteten Zunder neugierig, fast schon ängstlich. Ihm schien das nichts auszumachen. Nachdem er sich so lange als Schatten versteckt hatte, schien er die Aufmerksamkeit für seine neue, solide Gestalt zu genießen. Everard war auch da und stand neben seinem Vater, der die Lippen zu einem schmalen Strich zusammengepresst hatte. Obwohl Everard auf Distanz blieb, lächelte er Juniper unauffällig zu.

Papa eilte durch die Menge, sichtlich erleichtert, Juniper wohlbehalten wiederzusehen. Einen Moment später trat auch Elodie vor. Zwar deutlich reservierter, aber auch sie atmete erleichtert aus, als sie ihre Schwester unverletzt sah.

»Juni!«, rief Papa und rannte mit weit geöffneten Armen auf sie zu. Doch kurz bevor er sie erreicht hatte, blieb er stehen und erinnerte sich daran, wie viele Augenpaare gerade auf ihnen ruhten.

Juniper sprang ihm mit einem Satz in die Arme. »Papa!«

»*Gut* gemacht, Juni«, sagte er und drückte sie fest an sich. »Wenn dich nur deine Mama heute hätte sehen können. Sie wäre so stolz auf dich gewesen, genau wie ich.«

»Ich glaube, sie war dabei, Papa«, flüsterte Juni und berührte die Glücksmünze an ihrem Hals.

Über Papas Schulter hinweg konnte sie Elodie sehen, die mit einem schwer zu deutenden Gesichtsausdruck näher kam.

»Gut gemacht, Juni«, sagte sie mit einem ungewohnten Zittern in ihrer sonst so entschlossenen Stimme. Sie warf sich nach vorn und schloss ihre Familie in die Arme. »Ich bin so froh, dass es dir gut geht!«

Nach einem wunderbaren Moment löste sich Elodie von ihnen, als wäre sie über ihr eigenes Handeln entsetzt. Sie strich sich die Uniform glatt und rückte das Wappen des Iris-Ordens auf ihren Schulterkappen zurecht, damit jeder sehen konnte, dass ihre Treue einer anderen Arkanistin galt.

Juniper lächelte. »Ich leiste nur meinen Beitrag für die Dregs, wie du gesagt hast.«

Elodie nickte und blickte zu Boden.

»Als hätte es je einen Zweifel gegeben, dass du Der Verhüllten zeigst, wo der Hammer hängt«, erklang eine andere Stimme. Madame Adie schob sich durch die Menschen auf Juniper zu, die sich kaum wunderte, dass sich die alte Dame heimlich wieder auf den Platz geschlichen hatte. »Jetzt lass mich doch auch mal ran, du großer Teddybär!« Sie schälte Juniper aus Papas Armen und umarmte sie herzlich. »Dir dabei zuzusehen, wie du meine kleinen Mixturen benutzt hast, war lebendige Poesie«, flüsterte sie Juniper ins Ohr. »Warte nur ab, bis du siehst, was ich sonst noch so zusammenbraue.«

Plötzlich verstummte das Geplapper auf dem Platz. Die Arkanisten hatten sich von ihren Thronsesseln erhoben, und Die Verhüllte gesellte sich jetzt wieder zu ihnen. Mit einem schelmischen Zwinkern verschwand Madame Adie wieder in der Menge.

»Herzlichen Glückwunsch, Miss Bell!«, sagte Der Sturm mit seinem aufgesetzten, gewinnenden Lächeln. »Wir haben das Spektakel wirklich genossen. Umso tragischer, dass der mechanische Vogel dabei zerstört wurde.«

Der Schöpfer gab ein missbilligendes Brummen von sich. »Wir werden Ihnen also glauben müssen, was die Geschehnisse da oben angeht.«

»Doch was für eine Inspiration für die Jugend unserer großartigen Stadt«, fügte Das Rätsel hinzu. »Es gibt immer neue Tricks zu lernen, neue Möglichkeiten, zu wachsen und sich zu verbessern, damit wir Arkspire bestmöglich dienen können.« Obwohl er Juniper ansprach, sah er Die Verhüllte an.

Die machte sich ganz klein vor Scham über ihre Niederlage. So zurückhaltend, wie sie jetzt aussah, ging Juniper davon aus, dass Nyx wieder die Kontrolle übernommen hatte, und Juniper fühlte mit ihr. Was für einen schrecklichen Albtraum hatte sie erleben müssen, als ihr Körper ihr einfach so weggenommen worden war.

»Manchmal muss man einfach nur ignorieren, was von einem erwartet wird, und die Sache auf eigene Art machen«, antwortete Juniper. Sie lächelte, obwohl sie die Hände zu zitternden Fäusten geballt hatte. Das allein hielt sie davon ab, komplett vom Hass auf die arroganten Arkanisten verschlungen zu werden, die von oben auf sie herabsahen.

Der Sturm kicherte. »Was für eine charmante Einstellung. Allerdings sollten wir uns immer wieder daran erinnern, dass die Tradition uns in den letzten tausend Jahren Sicherheit und Wohlstand gebracht hat.«

»Ganz offensichtlich«, sagte Juniper. Bei diesen Worten sprang ihr Zunder auf die Schulter und schlang sein nunmehr buschiges Schwänzchen schützend um sie.

Das Lächeln Des Sturms entglitt ihm kurzzeitig. Auch Der Schöpfer und Das Rätsel schreckten kurz hoch, als sie Zunder sahen, doch sie konnten ihre Überraschung gut verbergen. Die Verhüllte dagegen sah regelrecht angeekelt aus. Mit einem Funkeln in den Augen schenkte Zunder ihnen allen ein bösartiges Lächeln mit entblößten Fangzähnen. Er brauchte keine Worte, um auszudrücken, was ihm auf dem Herzen lag:

Euch kriege ich noch.

»Lassen Sie sich Ihren Sieg aber bloß nicht zu Kopf steigen, Miss Bell«, mahnte Das Rätsel, dessen Augen rot hinter der Maske aufblitzten. »Es stehen Ihnen immer noch vier Prüfungen bevor, und wenn ich ein Glücksspieler wäre, würde ich darauf wetten, dass jede Prüfung schwerer wird als die vorherige. Es wäre doch schade, wenn Sie jetzt nachlässig würden, oder?«

»Das führt nur dazu, dass Menschen sich verletzen«, knurrte Der Schöpfer.

»Ach, darüber mache ich mir keine Gedanken«, sagte Juniper zuversichtlich, obwohl auch das eine glatte Lüge war.

»Aha?«

»Nicht mit meinem Orden, der hinter mir steht«, fügte sie hinzu und schaute ihnen weiter direkt in die Augen, obwohl sie vor den boshaften Blicken der Arkanisten am liebsten weit, weit weggelaufen wäre.

»Ihr Orden?«, erkundigte sich Der Sturm mit einem noch breiteren Lächeln.

Ein überraschtes Raunen ging durch die Menge.

»Ganz genau«, bestätigte Juniper nickend und deutete mit dem Kopf auf das Rattenemblem auf dem Rücken ihres Outfits. »Wir sind der Orden der Misfits, und solange es uns gibt, wird Arkspire nie mehr sein, wie es war.«

EPILOG

Der Tag der Auswahlzeremonie Der Beobachterin war gekommen. Bei diesem Anlass erwählten die Arkanisten ihren nächsten Erben. Der aktuelle Erbe, ein eher schwächlich wirkender Junge namens Clemens, war zu alt geworden und konnte die Gaben Der Beobachterin nicht mehr empfangen, also musste ein neuer Erbe her.

»Ich bin ja immer für ein Abenteuer zu haben«, sagte Everard, »aber müssen wir nach all dem Ruhm, den dir der Sieg eingebracht hat, immer noch auf den Hausdächern rumschleichen?«

Vom Dach aus hatte die Bande eine gute Aussicht auf die gläserne Iris-Akademie. Außerdem waren einige Fenster des Gebäudes geöffnet, sodass man hören konnte, was drinnen vor sich ging. Juniper hatte Papa unten in der Menge entdeckt, der etwas unbeholfen zwischen den anderen Eltern der Kandidaten stand. Er zupfte sich am Kragen des schicken Hemdes herum, das Elodie irgendwie für ihn aufgetrieben hatte. Seit Die Beobachterin sich komplett zurückgezogen hatte, war die Zuschauermenge immer weiter geschrumpft. Jetzt, da Juniper ihre erste Prüfung bestanden hatte, erwarteten immer mehr Bewohner des Iris-Distrikts, dass sie die Führung übernahm.

Die Arkanistin der Dregs war siegreich gewesen. Dieser Titel ging Juniper gehörig gegen den Strich, aber wenn er dabei half, die Leute von den anderen Arkanisten wegzulocken und auf ihre Seite zu ziehen, dann konnte sie gut damit leben. Zumindest würde sie niemandem den Körper wegnehmen.

»Du weißt schon, dass du ab und zu auch mal wie ein normaler Mensch *auf dem Boden* laufen kannst, oder?«, fragte Everard, der sich sichtlich Mühe gab, möglichst entspannt auszusehen, während er sich an eine Wetterfahne lehnte. Alles cool, keine große Sache. Von ihrem Platz aus konnte Juniper allerdings sehen, dass er hinter seinem Rücken den Fahnenmast so fest umklammerte, als hinge sein Leben davon ab.

»Nachdem du vor den Arkanisten angefangen hast, meinen Namen zu jubeln, dachte ich, dass du neuerdings gern gefährlich lebst, Everard«, meinte Juniper.

Er erlaubte sich ein stolzes Lächeln, weil sein Name im selben Satz mit dem Wort »gefährlich« gefallen war.

»Na ja, ich … also ich wollte nur sagen … das hier ist natürlich der coolere Beobachtungsplatz. Ich bin ja schließlich so was wie ein Rebell.«

»Mehr als nur ein Rebell, du bist ein Misfit!«, sagte Thea fröhlich.

Everard blinzelte und war sich nicht ganz sicher, ob sie sich gerade über ihn lustig machten.

»Hier oben kann man sich besser aus irgendwelchem Ärger raushalten«, fügte Juniper hinzu. »Ich glaube nicht, dass ich bei den anderen Orden im Moment ein gern gesehener Gast bin …«

»Du willst Ärger aus dem Weg gehen? Seit wann?«, schnaubte Zunder und kratzte sich mit der Hinterpfote die großen Ohren. »Dieses verfluchte Fell. Wie kommt ihr Menschen bloß damit klar, dass ihr so viel davon auf dem Kopf habt? Juckt das immer so?«

»Manchmal schon, aber Mann, du siehst *sooooooo was* von schnuckelig aus!« Thea kniff ihn in die Wangen und kraulte sie ausgiebig, wie sie es seit seiner Verwandlung alle paar Minuten getan hatte.

»Nimm sofort deine Finger von mir, erbärmliche Sterbliche!«, befahl Zunder, machte allerdings keine Anstalten zu fliehen.

In der Akademie reihten sich gerade die zwanzig neuen Kandidaten für die Position des Erben auf der Bühne auf. Irgendein klapperiger alter Magister hörte gar nicht mehr auf zu reden, was es doch für eine Ehre sei, überhaupt so weit zu kommen, und wie stolz die Kandidaten sein könnten, die nächste Stufe auf dem Weg zur ach so ehrenwerten Erbschaft zu nehmen, blah-di-blabbedi-blah. Alle Kandidaten standen stramm, mit geradem Rücken, in Reih und Glied, wie es sich gehörte. Doch an ihren nervösen Bewegungen sah Juniper ganz deutlich, wie aufgeregt sie waren.

Insbesondere Elodie sah aus, als könne sie nur mit Mühe verhindern, dass sie sich die Seele aus dem Leib kotzte.

Juniper ging es genauso, wenn auch aus anderen Gründen. Nach allem, was Juniper den Arkanisten angetan hatte, würde Die Beobachterin auf keinen Fall Elodie auswählen.

Das würde Elodie ganz schön enttäuschen. Wahrscheinlich würde sie komplett am Boden zerstört sein. Sie hatte mit Herz und Seele daran gearbeitet, eine gute Kandidatin zu sein, und verlor jetzt wegen ihrer Zwillingsschwester einfach alles.

Schuldgefühle nagten an Junipers Innerem. *Zumindest ist ihr Leben dann nicht in Gefahr*, sagte sie sich. *Zumindest wird ihre Persönlichkeit nicht ausgelöscht und ihr Körper gestohlen.*

Als Juniper die kleine, zerbrechlich wirkende Elodie mit den großen, nervös glänzenden Augen auf der Bühne stehen sah, überkam sie der Beschützerinstinkt der großen Schwester. Sie hatte sich Elodie so oft mit ihren neuen Kandidatenfreunden vorgestellt. Wie sie alle Juniper auslachten. Darüber lachten, wie traurig es doch sein musste, so ein Niemand zu sein, der für nichts Größeres bestimmt war. Doch als Juniper nun die Akademie mit eigenen Augen sah, war sie überrascht.

Die Kandidaten warfen sich gegenseitig aufmunternde Blicke zu, wünschten sich Glück und kicherten leise hinter dem Rücken des Magisters über Insiderwitze. Keiner von ihnen stand allerdings bei Elodie. Sie würdigten sie nicht einmal eines Blickes.

Elodie starrte auf ihre makellos polierten Schuhe und hielt den Arm nervös vor die perfekt glatt gebügelte Uniform. Selbst dort unten war sie einsam, da Papa hinter den

Wachen stehen musste, die die Bühne beschützten. Juniper hätte ihr am liebsten etwas zugerufen und ihr gezeigt, dass sie nicht allein war, dass ihre Schwester ihr beistand.

»Die armen Kinder. Wenn die nur wüssten, worauf sie sich da einlassen ...«, sagte Thea.

»Und Eltern bieten der Akademie alle paar Jahre ihre Kinder als Kandidaten an. Wie Lämmer, die zur Schlachtbank geführt werden«, fügte Zunder hinzu. »Eine nie versiegende Quelle von Gefäßen, die die Arkanisten bis in alle Ewigkeit bewohnen können. Wenn ich sie nicht mit jeder Faser meines Körpers hassen würde, wäre ich von ihrer Hinterhältigkeit beeindruckt.«

Juniper rieb die Verbände an ihren Armen. Die Wunden von ihrer Prüfung waren nichts gegen den Schmerz, den sie verspürte, als sie Elodie dort unten stehen sah. Juniper fiel kein einziges Argument ein, mit dem sie Elodie überzeugen konnte, dass die Arkanisten in Wirklichkeit keine guten Menschen waren. Sie würde es ihr beweisen müssen. »Die Arkanisten haben die ganze Stadt um den Finger gewickelt. Wir haben vielleicht die erste Prüfung bestanden, doch wir können die Leute niemals überzeugen, den Arkanisten, die sie seit Ewigkeiten anbeten, den Rücken zuzukehren ... Jedenfalls nicht ohne echte Beweise.«

Plötzlich änderte sich die Atmosphäre in der Akademie, und die wenigen Zuschauer wurden nervös.

»Nun kommt der Moment, auf den wir alle gewartet haben«, erklärte der alte Magister. »Eure Allerheiligste Anführerin, Die Beobachterin!«

Selbst Juniper lehnte sich nach vorn. Würde sich Die Beobachterin nach so langer Zeit tatsächlich zeigen? Das musste sie wohl, dachte Juniper. Sie würde doch sicher gern persönlich ihr nächstes Gefäß auswählen und sich für das vielversprechendste Kind entscheiden, das an der Akademie für sie trainiert hatte, oder?

Irgendetwas rührte sich über dem Gebäude. Eine kleine Gestalt zeichnete sich gegen den dämmerigen Himmel ab. Sie schlug mit den Flügeln, tauchte durch eine große, kreisförmige Öffnung zwischen den Fenstern und rauschte über die begeisterte Menge hinweg.

Es war nur eine Eule, doch die Augen, aus denen sie ihre Untertanen betrachtete, leuchteten strahlend lila. Die Beobachterin blickte gerade durch die Augen des Tieres. Die Eule landete auf einer reich verzierten Sitzstange in der Mitte der Bühne und musterte alle Kinder mit funkelndem Blick genau.

Jeder in der Akademie hatte sich tief verneigt, und ein aufgeregtes Flüstern machte sich in der Halle breit. Der Magister sorgte für Ruhe und setzte dann zu einer weiteren endlosen Rede an.

»Nach deinem Sieg sehen dich die Arkanisten als echte Bedrohung«, meinte Zunder. »Wenn sie nur wüssten, wie komplett nutzlos du eigentlich bist. Sie werden allerdings gnadenlos hinter dir her sein, da brauchst du dir gar nichts vorzumachen.«

»Nicht, wenn wir sie zuerst erwischen.« Juniper schlug sich mit der Faust in die Handfläche. »Außerdem haben wir ja einen vor Magie triefenden, süßen Puschel-Wuschel dabei …« Sie sah Zunder mit hochgezogenen Brauen an.

»Und die ganzen Tränke, die Omama Adie machen kann«, sagte Thea, den Blick auf den Mitternachtsturm in der Ferne gerichtet. Die Spitze des Turms lag immer noch in Trümmern. »Stellt euch doch mal vor, was wir noch alles in die Luft jagen könnten!«

»Nur damit ich das richtig verstanden habe: Wir müssen einen Weg finden, deine Magie wiederzubekommen?«, fragte Everard Zunder, dessen Augen zu glühen anfingen, während er grinsend die Zähne fletschte. Everard verzog das Gesicht; anscheinend hatte er immer noch etwas Angst vor der seltsamen Kreatur.

»Wie es scheint, muss ich gar nicht meine eigene Magie wiederfinden.« Zunder ließ eine Schattenranke um seine Klauen sprießen, die auf unheimliche Weise denen Der Verhüllten ähnelte. »Die Magie der Arkanisten tuts auch. Die Prüfungen sind der Untergang der Arkanisten, weil wir dann nah an sie herankommen. Wir müssen nur noch herausfinden, wie wir sie genug schwächen, um ihnen die Kräfte wegzunehmen. Die Verhüllte war noch unerfahren, bei den anderen wird es bestimmt nicht so einfach.«

Juniper lächelte etwas gequält. Irgendetwas an Zunder machte sie immer noch nervös. Was er Der Verhüllten angetan hatte, war ein verstörender Anblick gewesen, obwohl sie die Böse gewesen war. Allerdings hatte er ihr, Juniper, mittlerweile zweimal das Leben gerettet, und so etwas vergaß sie nicht so schnell. Außerdem hatte Madame

Adie gesagt, dass sie vielleicht eines Tages in der Lage sein würde, Zunders Magie für sich zu nutzen. Seit Zunder einen Teil seiner Magie zurückerlangt hatte, spürte Juniper bereits, dass sich etwas tat. Sie musste nur noch herausfinden, wie sie es nutzen konnte.

Everard stöhnte auf. »Wir wollen das also wirklich durchziehen? Hat uns *eine* Nahtoderfahrung etwa noch nicht gereicht?«

Juniper lachte, wenn auch etwas gezwungen. »Nicht mal annähernd!« Tatsächlich erfüllte sie blankes Entsetzen, wenn sie nur daran dachte, gegen einen noch mächtigeren Arkanisten als Die Verhüllte anzutreten. »Wir können die Leute nicht einfach so von der Wahrheit überzeugen. Also müssen wir das Nächstbeste tun … Wir müssen den Arkanisten einem nach dem anderen die Kräfte wegnehmen und der Welt zeigen, was sie getan haben.«

»Ach, mehr nicht?«, kommentierte Everard sarkastisch. »Besucher, steh mir bei, wir werden alle sterben …«

Thea grinste. »Ich bin dabei! Ich nähe dann spezielle Handschuhe, mit denen man fiese Tyrannen stürzen kann!«

»Kandidaten, vortreten!«, rief der Magister nach seiner Rede. Die zwanzig Kinder auf der Bühne folgten seinen Anweisungen und traten im Gleichschritt nach vorne wie ein Militärregiment. Sie hielten die Arme leicht schräg ausgestreckt wie eine Stange, auf der eine Eule landen konnte. »Die Beobachterin wird nun ihren nächsten Erben erwählen. Euch allen viel Erfolg!«

Die Eule flog los und glitt an den aufgereihten Kandidaten vorüber. Sie bewahrten die Fassung, das musste man ihnen lassen. Ihre Mägen schlugen bestimmt Saltos. Junipers Herz fühlte sich an, als wolle es ihr gleich aus dem Hals hüpfen. *»Bitte nicht Elodie, bitte nicht Elodie!«*, flüsterte sie bei sich.

Die Eule musterte jeden einzelnen Kandidaten noch ein letztes Mal. Sie flog auf Elodie zu. Deren Augen wurden groß, und selbst auf dem Dach konnte man noch sehen, wie sehr sie zitterte.

Junipers Herz kletterte noch ein Stückchen weiter ihre Kehle hoch.

Dann flog die Eule an Elodie vorbei.

Sie sah niedergeschlagen aus, Juniper dagegen hätte am liebsten die Faust in den Himmel geboxt.

»Es ist nicht Elodie«, sagte Thea erleichtert.

»Aber wer dann?«, fragte Everard aufgeregt. Für einen Moment war er wieder ganz der Kandidat von früher und schien die schreckliche Wahrheit über die Arkanisten völlig vergessen zu haben.

»Ist doch wurscht«, sagte Juniper und drehte sich zu ihren Freunden um. »Wer auch immer es ist, wir werden die Arkanisten aufhalten, bevor sie sich noch jemanden holen können. Zusammen schaffen wir das.«

Und wisst ihr was? Juniper glaubte tatsächlich daran. Sie hatten schon einmal das Unmögliche vollbracht. Was sollte sie davon abhalten, es noch einmal zu schaffen?

»Oh«, machte Thea und schlug sich die Hände vor den Mund. »Oh nein …«

»Oh nein, allerdings«, fügte Zunder mit einer hochgezogenen Braue hinzu.

Verwirrt blickte Juniper wieder zur Bühne. Was dort unten vor sich ging, war wie ein Schlag ins Gesicht.

Die Eule war auf dem Arm eines Kandidaten gelandet. Sie hatte ihren nächsten Erben erwählt, das Kind, das bei ihrem Ableben ihre Kräfte übernehmen würde.

Entsetztes Schnaufen und überraschtes Murmeln ging durch die Halle. Elodie sah genauso erstaunt über die Wahl der Eule aus wie die anderen Kandidaten. Fast so, als könne sie es selbst nicht fassen.

Die Eule war zurückgeflogen. Und sie hatte Elodie erwählt.

Elodie Bell war die neue Nachfolgerin Der Beobachterin.

MEINE GÜTE, WAS FÜR EIN ENDE!

**Aber keine Sorge – das nächste Abenteuer
von Juniper Bell erscheint
SOMMER 2025.**

**Begleite sie auf ihrer nächsten
ARKSPIRE-Eskapade,
mit noch mehr MAGIE,
mehr CHAOS
und mehr UNFUG
vom ORDEN DER MISFITS ...**

Das nächste Abenteuer von Juniper Bell!

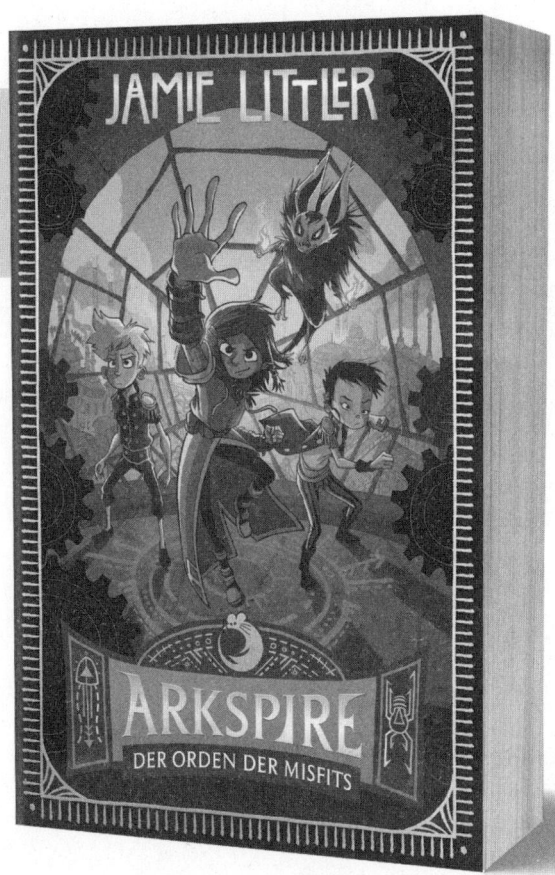

SOMMER 2025

ARKSPIRE 2
Der Orden der Misfits

Hast du dich jemals gefragt, was wirklich unter deinem Bett ist ... ?

DIE KNARZER
Nicht alle Monster bleiben unter dem Bett

von Tom Fletcher
Hardcover | 368 Seiten
ISBN 978-3-98743-115-9 | **€ 16,– (D)**

Mit den Worten von Franky –
IT'S DANGER TIME!

DIE DANGER-GANG

von Tom Fletcher

Hardcover | 368 Seiten
ISBN 978-3-98743-122-7 | **€ 16,– (D)**

Ein galaktisches Abenteuer der besonderen Art.